Queillerie
is 'n druknaam van NB-Uitgewers,
'n afdeling van Media24 Boeke (Edms.) Beperk,
Heerengracht 40, Kaapstad
© Rudie van Rensburg 2016
Alle regte voorbehou

Omslagontwerp deur Michiel Botha
Omslagfoto's: Shutterstock en iStock (renoster)
Geset in 11.5 op 15 pt Dante deur Susan Bloemhof

Oorspronklik gedruk in Suid-Afrika
ISBN 978-0-7958-0257-7
(Tweede uitgawe, eerste druk 2022)

LSiPOD: 978-0-7958-0158-7
(Tweede uitgawe, eerste druk 2022)

ISBN 978-0-7958-0110-5 (epub)

RUDIE VAN RENSBURG
PIRANA

QUEILLERIE

Proloog

Dit het alles begin by 'n strepie wit poeier op die handspieëltjie van 'n hoer in Hanoi.

Barnie Wolhuter was dié aand onkapabel gesuip aan die plaaslike Bia hoi-bier. Helder kon hy lankal nie meer dink nie. Onder luide aanmoediging van Phan Can Dung, die ewe dronk diplomaat, het hy die spieëltjie by die hoer gegryp en die poeier in sy regterneusgat opgesnuif.

Nou sit hy hier, kaal en bewend vasgebind in 'n donker stoorkamertjie. Hy besef opnuut dáárdie onbesonne daad was die dagbreek van sy hel op aarde. Hy het sedertdien alles verloor: sy vrou, kind, huis, werk, geld, waardigheid en uiteindelik sy fokken sinne. Sy onbekookte plan om die dwelmduiwel te bly voer, gaan die ondertekening van sy eie doodsertifikaat beteken.

'n Bietjie meer as agt jaar gelede was hy nog op die kruin van die golf, toe reeds twee jaar weg by die polisie. Hy het gebaai in sy nuwe rykmansbestaan . . . Merc, Nuweland mansion, Mauritius-vakansies, platinumkredietkaart. Ook 'n stralende vrou, hul eersteling op pad. Sy sukkelbestaan as 'n speurdertjie by die SAPD was lankal vergete; hy was nou 'n stralerjakker. Uitvoere. Sy werk was boonop nie veeleisend nie, grootliks te danke aan die politieke kontakte en gladde bek van Phan Can Dung.

Barnie het eers later besef hoe naïef hy was. Eintlik onnosel. Hoekom sou iemand soos Montgomery Smith 'n eks-speurdertjie soveel betaal om sy maatskappy se uitvoere te hanteer, om bloot toe te sien dat dit veilig in Hanoi en 'n klomp ander Oosterse bestemmings aanland? En hoekom moes 'n Viëtnamese diplomaat sy hand agter die skerms vashou as dit net onskuldige Afrika-kurio's was?

Hy het eers 'n jaar later, toe hy toevallig op 'n oop krat in die

Kaapse stoor afgekom het, uitgevind wát saam met die maskers, skilde, potte, spiese en beelde verpak word. Hy het hom daardie dag bleek geskrik. Alles was meteens klokhelder. Hy was nie verniet hul frontman nie. Indien iets sou skeefloop, sou hulle hom die skuldige maak. Montgomery Smith en Phan Can Dung se invloed strek wyd, dit sou sy woord teen hulle s'n wees.

Pleks dat hy toe geskoert het. Hy en sy vrou kon landuit; hy't toe nog genoeg geld gehad. Maar hy was te trots om aan haar te erken hy het 'n yslike gat van homself gemaak. Boonop het hy nie kans gesien om ooit weer 'n sukkelbestaan te voer nie.

'n Paar maande later het hy die strepie wit poeier in Hanoi opgesnuif. Dit het vinnig 'n gewoonte geraak, want dit was al manier om die spanning te verlig. En hy't homself wysgemaak hy kan dit enige tyd los.

Maar die kokaïen wou hóm nie los nie . . . agt gram teen duisende rande per nag, elke liewe nag. Selfs sy reuse-salaris kon nie byhou nie. Hy het eers sy eie besittings begin verkoop, later uit desperaatheid selfs Maria se erfjuwele. Hy moes noodgedwonge afgradeer na die meer bekostigbare khat.

Dit het nie gehelp nie. Sy dwelmlus het elke beskikbare sent ingesluk. Maria het hom uit die huis geskop. Dinge by die werk het verkeerd geloop. Hy het klein foute begin maak wat Smith se moer geroer het. Hy het geweet sy uurglas daar loop vinnig leeg.

Toe hy nege maande gelede oorgeslaan het tik toe, het die laaste voerings van sy verslete lewe losgetorring. "More bang for your bucks," het sy dwelmvriende hom verseker. Tik het hom in 'n donnerse zombie verander. Hy wou nie meer werk nie. Hy't 'n paar maande later gedros, gedink hy kan net stilweg verdwyn . . . iewers op 'n hopie gaan vrek.

Maar niemand vrek sommer net so nie. Sy seun het daarvoor gesorg, weet hy. Ter wille van Fransie het hy nog 'n laaste poging aangewend om sy lewe om te keer. Hy het hom in 'n ander omgewing gaan vestig, tussen nuwe vriende. Hy sou weer onder begin, 'n werk soek. Só sou hy die vertroue van sy geliefdes terugwen, het hy geglo.

Dit het nooit gebeur nie. Soos sy bergiepelle het hy geld van gesteelde koperpype en skrootmetaal gebruik om sy tikverslawing te bevredig. Hy het net van dag tot dag geleef. Eintlik óórleef, want dit was 'n helbestaan.

Hy het spoedig besef hy kan nie so voortgaan nie. Toe kom hy vorendag met sy kak plan wat so skouspelagtig gebackfire het. En nou sit hy hier en wag op sy lot. Skytbang.

Hy het nie geweet van dié plek nie. Hulle het hom vanoggend hierheen gebring. Dis iewers uit op die R44, Wellington se koers. Hulle het afgedraai op 'n grondpad, toe tussen 'n laning bome deur na 'n opstal gery. Hoë elektriese heining en swaar veiligheidshekke. Hy kon net vlugtig rondkyk voor hulle hom opgesluit het. Die plek lyk soos 'n verwaarloosde kleinhoewe, met 'n paar stukke geroeste masjinerie wat verlate tussen heuphoogte gras langs 'n groot sementdam staan. Geen teken van lewe nie.

Die stoorkamertjie is vuil en bedompig. Twee oliedromme staan in die een hoek, los gereedskap, boute, moere en 'n paar vuil lappe lê gestrooi oor die stowwerige klipvloer. 'n Brommer zoem teen die klein venstertjie. Ondanks die benoude hitte bewe sy lyf onbedaarlik en klap sy tande opmekaar.

Dan hoor hy voetstappe op die gruis buite. Sy hart begin onbeheers bons en hy haal moeilik asem.

Die sinkdeur gaan oop. Montgomery Smith kom ingestap. Agter hom Graeme West, sy pispaaltjie, en natuurlik Wolf Breede. Dié het Barnie vroegoggend in die Kaap in die kar in gebliksem.

Smith lyk soos altyd. Sy wit hemp is kraakvars, die snyerspak perfek gegiet aan sy lenige liggaam, rooi sydas, skoene blink gepoets. Kompleet asof hy 'n belangrike vergadering bywoon.

Hy gluur met 'n skewe grynslag na Barnie, geel getinte sigaartande ontbloot tussen strepielippe. Dit stuur 'n rilling deur die gevangene. Hy het daardie grynslag al een keer vantevore gesien. Onheil is sy naam.

Barnie begin pleit in 'n trillende huilstem: "Asseblief, meneer Smith, gee my nog net één kans! Ek het nie bedoel wat ek gesê het nie . . . ek sweer ek sal julle nóóit weer pla nie!"

"Niemand pers my af nie." Smith se blik is gevoelloos en koud.

Barnie draai desperaat na West. "Meneer West, ek vra mooi! Spaar my lewe!"

Maar hy weet sy pleidooi is tevergeefs. West sal dit nie waag om sy baas teë te gaan nie. Hy kyk Barnie net stil aan, wel met 'n tikkie simpatie in sy oë. Wat nie veel van 'n troos is nie.

"Laat ons klaarmaak, Wolf," sê Smith.

Wolf maak die toue om Barnie se enkels los en ruk hom aan sy skouers regop. Met sy gewrigte nog agter sy rug vasgebind word hy by die deur uitgelei.

Hulle stap deur die lang gras na die sementdam. Barnie begin huil. Gaan hulle hom verdrink? Trane loop teen sy wange af en verdwyn in sy nek.

By die groot dam dwing Wolf hom teen die sementtrappies uit. Op die breë wal word hy sonder seremonie in die donker water gestamp.

Barnie snak na sy asem. Sy voete raak nie die bodem nie. Hy trap verbete water.

Montgomery Smith verskyn langs Wolf op die wal. Hy steek 'n sigaar aan. Hulle hou die spartelende man uitdrukkingloos dop terwyl hy kop bo water probeer hou.

Barnie voel 'n brandpyn aan sy regterkuit . . . dan sy pinkie, sy linkerdy, sy een groottoon. Met verbystering sien hy hoe die water om hom bloedrooi verkleur.

1

Twee gedempte skote klap gelyktydig. Die bul kerm hoog voordat hy op sy sy neerslaan, dan omrol op sy rug, pote rukkend in die lug. Bloed borrel by sy neusgate uit.

Die koei beweeg te stadig om weg te kom. Sy ploeg met haar neus in die grond toe die eerste koeël haar tref. Sy skreeu bloedstollend soos 'n vark wat keelaf gesny word. Nog 'n koeël maak haar vinnig stil.

Freedom beduie vir sy makker om nie die kalf te skiet nie. "Waste of time, too small," fluister hy.

Hulle werk vinnig. Freedom druk die mes met 'n geoefende hand in waar die horing uit die vel groei, wikkel die lem onder die basis in en lig die horing ná 'n paar minute se akkurate snywerk uit. Veertien minute later is hulle klaar.

Die kalf staan 'n ent weg. Hy trap onrustig rond en maak fyn huilgeluidjies. Dit herinner Freedom aan sy eie klein Morgan wanneer hy sy ma se tiet soek.

Hy steur hom nie daaraan nie. Hulle draai die horings in 'n stuk seil toe en hardloop gebukkend daarmee na die bakkie. Die horings, gewere en messe word diep onder die vrag houtstompe gebêre.

Toe hy agter die stuurwiel inskuif, haal hy sy selfoon uit en bel vir Theodore. Soos hulle ooreengekom het, druk hy die foon dood ná 'n paar luie, bel dan weer.

Die sein is nie goed nie, maar hy kom tog deur.

"Two," is al wat hy sê.

"Good work," kom Theodore se stem krakerig in sy oor.

Ek is op 16 September 1952 in Uganda gebore, in die Kabuwoko-distrik in die suidweste van die land, die seun van 'n Britse egpaar, 'n sendeling en 'n onderwyseres.

My maats was die kinders van die kleinboere in die vallei en die huiswerkers van die handjie vol sendelinge in die omgewing. G'n wonder my eerste woorde was nie Engels nie, maar in die Luganda-kontreitaal: "Wasuze otyanno" (goeiemôre) en "Musula mutya" (hoe gaan dit met jou?). Dié taal is soet en ritmies op die oor, deurspek met 'n gekoer en gehmm. En wanneer die mense lag, doen hulle dit met 'n ongekende uitbundigheid: luidrugtig, handeklappend, op-die-grond-vallend.

Voor ek skool toe is, het my ma menigmale vir my gepreek oor dié gewoonte wat ek by my Ugandese maatjies aangeleer het. "Ons is Westerlinge, ons lag meer bedaard. Wanneer ons eendag terugkeer na Engeland, sal jy jou soos 'n wit seuntjie moet gedra. Anders gaan die kinders jou spot."

Maar sy was verniet bekommerd. Ek het nooit teruggekeer na Engeland nie. My pa was dolgelukkig in sy aangenome land, 'n man wat sy lewenstaak as sendeling met groot geesdrif en toewyding uitgeleef het. En vir my was Uganda my enigste tuiste.

Die paar keer wat ons vir my grootouers in Manchester gaan kuier het, is van my slegste jeugherinneringe. Die grys, koue lug, die vaal geboue en beknopte huisies was 'n duisend myl verwyder van die blou hemel en wye, grasbedekte heuwels van Uganda.

Op dié heuwels wei daar troppe Ankoles met hul lang horings, die beeste wat volgens besoekende Westerlinge 'n ooreenkoms toon met die tekeninge van buffelagtige gediertes in Egiptiese grafkelders. Op hul skouwe of langs hul hoewe is die alomteenwoordige swerms wit veereiers. Dis hierdie beeld van Uganda wat altyd eerste by my opkom wanneer ek aan daardie tyd dink.

Dit was sorgelose kinderjare, al was skool aanvanklik vir my 'n groot aanpassing. Ek het skielik nuwe maats gehad — wit maats, die kinders *van die sendelinge, onderwysers en die paar wit boere in die omgewing.*

Een van hulle sou my lewe ingrypend beïnvloed. Of dalk is dit hope-loos te sag gestel . . .

⋆   ⋆   ⋆

Carina Vosloo kom verbaas orent toe Theodore by die deur van die groot stoor instap. Sy druk haar hare vinnig reg en stryk self-bewus oor haar effens gekreukelde rok. 'n Warmte stoot in haar gesig op. Sy bloos altyd wanneer hy hier aankom.

Sy weet dis simpel om so oor hom te voel. Sy is seker 'n goeie vyftien jaar ouer as hy, maar hy steek 'n vuur in haar aan. Hy is die naaste wat sy al gesien het aan die Camel-man van destyds se sigaretadvertensies, aantreklik op so 'n ruwe manier: sonbruin, wil-de krulhare, stoppelbaard, helderblou oë wat diep in jou siel kyk.

"Ek het jou eers môre verwag," sê sy.

"Ek was hier in die omgewing. Jou nuwe besending al gekom?"

Sy knik, glimlag. "Jy's gelukkig, vroegoggend hier geland." Sy beduie na die oorkant van die vertrek. "Dit staan daar teen die muur. Ek is in my noppies met die verskeidenheid."

Sy stap saam met hom soontoe.

Hy hurk by die eerste masker. Sy merk hoe sy borshare by die kraag van sy kakiehemp uitpeul. 'n Tinteling rimpel deur haar lyf. Here, die man is 'n testosteroontier!

Hy kyk op na haar. "Ashanti-stam in Ghana . . . raai ek?"

Sy knik. "Het sewe daarvan gekry."

"Altyd goeie verkopers."

Hy kom regop en loop verder, steek vas by nog 'n masker. "Nogal iets besonders." Hy buk af en streel liggies met sy vinger-toppe oor die hout.

Carina sluk. Wat sal sy nie gee om deur daai ruwe hande bevoel te word nie!

"Dis 'n baie oue van die Masai in Kenia. By die draai van die vorige eeu gemaak," sê sy.

Hy knik. Sy oë flits oor die vier-en-sestig maskers. "Right, ek vat die hele lot."

"Altyd 'n plesier om met jou sake te doen, Theodore," sê sy met haar mooiste glimlag. "Hoe klink afslag van tien persent vir jou?"

"Wat van vyftien?"

Haar hart spring. Daar is fyn lagplooitjies langs sy oë.

"Onmoontlik om vir jóú nee te sê." Amper sê sy dit sou geld vir álles wat hy van haar vra.

By die toonbank tel hy die note af. Hy betaal altyd kontant, wat hom verreweg haar gunstelingklant maak.

"Nolte sal dit Maandag kom oppik wanneer hy ons volgende besending Kaap toe vat. Sal jy weer so gaaf wees om die agter-grond van elke masker vir my neer te skryf?"

"Natuurlik. Deel van my diens."

Hy lyk haastig, maar sy probeer desperaat om hom 'n rukkie langer daar te hou.

"Wat van 'n koue bier? Musina is weer vrek warm vandag, mens sou sweer dis somer."

Hy weifel, maar skud dan sy kop. "Ek sou graag wou, Carina, maar 'n Mosambieker kom lewer krale by my plek af. Ek sal moet ry."

Sy hou sy lang figuur dop soos hy wegstap. Hy spreek haar naam altyd met soveel teerheid uit . . .

Sy móét 'n plan maak om by sy blyplek uit te kom. Sy dreig al so lank om dit te doen. Hy moet seker bitterlik alleen wees daar. So tussen die bosse kan hy dalk net . . .

2

Werner Erwee swets. Vir hierdie dag het hy nie krag nie. Hy vee sy klam voorkop droog met sy sakdoek. Die wind waai plastieksakke en papiere teen die sypaadjies en geboue in Musina se stowwerige hoofstraat. Nog nie eers tienuur nie en al bloedig warm. Vanoggend op pad van Vaalwater af het hy die voorspelling oor die karradio gehoor: drie-en-dertig grade in die skadu. En dit in die middel van die winter!

Sy bestemming is 'n vaalgrys geboutjie wat ingedruk staan tussen 'n spaza shop en Mabel's Massage Parlour & Hair Saloon. Die naam bo die tralievenster lees moeilik, die spasies tussen die rooi letters te klein: *International Endangered Species Agency (IESA)*.

Dalk is hy te vroeg, dalk moet hy nog 'n kwartier in die kar wag? Of probeer hy maar net nog 'n bietjie tyd wen voor hy die nuus moet gaan oordra?

Werner skud sy kop. Hy moes hom nooit in dié ding begewe het nie. Destyds toe Tim hom uit die bloute die aanbod gemaak het, het hy gedink dis goed vir sy beeld – hy het toe nog parlementêre aspirasies gehad. Nou is die hele besigheid net 'n meulsteen om sy nek. Hy het nog nooit in die bewaring van bedreigde dierespesies belanggestel nie. Tot voor sy aftrede was hy 'n ouditeur, syfers was sy kos. Sy politieke drome was gefokus op die bydrae wat hy tot die land se bankbalans kon maak.

Maar Tim se oproep uit Amerika het hom gevlei. "Jy's die enigste onkreukbare Suid-Afrikaner wat ek ken, Werner," het Tim gespot.

Feit van die saak is, hy is ál Suid-Afrikaner wat Tim ken, sedert hulle as studente kamermaats in die koshuis was toe Werner met 'n beurs in Amerika gestudeer het.

"Die posisie is nie dié van 'n uitvoerende hoof in die tradisionele sin van die woord nie. Dit sal min van jou tyd in beslag neem," het Tim verduidelik. "Jy sal bloot namens IESA in Suid-Afrika 'n ogie hou oor die geldsake. Die bestuursbeampte sal die operasionele kant hanteer."

In die praktyk het dit nie so gewerk nie. IESA se donateurs is skatryk en invloedryke Amerikaners met 'n groot passie vir die saak. Hulle wil met niemand anders as die "chief executive" praat nie. Hoeveel keer in 'n maand moet hy nie rondskarrel om hulle vrae te beantwoord nie? Natasha van der Merwe is sy enigste bron van inligting, en sy is selde op kantoor.

Natasha . . . As dit nie vir haar was nie, het hy hom lankal aan dié spul onttrek. Maar haar geesdrif vir die job is aansteeklik elke keer wanneer hulle ontmoet.

Toe Tim drie jaar gelede van Amerika ingevlieg het vir die onderhoude met voornemende bestuursbeamptes, het hulle nooit vermoed hulle keuse sou op háár val nie. 'n Gewese model van die internasionale loopplanke was beslis nie versoenbaar met wat hulle in gedagte gehad het nie.

Boonop het hardebaarde in natuurbewaring tou gestaan vir die pos, manne met jare se ondervinding. Op vyf-en-twintig was Natasha nog nat agter die ore. Al rede waarom hulle teensinnig 'n onderhoud aan haar toegestaan het, was dat sy ná haar modelloopbaan twee jaar by die Conservation Action Trust gewerk het.

Sy het kop en skouers bo die ander kandidate uitgetroon. Dit was die manier waarop sy hul vrae tydens die onderhoud beantwoord het wat hulle geswaai het. Nie een van die ander kon met soveel intelligensie en kundigheid oor bewaring praat nie. Boonop het sy 'n duidelike visie gehad, wat IESA se rol vir hom en Tim feitlik herdefinieer het. Hulle kon haar nie gou genoeg 'n aanbod maak nie.

Sedertdien het sy IESA uitgebou tot 'n onmisbare komponent van Suider-Afrika se stryd teen renoster- en olifantstropers. Trouens, Sanparke se grootbaas het al aan Werner erken dat die krisis in veral die Krugerwildtuin baie groter sou gewees het as dit nie was vir IESA se proaktiewe ontledings van stropers se bewegings nie. "Natasha van der Merwe en haar span het ons 'n kompeterende voordeel gegee wat ons nooit voorheen in Suid-Afrika gehad het nie," was sy presiese woorde. Soortgelyk aan wat Zimbabwe en Mosambiek se bewaringsmense onlangs aan Werner gesê het.

En nou moet hy haar die slegte nuus gaan meedeel.

* * *

Op my heel eerste skooldag het ek die seuntjie met die alewige breë glimlag ontmoet. Ons was ewe oud en het langs mekaar in die klas vir sesjariges gesit. Een van die ander kinders het hom Smiley genoem, en ek het daarby ingeval. Dit was eers baie jare later dat hy my verbied het om sy bynaam te gebruik.

Smiley se pa was een van die min wit boere in die kontrei. Omdat Uganda 'n Britse protektoraat en nie 'n kolonie was nie, het die meeste landbougrond aan Ugandese behoort. Net 'n hand vol wit setlaars is toegelaat om grond te besit. Gevolglik was Uganda destyds een van die vreedsaamste Britse gebiede, in skrille kontras met sy buurman Kenia.

Ek en Smiley was gou beste maats. Ons het gedurende pouses gereeld oorgehardloop na my huis, waar my pa ons bederf het met gemmerbier en Ma se tertjies. Dan het ons met my karretjies of albasters gespeel totdat Pa ons teruggejaag het skool toe. Dit was sorgelose en onskuldige tye.

Later jare het Smiley my gereeld naweke plaas toe genooi, 'n plek wat vir my soos die paradys gevoel het. Ons het voëls gejag met windbukse, in die dam geswem en saam met die plaaswerkers se kinders sokker gespeel op die groot grasperk voor die huis.

Joseph, 'n paar jaar ouer as ons, was 'n uitsonderlike sokkerspeler wat ons ander telkens ore aangesit het. Ek het gou agtergekom Smiley, self 'n

15

begaafde speler, hou nie van hom nie. Smiley wou altyd die beste wees. As Joseph die dag in ons span was, het die wedstryd vreedsaam verloop. Maar wanneer Joseph vir die teenstanders speel, het dit altyd uitgeloop op 'n stryery tussen hom en Smiley.

Joseph was die seun van een van die Tutsi's, Rwandese vlugtelinge wat ná die Hutu-opstand van 1959 uit hul land verdryf is. Die Baganda het neergesien op hulle omdat hulle buitelanders was, en meestal brandarm. Op hulle beurt het die lenige, trotse Tutsi's nie ooghare gehad vir die Baganda nie, wat volgens hulle lui, onbetroubaar en te kort was.

Daar was dus altyd spanning tussen die twee groepe. Diefstal is geensins in Uganda geduld nie, veral as die skuldige 'n Tutsi is. So 'n oortreder het meermale met sy lewe geboet sonder dat 'n haan ooit daarna sou kraai.

Een Saterdag – ons was dertien – het ek en Smiley met ons windbukse in die veld geloop toe ons 'n helse kabaal hoor. Dit het van oorkant die heuwel gekom en ons het dadelik soontoe gehardloop. 'n Groep Bagandas was besig om Joseph met die vuiste te slaan, met twee wat gereed staan met pangas. Joseph se gesig was amper onherkenbaar van die bloed.

Ek het histeries vir Smiley geskreeu om hulle te keer. Hy het kalm by 'n omstander verneem wat aangaan. Toe hy hoor Joseph het 'n skroewedraaier uit sy pa se stoor gesteel, het hy sy windbuks net daar neergegooi. Hy het 'n panga gegryp, die mans beveel om weg te staan en met 'n magtige swaai Joseph se slaap oopgekloof. Terwyl die Baganda lag, fluit en hande klap, het ek versteen staan en kyk hoe Smiley die panga 'n tweede en 'n derde keer swaai.

Toe Joseph neerval, het Smiley na my omgedraai met bloedspatsels wat soos sproete op sy gesig sit. Hy het die werkers opdrag gegee om Joseph net daar te begrawe, sy windbuks opgetel, sy kenmerkende verblindende glimlag gegee, en gesê: "Kom ons gaan swem."

3

Natasha van der Merwe lyk nie soos die modelle wat in glanstyd-skrifte pryk nie, besef Werner elke keer wanneer hy haar sien. On-danks haar hoë wangbene en groot, donker oë ontbreek die sagte lyne van 'n tipiese voorbladskoonheid. Daar is iets hoekigs aan haar gesig wat haar uit die kategorie van beeldskoon haal. Dalk dra die uitdagende blik in haar oë daartoe by.

Sy dra geen grimering nie, het dit ook nie nodig nie. Maar sy is sensueel verby. Sy lyk selfs aantreklik in IESA se onvleiende kakie-groen uniform.

"Môre! Jy's vroeg," groet sy toe sy Werner sien. "Seker darem nie van Pretoria af gery nie?"

Hy skud sy kop. "Nee, ek het gister by my broer op Vaalwater gekuier. Toe sommer vanoggend van daar af gery."

Sy beduie na die stoel oorkant haar lessenaar. "Maak jou tuis. Kan ek vir jou 'n koue vrugtesappie bring?"

"Nie nou nie, dankie."

Hy haal die dokument uit sy aktetas. Laat hy met die deur in die huis val en dit verby kry. Met Natasha loop jy nie ompaaie nie, jy praat reguit.

Net toe hy wil begin, lui die selfoon op haar lessenaar. Sy tel dit op, kyk na die skerm. Haar oë trek skrefies. "Dis Gert. Ek sal moet hoor," maak sy verskoning.

Sy staan op en stap na die agterkant van die lang, smal kantoor. Werner kan nie help om haar agterna te staar nie. Die ritmiese swaai van heupe en boude is 'n vae herinnering daaraan dat sy eens op loopplanke geparadeer het, 'n gedagte wat onversoenbaar is met haar huidige reputasie as onverbiddelike jagter van wildstropers.

Hy hoor haar stemtoon styg, maar hy kan nie hoor wat sy sê

nie, haar woorde uitgedoof deur die gesuis van die waaier op die vensterbank agter hom. Skande dat hulle nie lugversorging het nie, maar Natasha het self besluit dit sou oorbodig wees. "Ek is te min op kantoor om so 'n uitgawe te regverdig."

Toe sy die oproep beëindig, kan Werner sien sy's ontsteld. Daar is 'n ligte blos op haar wange, haar oë donkerder as gewoonlik toe sy oorkant hom kom sit. "Die Silencers het weer toegeslaan. Twee renosters dood. Hulle het die kalfie gelukkig gelos, maar . . ."

Sy sluk. "Hy's nou skynbaar blind. Dis as gevolg van die trauma van sy ma wat weg is. Dit het al voorheen met 'n kalfie in Zim ook gebeur."

"Waar's hulle geskiet?"

"In die Kruger, naby Shingwedzi. Gert-hulle het vanoggend met die helikopter op die karkasse afgekom. Die veldwagters is stomgeslaan. Hulle sê hulle was gister heeldag in daai omgewing, maar hulle het niks gehoor nie."

"Geen ander leidrade nie?"

Sy skud haar kop. "Hulle het tot die vermetelheid gehad om met 'n voertuig tot daar te ry, so daar's darem wielspore. Die modus operandi stem ooreen met die Silencers s'n – niemand het die skote gehoor nie en die horings is losgesny, nie afgesaag of afgekap nie. Hulle moes die hele operasie binne twintig minute afgehandel het."

Sy sug. "As ons daardie spul net kan vastrap, het ons die stryd halfpad gewen."

Werner kug. Die stropers se tydsberekening kon nie slegter gewees het nie. Dit laat hom nog skuldiger voel oor die nuus wat hy moet oordra.

Hy beduie na die dokument op die tafel voor hom. "Tim het hierdie eergister vir my gestuur . . . Dis nie goeie nuus nie."

Haar oë vernou. "Wat bedoel jy?" Haar stemtoon is 'n oktaaf laer.

"Hulle gaan ons begroting met die helfte sny," som hy die vyf-
tien bladsy lange dokument op.

"Wat! Hulle kan mos nie!"

Hy knik, sug. "Ek's bevrees dis hulle geld. Hulle kan seker daar-
mee doen wat hulle wil."

Ongeloof en skok wys op haar gesig. "Maar hoekom? Ons doen
tog 'n verdomde goeie job!"

Sy trek die boonste laai van die lessenaar oop, haal 'n foliovel
uit. "Ek was juis gisteraand besig met ons jongste stats. Vandat ons
drie jaar gelede begin het, is daar altesaam ses-en-veertig stroper-
bendes met ons inligting genail. Deur IESA se toedoen is daar al
vierhonderd renosters en meer as driehonderd olifante gered . . .
en dis konserwatief geskat."

Hy hou sy hande op. "Ek weet, ek weet, Natasha. Jy hoef my
nie te oortuig nie. Hulle besef dit ook. Hulle erken jou span het
tot dusver 'n reuse-bydrae gemaak in Suider-Afrika. Maar hulle
meen dis nou tyd dat die plaaslike bewaringsmense meer verant-
woordelikheid neem. Hulle . . ."

"Hulle het nie die mannekrag nie, Werner!"

"Wag, jy's te haastig, dié stelling is net terloops. Hulle het tien-
talle redes waarom hulle dink die situasie het genoeg verbeter
om . . ."

"Tientalle! Ek sal dit graag wil hoor. Dit word beslis nie gere-
flekteer in die toename van dooie renosters nie."

Hy skuif die dokument oor na haar. "Jy kan dit later self lees,
maar jy weet tog van die afgelope paar jaar se enorme sken-
kings van die Nederlandse en Sweedse lotery en die Howard G.
Buffett-stigting aan die Vredespark-stigting en Sanparke. In kort
sê hulle dié geld sal help om die stroperprobleem 'n bekhou te
gee."

"Dalk in die verre toekoms, ja. Dis geld wat gebruik gaan word
om die waarde van renosterhoring te verlaag. Jy weet self horing-

19

ingieting, wat kamstig hul groot plan is, werk nie eintlik nie, nie met daai digte horings nie. Hulle wil glo belê in tegnologie wat die renosters kan monitor, maar dis makliker gesê as gedaan. Dink aan al die mannekrag en kundigheid wat dit gaan verg. Soos jy self weet, draai die bewaringswiele bleddie stadig. Hulle praat heeltyd van langtermynplanne, en van hulle ander planne het nog niks gekom nie. Intussen gaan die stropers soos altyd voort. Verlede jaar is meer as 'n duisend renosters doodgemaak. Vanjaar staan ons al op sewehonderd en dis nou eers Julie! Waar gaan dit eindig, Werner?"

Hy weet sy's reg, maar hy ploeg voort. "Daar's blykbaar aanduidings dat Suid-Afrika dit oorweeg om hulle opgepotte renosterhoring aan die Asiërs te skenk om die waarde van die horing te verlaag."

"Onprakties. Dis net 'n tydelike oplossing."

"Volgens hulle is daar reeds diplomatieke onderhandelings met Oosterse lande aan die gang om met opvoedkundige programme te begin. Hulle moet mense bewus maak daarvan dat stropers die wêreld se bedreigde spesies uitwis, en veral dat renosterhoring geen kuur vir kanker is nie, soos wat die Viëtnamese en Chinese glo."

"Ag! Hulle dagdroom as hulle dink dit gaan die stropertrein stop. Opvoedkundige programme kan boggherol uitrig teen die magtige bemarkingsarm van die horingmafia. Daar's net te veel geld op die spel."

Werner beduie hulpeloos na die dokument. "IESA se skenkers is aan die voorpunt om saam met ander drukgroepe te onderhandel vir wettige horinghandel. Hulle meen dit sal groot voordele vir Suid-Afrika en die renosters inhou. Buitelandse valuta sal in die land bly en daardeur geld voorsien vir renosterbewaring."

Natasha se oë is pure donderweer. "Dit gaan nie stropery keer nie! Hulle onderskat die aanvraag vir renosterhoring onder miljoene mense in die Ooste. Buitendien, hoe lank gaan dit die wê-reld neem om saam te stem oor wettige horinghandel? Wanneer dít eendag gebeur, sal daar nie meer renosters oor wees nie."

Hy sug. "Ek weet jy's reg. Maar ons gaan hulle nie oortuig nie. Feit van die saak is hulle fokus het na Suid-Amerika verskuif. 'n Verskeidenheid aapsoorte in die reënwoude van die Amasone word bedreig. Ek kry die indruk die groot skenkers plaas druk op Tim om eerder met probleme nader aan die huis te help."

"So die tientalle redes in die dokument is bloot lippetaal om hulle Suid-Amerikaanse motiewe te regverdig?"

"Presies. Niks gaan hulle besluit verander nie."

Sy leun vooroor op die lessenaar. "Dit beteken ons sal mense moet afdank, dalk selfs van die helikopter moet afsien. Só raak ons maar net nog een van die baie tandelose organisasies wat weens te min geld geen verskil kan maak nie."

Vir die eerste keer vandat hy haar ken, sien hy trane blink. Sy lyk skielik kwesbaar, asof 'n weerloosheid in haar oë gaan sit het.

* * *

Die Baganda het destyds 'n groot heldeverering vir wit mense gehad. Een-dag toe ek en Smiley weer by die plaaswerkers se hutte was, het een van ons maats se pa ons met 'n frons eenkant toe geroep.

"Julle is wazungu (wit mense). Julle moet begin dink soos wazungu en julle só gedra. Julle moet gerespekteer word, op die hande gedra word, ge-seën word, met geskenke vereer word. Julle hoort nie hier in ons nederige hut saam met my seun nie. Julle moet 'n afstand handhaaf."

Dié verklaring het mettertyd my siening van die lewe beïnvloed. Ek het begin glo ons wit setlaars is verhewe bo hulle. Dit het my gehelp om Joseph se dood te verwerk. Boonop het niemand ooit weer daarna verwys nie. Joseph se pa, 'n veewagter, is bloot ingelig sy seun het gedros.

Ek het selfs saamgelag wanneer Smiley grappies oor die voorval ge-maak het. Smiley het my held geword: die taai plaasseun met die breë glimlag wat weet hoe dinge in Afrika werk.

4

Die skag waarin hulle die horings berg, is twee en 'n halwe meter diep. Freedom staan onder op die vloer terwyl die ander man dit van bo af vir hom aangee. Hulle bêre ook die twee gewere in die skag. Dan skuif hulle die swaar staaldeksel oor die opening.

Theodore sluit dit met slotte wat vas is aan vier hoekpenne wat sowat tien sentimeter bo die grond uitsteek. Hulle trek 'n groot plastiekseil bo-oor, vee met grasbesems grond en blare daaroor en pak dan die houtstompe bo-op.

Theodore knik dat hy tevrede is met hul handewerk. Hy oorhandig die geld in afsonderlike koeverte aan hulle, wat hulle met breë glimlagte vat.

"See you guys in a week's time," sê hy vir Freedom.

"We'll be here, boss," verseker Freedom hom.

Hulle bondel laggend by die bakkie in. Die enjin protesteer onder die swaar vrag hout toe hulle wegry. Theodore kyk die bakkie met 'n frons agterna. Hoeveel keer kan hulle dit nog waag om die Kruger onder dié dekmantel te verken?

Die volgende keer sal die laaste wees, besluit hy. Dis tyd vir 'n nuwe strategie . . . dalk weer toeslaan in die Bubiana in Zim. Hulle was lanklaas daar.

Hy stap na sy tent en haal 'n koue bier uit die yskassie. Gaan sit buite op sy kampstoel en neem 'n sluk. Die Bosveld se stilte word net versteur deur die sagte dreuning van die kragopwekker.

Onder ander omstandighede sou hy kon ontspan, maar die groot hoeveelheid horings in die skag pla hom. Dis miljarde rande werd. En die boodskap wat hy uit die Kaap gekry het dat hy nog 'n hele ruk daaraan moet vashou, maak hom nog onrustiger. Hy kan nie onthou dat hulle in die afgelope nege jaar soveel horings vir so 'n lang tydperk hier gestoor het nie. Maar hulle wag in die Kaap vir die regte tyd om die horings te verskeep. Daar is blykbaar vorentoe 'n risikovrye geleentheid.

Hy klap 'n muskiet op sy voorarm dood en neem nog 'n sluk bier. Die groot verantwoordelikheid om die goed veilig hier te hou en dan in die Kaap te kry, rus op sy skouers. Hy sal self moet bestuur. Met so 'n waardevolle vrag kan hulle nie vir Nolte vertrou nie, die bliksem ry te onverskillig. Boonop weet hy nie wat hy saam met die klomp kurio's vervoer nie.

Theodore grawe in sy broeksak vir sy selfoon toe hy die piep-piep van 'n SMS hoor. Dis Freedom wat dankie sê vir die bonus van vyfhonderd rand wat hy by elkeen se betaling ingesluit het.

Theodore kyk peinsend na sy foon. Freedom Chiweshe . . . hul grootste bate.

Hulle het hom nege jaar gelede met die hand uitgekies. Hy was toe nog die leier van een van die Zimbabwiese sebra-bendes. Met sy behendige meswerk kon Freedom 'n sebrakarkas binne net vyf minute van sy vel stroop.

Met dié vaardigheid verkwis hy nie soos ander renosterstropers tyd om deur die horing te saag of om dit met 'n byl of panga te probeer deurkap nie. 'n Renosterhoring, anders as dié van 'n bok, het nie 'n soliede beenkern nie. Die horing ontwikkel bo-op die laag kraakbeen van die neus, amper soos 'n mens se vingernael. Vir iemand so mesvaardig soos Freedom was dit dus maklik om 'n tegniek te ontwikkel waar hy die horing binne enkele minute van die neus kan lig ná netjiese snywerk om die basis. Tyd bly van die opperste belang by enige stropings-operasie.

Tesame met die baie doeltreffende knaldempers vir die .303's, wat Theodore-hulle spesiaal in die Kaap laat maak het, het Freedom en sy makkers (sy twee broers en 'n neef) in 'n uitsonderlike stropereenheid ontwikkel. Daarby het Theodore sý taak as die beplanner van operasies tot 'n fyn kuns geslyp, altyd 'n stappie voor die wildbewaarders.

Wat destyds die grootste indruk op hulle gemaak het, was dat Freedom nie wou verklap vir wie hy tot in daardie stadium gewerk het nie. Daar was stories dat 'n klomp wit mans, bekend as die Musina-mafia, betrokke was by handel in sebravelle, en dat hulle op verskeie Zim-bendes staatgemaak het vir hul voorraad. Freedom het ontken dat hy vir hulle gewerk het, maar het verder soos die graf geswyg.

Dit het Theodore oortuig: as Freedom en sy bende ooit betrap word, sal hulle nie praat nie. Boonop het hy hulle verseker hy sal vir hulle die beste regsverteenwoordiging kry en vir die regskoste instaan. Nie dat dit hulle veel bekommer nie. Dit het al 'n grap onder stropers geword oor hoe maklik hulle in die Suid-Afrikaanse howe loskom.

Theodore staan van die kampstoel op en strek sy arms uit bo sy kop. Soms vang die alleenheid en die stilte van die bos hom, al nege jaar sy lewenswyse. Hy skud sy kop. Hy gaan homself nie weer daaroor bejammer nie. Dis 'n keuse wat hy destyds gemaak het, en nou moet hy eenvoudig daarmee saamleef.

Hy stap terug in die tent en strek hom op die bed uit. Die moeilikste deel is om saam te leef met die gedagte dat hy verantwoordelik is vir soveel renosters se dood. Daardie wete knaag al meer soos 'n kanker aan hom.

En nou het hy nog die opdrag gekry om 'n skenking namens die maatskappy aan 'n bewaringsorganisasie te maak. Sogenaamd om hulle "te posisioneer as 'n maatskappy wat omgee vir die natuur".

Hy sug. Sulke oëverblindery gaan nie help as hulle die dag uitgevang word nie.

* * *

Destyds het die wit hoërskool in die suidweste van Uganda nog minder leerlinge gehad as die laerskooltjie. Die meeste kinders is ná hul laerskool-opleiding Engeland toe. Maar 'n paar welvarende wit boere, onder andere Smiley se pa, het hulle hande diep in hul sakke gesteek om 'n lewensvatbare hoërskool vir die kinders van die Britse setlaars te vestig.

Toe ek sestien was, was daar net sewe leerlinge in ons klas. Vicci was die enigste mooi meisie in die hele skool. Dit was dan ook vanselfsprekend dat sy Smiley se meisie sou word. Hy was aantreklik, intelligent en verreweg die beste sportman. Hy het nie alleen al die atletiekbekers ingepalm nie, maar het ook soms saam met die hardebaarde uitgedraf vir die Kampala-klub se eerste rugbyspan, 'n sportsoort wat die setlaars onder die plaaslike bevolking gewild gemaak het.

Ek was nogal jaloers op Smiley se stories oor wat hy en Vicci alles doen wanneer hulle alleen is. Die seksdaad was destyds beperk tot my drome. In daardie stadium het ek nog nooit eens 'n meisie gesoen nie.

Trouens, toe ek een naweek saam met Smiley en Vicci plaas toe gaan, het ek die eerste keer wit vroulike borste in die vlees gesien. Ek en Smiley het altyd in die buitestort van riet gestort ná ons in die dam geswem het. Op dié Saterdagmiddag het Smiley vir my gefluister hy gaan saam met Vicci onder die stort inklim en dan kan ek deur 'n skrefie in die rietmuur na haar loer.

Ek het met 'n bonsende hart en 'n groeiende ereksie gekyk hoe Smiley haar swemklere uittrek. Die smal skrefie tussen die riete het verhoed dat ek haar onderlyf kon sien, maar die beeld van haar klein, ferm borsies was genoeg om my vir die volgende paar weke skietgoed te gee vir 'n hele klomp nat drome.

Ná daardie dag het ek dit selfs oorweeg om 'n verhouding aan te knoop met die vyftienjarige Monica Davies. Ondanks haar akneeprobleem en diklensbril was ek desperaat vir lyflike kontak. Sy was darem nie te onaardig gebou nie. Maar sy het nie in seuns belang gestel nie. Ek het begin berus daarin dat my regterhand my enigste bedmaat in die afsienbare toekoms sou bly.

Maar in die laaste kwartaal van daardie jaar verskyn daar toe 'n nuwe sendeling se beeldskone dogter op die toneel, kompleet soos in 'n sprokie.

Sophia.

En tóé word my lewe op sy kop gekeer.

5

Die laatmiddag-wintersonnetjie maak patrone op die lessenaar van kaptein Kassie Kasselman in die Nuweland-polisiestasie. Hy pak 'n paar los papiere netjies op 'n hopie en bêre 'n dossier in een van die lessenaarlaaie. Kwart voor vyf. Amper tyd om huis toe te gaan.

Sy gedagtes is nie by die sake waarmee hy tans besig is nie. Hy dink aan sy Kaapse driehoek-seëls wat nou by die wêreld-pos-seëluitstalling in Australië vertoon word saam met honderde ander bekende versamelaars s'n.

Hy's gespanne oor wat die beoordelaars daarvan gaan dink. Ook oor die feit dat hy nie daar kan wees nie. Hy hou nie daarvan om van sy waardevolste seëls afstand te doen nie, en sy Kaapse driehoeke het hy nog altyd met groter forensiese sorg hanteer as moordleidrade. Hoewel hy die versekering gekry het dat daar altyd 'n wakende oog by die uitstalling gehou sal word, is dit vir hom nie genoeg gerusstelling nie. Hy sal eers weer kan ontspan as die seëls veilig terug is in sy kluis.

Sersant Rooi Els se onderlangse gebrom by die lessenaar langs syne onderbreek Kassie se gedagtes. Rooi sit kop onderstebo met 'n hoop rekeninge voor hom, die uitdrukking op sy sproetgesig een van uiterste swaarmoedigheid. Hy kyk op na Kassie en skud sy kop. "Bliksis, dis kák om 'n grootmens te wees!"

Kassie moet met moeite 'n glimlag onderdruk. Vandat Rooi twee maande gelede getrou en na 'n groter woonstel verhuis het, het die harde werklikheid van sy nuwe verantwoordelikhede behoorlik ingeskop. Die feit dat Torretjie – Rooi se troetelnaam vir sy vrou – uit haar werk bedank het omdat sy glo 'n hongerloon betaal word, dra by tot sy donker gemoed van die afgelope tyd.

"Torretjie nog nie 'n nuwe job gekry nie?" vra Kassie.

Rooi sug. "Nee, sy's te verdomp neusoptrekkerig. Intussen moet ons oorleef op my bleddie oortrokke bankrekening."

"En haar aftreefondsgeld? Sy't mos redelik lank by daai maatskappy gewerk."

Rooi snork. "Die grootste deel daarvan het gegaan vir die fokken nuwe yskas en stoof . . . en die tiewie." Hy lyk dadelik skuldig oor sy bitsigheid. "Wel, ons moes 'n nuwe yskas en stoof kry, en my ou tiewie was so te sê moer toe."

Die telefoon op Kassie se lessenaar lui. Hy frons. Hy's nie lus om so kort voor tjailatyd 'n oproep te kry nie, veral omdat dit die luitoon van die stasie se skakelbord is. Dit kan net beteken daar broei iewers moeilikheid.

"Kassie, hier's 'n vrou wat nét met jou wil praat," sê Betta van die skakelbord.

Hy sug. "Sit haar maar deur."

"Hallo, Kassie," sê 'n vrouestem, "dis Maria wat praat . . . Maria Wolhuter."

"Maria! Jinne, dis nou 'n verrassing. Ons het eeue laas gesels. Hoe gaan dit met jou . . . en ou Barnie?"

Sy huiwer 'n oomblik. "Dis juis oor hom wat ek met jou wil praat. Hy't van die aardbol af verdwyn."

"Verdwyn?"

"Ja . . . dis 'n lang storie. Wil jy my nie 'n vrééslike groot guns doen nie?"

"Seker, seker."

"Jy weet mos waar ek bly – net hier om die hoek van julle stasie. Wil jy nie groot seblief 'n draai by my kom maak nie? Ek móét met iemand oor Barnie praat, vanmiddag nog. As dit natuurlik nie vir jou moeite is nie . . ."

"Glad nie moeite nie," lieg hy. "Sien jou oor so twintig minute."

Hy sit die gehoorbuis stadig neer. Hy't verneem als is nie wel tussen Maria en Barnie nie. Volgens een van sy kollegas by die Bellville-stasie het Barnie al 'n hele paar jaar gelede uit hulle huis getrek.

Kassie het eintlik lankal kontak met die Wolhuters verloor. Barnie was jare gelede 'n kollega van hom in Bellville se speurafdeling en Maria was in 'n administratiewe pos daar – dis juis daar waar die twee mekaar ontmoet het. Ná Maria se pa se dood het sy 'n moerse hoop geld geërf. Sy is weg by die polisie en hulle het die groot huis in Nuweland gekoop. Barnie is 'n ruk later ook vort, het glo 'n helse betalende job losgeslaan. En dit was die laaste kontak wat hy met die Wolhuters gehad het.

Hy het nooit regtig van Barnie gehou nie. Hoewel hy 'n redelike skerp polisieman was, was Barnie maar altyd 'n regte ou windgat en het hy Maria se erfgeld alte lekker rondgestrooi in sy laaste jare by die polisie. Hy wou altyd vir sy kollegas wys hy's 'n bietjie hoër op in die voedselketting as hulle. En toe hy die fancy job losslaan, het hy skynbaar alle bande met sy polisievriende verbreek.

Kassie kom orent, raap sy windjekker van die stoelleuning op en groet Rooi in die verbygaan. Op pad uit is sy gedagtes gou weer by Maria. Sy's 'n dierbare mens, altyd vriendelik en bedagsaam . . . sy't nie 'n poephol soos Barnie verdien nie.

En nou het hy verdwyn. Kassie skud sy kop. Hoe verdwyn iemand soos Barnie net?

* * *

Sophia Milton. Engelse pa, Italiaanse ma. 'n Donkerkop met uitsonderlike groen oë, 'n breë glimlag, lang bene en 'n verleidelike lyf.

Sommer op haar eerste skooldag kon ek nie vinnig genoeg tydens pouse 'n geselsie met haar aanknoop nie. Ek het opgemerk hoe Vicci doelbewus vir Smiley besig hou sodat hy nie by ons kon uitkom nie. Die ander meisies se katnaels het behoorlik uitgekom. Skielik was hier iemand wat hulle muisvaal laat lyk het.

Ek was soos 'n jong reun op hitte, my enigste doelwit om Sophia in die

30

gees én vlees in te palm. Vir myself darem nie te onaansienlik in die spieël nie, het dit gelyk of Sophia ook so dink. Sy't my sommer al die eerste Vrydagaand na hul huis genooi.

Ons het na haar versameling Beatles-plate geluister, musiek wat heeltemal volksvreemd was vir my ore. Ek was gewoond aan die ritmes van die plaaslike Kadongo Kamu-kitaarmusiek wat toe baie gewild was in Uganda, maar ek het saam ge-oe en ge-aa oor die Liverpool-vier. Toe ek boonop beloon is met 'n Franse soen wat my hart soos 'n Baganda-trom in my borskas laat slaan het, was Sophia nooit weer uit my gedagtes nie.

Twee weke later was ons amptelik gekys. Én het ek al die voorreg gehad om vlugtig aan haar linkerbors te vat tydens 'n Alfred Hitchcock-riller in die donker skoolsaaltjie. Dit het ek natuurlik trots aan Smiley oorvertel.

Ek kon sien hy was jaloers en dat hy gebrand het vir die kans om Sophia met sy sjarme te betower. Maar gelukkig het Vicci sy volle aandag opgeëis en die Sophia-bedreiging met desperate volharding afgeweer.

Sophia se sendelingpa was my enigste struikelblok om haar in die Bybelse sin te leer ken. Hy het soos 'n waghond oor sy mooi dogter gewaak en gereeld ontydig kom inloer waar ons op die bank in hul sitkamer luister na "A Hard Day's Night" en "Can't Buy Me Love". Ons afskeidsoen by die voordeur was ook nie altyd 'n gegewe nie – haar pa was hopeloos te dikwels met sy pyp op die stoep doenig wanneer ek gegroet het.

Daarom was dit 'n wonderlike uitkoms toe Smiley my en Sophia vir 'n naweek plaas toe nooi. Vicci sal ook daar wees, het Smiley my verseker. Sophia se streng pa kon nie anders as om in te stem nie. Smiley se pa was immers die voorsitter van die skool se beheerraad, en 'n groot bydraer tot die sendingkerk se beperkte fondse.

Vir die res van die week het visioene van my en Sophia saam onder die buitestort my gedagtes oorheers.

6

Hulle skuil agter 'n groot rots op 'n heuwel. Natasha laat gly haar blik stadig oor die bosveld onder hulle. Gert sien hulle eerste raak met die verkyker.

"Drie van hulle," fluister hy, "soos ons gedink het. Een het 'n geweer."

'n Entjie vorentoe het die leier van Sanparke se teenstropereenheid hulle ook gewaar. Hy wink sy vier makkers nader en praat in 'n fluisterstem met hulle, al is die stropers nog net spikkeltjies in die verte. Hy kyk terug en beduie vir Natasha en Gert waar hulle op die stropers gaan wag.

Die mans verdwyn koes-koes tussen die ruie bosse, op pad na die reusekremetart sowat honderd meter van waar die vyf renosters wei. Hulle moet geluidloos beweeg om die diere nie onrustig te stem nie.

Natasha hou hulle met ingehoue asem dop. Dit kan gevaarlik raak as die renosters bewus word van hulle, maar die diere wei ongestoord voort. Dit help dat die mans wind-af beweeg.

Sy en Gert het die stropers twee uur gelede uit die helikopter gesien. Die drie mans het dadelik tussen 'n klomp bosse ingeduik en Gert het volgens sy gewoonte aangevlieg om die indruk te skep dat hulle niks gewaar het nie. 'n Paar kilometer verder het hulle die renosters naby die Maritube-dam gesien. Dié groepie is duidelik die stropers se teiken – soos met die meeste stroperbendes sal een van hulle lede 'n goeie spoorsnyer wees. Gert het by Punda Maria by die teenstropereenheid se veldwagterstasie geland en hulle het in twee Land Rovers hierheen gery.

Natasha glimlag toe sy dink aan Gert se verbasing dat sy vir die operasie wil bly. Vroeër het hulle twee gewoonlik teruggekeer na die naaste kamp en daar op die teenstropereenheid gewag, maar vandag is anders. Sedert Werner Erwee die slegte nuus aan haar oorgedra het, is sy vasbeslote om die Amerikaners verkeerd te bewys. Hulle het nog drie maande tyd voordat die begroting gesny word . . . drie maande om met 'n groot deurbraak die IESA-donateurs se neuse in die grond te vryf, hulle só skuldig te laat voel dat hulle sal moet herbesin oor hul belaglike besluit.

Werner glo nie haar taktiek gaan werk nie, maar hy is van nature 'n pessimis. Hy was nooit reg vir hierdie pos as IESA-grootbaas nie. Sy het 'n leier nodig met meer passie, iemand wat bereid sal wees om met naels, tande en vuiste saam te baklei vir hul saak. Nou rus die verantwoordelikheid volledig op haar skouers.

Een van die dinge wat haar al lank kwel, is dat te veel teenstropingsoperasies skeefloop. Hoeveel keer het stroperbendes nie al ongeskonde weggekom nie? Voortaan wil sy by wees om te sien hoekom dit gebeur, sodat sy aanbevelings aan Sanparke kan doen en só op alle vlakke waarde toevoeg.

Sy neem die verkyker by Gert en bespied die drie mans. Hulle is reeds aansienlik nader en dit lyk of hulle rugsakke dra. Hulle drafstap tussen die oorhangende takke van die doringbome deur.

"Dink jy dis goed dat ons hier wegkruip? Dit gaan dalk 'n skietery afgee," fluister Gert.

Sy kan sien hy's ongemaklik. 'n Sweetlagie blink op sy bolip en sy ligte vel gloei van die blootstelling aan die skerp middagson. Agter die stuurstang van 'n helikopter is hy in sy element, maar die bos is nie sy bedmaat nie. Hy het voor sy huidige aftreewerk veels te lank ryk toeriste rondgevlieg en saam met hulle in luukse oorde oornag. "Ek hou maar van my luxuries," het hy op 'n keer gebieg.

"Kruip maar hier agter die rots weg as jy bang is," sê sy.

"Ek's nie bang nie," sê hy ergerlik, "maar ons twee het nie skietgoed nie. En wie sê hier's nie leeus in die omgewing nie? Ek . . ."

Sy maak hom stil met 'n handgebaar. Deur die verkyker sien sy die stropers loop nou in formasie, sowat twintig meter uitmekaar. Dit gaan die veldwagters se taak bemoeilik om hulle te verras. Dié staan almal saamgebondel agter die kremetart. Natasha hoop net die leier is ook bewus van die wending. Daar's nie meer tyd om hom te waarsku nie.

Die middelste stroper, wat lyk of hy die spoorsnyer is, pyl reguit op die kremetart af. Die ander twee is sowat dertig meter weg aan weerskante van hom. Natasha swets onderlangs toe die veldwagters agter die kremetart uitspring. Te gou, te bleddie gou!

Die stroper wat naaste aan hulle is, draai onmiddellik om, raak ontslae van sy rugsak en hardloop. Hy vleg soos 'n wildsbok tussen die doringbome deur. 'n Skoot klap, maar die stroper bly hardloop.

Die renosters lig hulle koppe, ore gespits. Hulle trap onrustig rond.

Die veldwagters hardloop onder luide bevele van die leier agter die voortvlugtige aan. Een sien die stroper aan die linkerkant van die formasie raak; dié probeer homself onsigbaar hou agter 'n bos. Twee veldwagters storm op hom af, maar hy glip weg, die ruigtes in.

Nog skote klap. Tot Natasha se verligting verdwyn die renosters in die teenoorgestelde rigting. Dan sien sy die derde stroper. Hy pyl reguit op haar en Gert af. Hy sien haar toe sy agter die rots orent kom en verander vinnig van koers.

Sy besef dadelik sy mikpunt is 'n klomp digte struike sewentig meter weg. Sy dink nie, sy doen net. Sy nael na die nabygeleë plaat akasias. Sy het 'n voorsprong op die stroper en die bome bied genoeg skuiling dat sy hom daar kan voorlê. In die hardloop kyk sy rond vir 'n wapen.

"Natasha, wat de fok doen jy?" dawer Gert se stem agter haar aan. "Die bliksem het 'n geweer!"

Sy steur haar nie aan hom nie, raap 'n stuk boomstomp op. Sy hardloop. Voluit. Dertig meter . . . veertig meter.

'n Doring skeur 'n stuk materiaal uit haar hempsmou, 'n brandpyn steek in haar boarm, sy struikel oor 'n klip, herwin haar balans en moet koes vir 'n oorhangende tak. Haar longe brand en haar asem jaag, maar sy dryf haarself voort, die stomp stewig in haar regterhand.

Sy bereik die groot akasia waarvoor sy gemik het, nie seker of die stroper haar gesien het nie. Dan hoor sy die geluid van sy voetval nie ver van waar sy staan nie. Sy loer versigtig om die stam. Hy kom in haar rigting aangehardloop, die geweer in albei hande voor sy bors. Die rugsak trek hom krom en hy kyk kort-kort oor sy skouer.

Hy weet nie van haar nie, besef sy. Sy byt op haar tande, vat die stomp stywer vas.

Dan is hy by haar. Sy asem jaag, die droë gras en blare knars hard onder sy skoensole.

Hy hardloop verby die boom sonder dat hy haar sien. Sy haal hom met drie lang hale in, swaai die stomp met al haar krag en tref hom teen die agterkop. Hy struikel, maar bly op sy voete. Sy swaai weer, dié keer 'n voltreffer teen sy slaap.

Hy val met 'n kreun op die grond neer. Die geweer spat weg van hom. Sy los die stomp en duik daarna, kry die kolf beet. Sy kom blitsig orent en rig die geweer op hom.

Die stroper bly versteen sit in 'n hurkende posisie en hou sy hande in die lug, sy oogballe bultend.

Gert verskyn blasend langs haar. Sy hemp hang by sy broek uit en hy het 'n rooi skraapmerk aan sy wang. "Jissis, Natasha van der Merwe, jy's 'n bleddie cowboy," sê hy tussen hortende asemteue deur.

* * *

Smiley het dadelik verskoning gemaak toe ons in sy pa se kar klim. "Vicci se niggies van Engeland het kom kuier, nou kan sy nie saamkom nie."

Ek kon sien hy lieg deur sy tande. Hy moes dit spesiaal so beplan het dat Vicci nie by is nie, want hy het 'n kans alleen met Sophia gesoek.

Ek was briesend en my aandag was onmiddellik ingestem op Sophia se lyftaal. Gaan sy val vir Smiley se sjarme? En hoe gaan ek haar aandag behou?

Ek het hom natuurlik onderskat.

Skielik was Smiley 'n Beatles-kenner. Op pad plaas toe het hulle eenstryk deur gesels oor die rewolusie wat die Beatles in die musiekwêreld gebring het. Ek het onsigbaar geraak langs die borrelende Sophia, 'n passiewe toehoorder.

Toe ons op die plaas aankom, het Smiley vertel dat sy pa spesiaal met die hoofman gereël het dat ons dié middag die stat kon besoek. "Dit sal vir Sophia 'n onvergeetlike ervaring wees," het hy gesê terwyl hy haar tas na die kamer langs syne dra – die kamer wat altyd myne was.

Toe ek hom 'n vuil kyk gee, het hy ewe onskuldig gesê: "Jy bly in die rondawel langs die huis waar Vicci altyd naweke gebly het. My ma wil nie hê Sophia moet daar slaap nie."

Op die smal veldpaadjie na die stat het Sophia ook nie my hand vasgehou soos ek gefantaseer het nie. Sy en Smiley het onverpoos geklets, met my wat 'n paar treë agter hulle aangedrentel het.

Die laaste deel van die paadjie was versier met piesangblare en bougainvillea-takkies. By die stat is ons deur 'n erewag ontvang en hartlik welkom geheet en na spesiale besoekerstoele gelei, waar ons plaasgeneem het langs die hoofman en 'n paar van die oudstes. Die plaaslike bier is in tradisionele kalbasse bedien en daarna het borde stomende matooke gevolg, waarvan die hoofbestanddeel fyngedrukte piesangs is. "As jy nog nie matooke geëet het nie, het jy nog nie geëet nie," is 'n bekende gesegde van die Baganda.

Daarna het die hoofman ons welkom geheet met 'n lang toespraak in geradbraakte Engels, en onder dawerende applous is 'n kleipot as geskenk aan die stralende Sophia oorhandig.

Toe was dit tyd vir die kiganda-dans.

Die jong vroue het hul heupe en boude geskud op maat van die trom-ritmes en deuntjies uit selfvervaardigde kitare terwyl hulle hul bolywe doodstil gehou en bottels bier op hul koppe gebalanseer het. Sophia het gelag en bewonderend begin hande klap. Die Baganda het ook ingeval en begin sing. Soos die tromme se ritme versnel het, het die dansers se bewegings ál vinniger geword, hul lywe trillend en bewend en blinknat van die sweet. Asof hulle in 'n beswyming verval het, het die dans eers ná bykans 'n halfuur in 'n orgasmiese klimaks met banale krete en gille van die omstanders geëindig.

Ek het na Sophia langs my gekyk, maar my glimlag het op my gesig gevries. Smiley se arm was om haar skouers, haar hand op sy been, en hulle het diep in mekaar se oë gekyk, salig onbewus van my.

7

Maria Wolhuter se huis is verwaarloos, sien Kassie sommer dade-
lik. Die verf op die mure van die indrukwekkende tweeverdieping
dop plek-plek af. In die tuin groei kakiebos geil in 'n roosbedding.
Die water van die visdam is groen, met slierte vetterige slyk wat
op die oppervlak dryf.

Maria maak die deur oop nog voor Kassie die klokkie lui. Haar
glimlag is breed.

"Jy lyk nog net soos altyd, Kassie!" sê sy en soen hom vlugtig
op die wang. "Jy weet nie hóé baie ek dit waardeer dat jy gekom
het nie."

Hy stap agter haar aan na die ruim sitkamer, waar 'n klomp
kinderspeelgoed oor die mat gestrooi lê.

"Verskoon tog hoe dit hier lyk." Sy beduie hy moet op die stoel
oorkant haar sit. "Fransie slaap vanaand oor by 'n maatjie, maar
hy't nog ná skool sy spul karretjies hier kom uitpak."

"Hoe oud is hy nou?" vra Kassie.

"Agt. Hy't eergister verjaar." Sy skud haar kop, haar oë skielik
nat. "Arme kind, hy't gehoop sy pa . . ."

Maria het aansienlik ouer geword sedert Kassie haar laas gesien
het. Sy's steeds aantreklik, maar plooie vorm 'n netwerk oor haar
gesig. Haar eens pikswart haredos is deurspek met grys strepies.
Sy't ook gewig verloor, haar wange is ingesonke en haar hande
benerig. Sy moet in haar vroeë veertigs wees, maar lyk vyftig.

"Vertel my van Barnie," sê Kassie.

Sy sit terug in die stoel, haar gesig strak, haar oë gerig op haar
inmekaargevlegte hande. "Jy wil nie weet nie . . . Vandat hy by die
polisie weg is, het sy lewe buite beheer getol." Sy kyk op na hom.
"Dwelms."

"Dwélms?"

Sy knik. "Al lankal verslaaf daaraan. Tot in 'n stadium my erf-juwele gesteel en verkoop vir dwelmgeld. Hy't elke maand byna sy hele salaris daarop geblaas. En hy't 'n lót verdien." Sy sug moedeloos. "Ek't hom juis daaroor al drie jaar gelede uit die huis geskop. En hy't 'n tyd terug sy werk verloor. Toe tussen die boemelaars gaan intrek."

Sy stut haar kop in haar hande. "Ek sal dié plek moet verkoop en weer gaan werk. Barnie het my erfgeld uitgeleef . . . En hy betaal uit die aard van die saak lankal nie meer onderhoud nie. Ek begin nou swaar trek, en arme Fransie ly daaronder."

Trane blink in haar oë, maar sy vee dit met haar voorarm weg. "Kan ek vir ons koffie gaan maak?"

"Nie vir my nie, dankie. Jy't op die foon genoem Barnie het verdwyn. Vertel my hoekom jy dit vermoed."

Sy skuif vorentoe in haar stoel. "Barnie het elke week vir Fransie kom kuier. Dis die een ding wat hy nooit oorgeslaan het nie. Ek het hom lankal nie meer in die huis toegelaat nie, want jy moes heeltyd dophou dat hy nie steel nie. Maar hy't stiptelik elke Dinsdagmiddag vir Fransie kom kuier en dan het hulle in die tuin gespeel. Dit was Fransie se hoogtepunt van die week. Die afgelope paar Dinsdae het Barnie nie opgedaag nie. Fransie was natuurlik baie teleurgesteld. Hy't Woensdag verjaar en ek het hom verseker sy pa sal beslis dan kom. Barnie het nog nooit 'n verjaardag van Fransie oorgeslaan nie."

"Toe daag hy ook nie Woensdag op nie?"

Sy knik.

"Jy moet een ding onthou," sê Kassie paaiend, "mense wat aan dwelms verslaaf is, is nie bekend vir hul betroubaarheid nie. Dalk het hy net vergeet. Of dalk was hy só onder die invloed dat hy bloot nie in staat was om te kom nie."

"Ek het ook so gedink. Maar Fransie was in so 'n toestand dat ek gister en vanoggend na Barnie gaan soek het. Daar's geen spoor van hom nie."

"Weet jy waar hy bly?"

"Ja, hier in Nuweland, onder die spoorwegbrug naby die rugbyveld. 'n Huisvriend van ons het hom eenkeer daar tussen die boemelaars gewaar. Ons is toe gister saam soontoe, maar nie een van die ouens weet waar Barnie is nie. Ek is vanoggend weer op my eie soontoe . . ."

"Dit moet jy nooit weer doen nie," berispe hy haar, "dit kan gevaarlik wees."

"Ek was desperaat, Kassie!"

Hy glimlag verskonend. "Vertel verder."

"Daar was 'n man met die naam van Boepie, hy was nie gister tussen die spul nie. Hy sê hy en Barnie is goeie vriende, maar hy't Barnie die afgelope drie weke nog nie gesien nie. Dis vir hom ook vreemd, want Barnie bly al die afgelope vyf maande daar. Hy't tot vir my Barnie se slaapplek tussen die bosse gaan wys. Ek het die kombers herken wat ek 'n tyd terug vir hom gegee het. En daar was 'n splinternuwe speelgoedkarretjie, nog in die verpakking. Boepie sê Barnie het vertel dis sy present vir sy seuntjie se verjaardag."

Sy vee moeg oor haar gesig. "Ek het vanmiddag al die hospitale gebel, ook al die polisiestasies in die suidelike voorstede. Geen spoor van hom nie."

Meteens begin sy onbedaarlik huil. Haar skouers ruk.

"Fransie sal verpletter wees as sy pa iets moet oorkom," sê sy tussen die snikke deur. "Jy móét hom vir my opspoor, Kassie!"

* * *

Daardie naweek het my haat vir Smiley ontkiem. Dit sou met verloop van tyd groei tot 'n allesverterende haat.

Hy en Sophia het mekaar opgevry. Ek het myself in die rondawel sit en bejammer. Dit het gevoel asof my lewetjie geen nut meer het nie, dat ek 'n totale mislukking is. In die donker ure van die nag het my brandende jaloesie oorgeslaan na wraakgedagtes. Die meesterskuif van my wraakplan was om Vicci die Maandag by die skool te vertel van Smiley se ontrouheid.

Dit het sleg geboemerang. Vicci en Sophia het mekaar gedurende pouse te lyf gegaan. Ek het as sondebok in die skoolhoof se kantoor beland omdat ek volgens Sophia en Smiley "kwaadwillige stories versprei het".

Kort daarna het Sophia en haar gesin teruggetrek Engeland toe. Uganda was nie vir hulle nie, en Sophia was nie vir my óf Smiley bestem nie.

En so het die lewe voortgegaan: Vicci gelukkig aan Smiley se sy en ek meisieloos, verbitterd en broeiend.

Maar Uganda is 'n eensame plek sonder maats. Boonop het Smiley uit sy pad gegaan om weer my guns te wen. Hy het selfs om verskoning gevra, wat volgens my wete 'n eerste – en laaste – vir hom was.

★ ★ ★

Die veldwagters werk rof met die stroper. Hulle pluk hom op sy voete en die leier klap hom hard deur die gesig.

Natasha keer toe een van hulle die stroper met die geweerkolf in die ribbes wil bykom. "Kom ons gedra ons soos beskaafde mense, al is ons almal lus om die bliksem te vermorsel."

Sy is gefrustreerd oor die ander twee stropers so maklik weggekom het, en geskok oor die teenstropereenheid se onbeholpenheid.

Die leier praat in Sepedi met die stroper terwyl hy hom aan die kraag rondpluk. Die stroper se oë is wyd gerek, hy stamel en stotter.

"Dis 'n wit man van Bela-Bela vir wie hulle dié job moes doen," verduidelik die leier vir Natasha. "Hy sê dis die eerste keer wat hulle renosters sou doodmaak."

"Wie's die wit man?"

Weer word die stroper rondgepluk en met vrae bestook. Die man praat rukkerig, maar trek heeltyd sy skouers op.

Die leier draai na Natasha. "Hy sê die man se naam is Piet, maar hy ken hom nie eintlik nie. Hy weet net die man bly op Bela-Bela, maar hy weet nie waar nie. Die man het hulle op 'n plek in die bos ontmoet. Hy't die geweer vir hulle gegee. Hulle sou elkeen ten thousand vir die job kry."

"Wanneer sou hulle betaal word? En waar?"

Die leier praat met die stroper.

"Hulle moet hom eers gephone het as hulle die horings het."

"Het hy die man se telefoonnommer?"

Die stroper skud sy kop en stamel iets.

"Sy leader sou die man phone. Hy ken nie die man se nommer nie."

Natasha kyk moedeloos na Gert. Dié loer steeds om hom rond asof hy enige oomblik 'n leeu uit die bosse verwag. Dis duidelik hy wil so vinnig moontlik hier wegkom.

"Ons is in 'n doodloopstraat," sê sy. "Ons gaan niks meer uit hierdie donner kry nie."

"Dalk verklap die geweer die wit man se identiteit."

Sy skud haar kop. "Die kanse is zero."

Sy vat die geweer by die veldwagter en bekyk dit. "Nes ek vermoed het, die reeksnommer is afgevyl. Jy gee nie 'n geweer vir 'n stroper as die ding na jou teruggetrace kan word nie."

Sy staar nadenkend na die wapen. "Ek dink nie hy lieg daaroor dat dit hulle eerste operasie was nie. Die geweer het nie 'n knaldemper nie, nie eers een van daai ondoeltreffende goed wat hulle van blik maak nie. Hulle was beslis beginners."

Die twee wat weggekom het, is hopelik lewenslank afgeskrik van stropery, maar sy weet daar's baie in die buurlande én onder die plaaslike bevolking wat tou staan om sulke geleenthede te benut. 'n Gewete kan 'n luukse wees as jy arm is, en honger maak jou boonop blind vir gevaar. Dié Piet sal gou weer nuwe vrywilligers werf.

Soms maak die blote omvang van die stroperprobleem haar moedeloos, só erg dat sy wil tou opgooi. Dis nie net die georganiseerde bendes nie, maar ook gereeld ad hoc-groepies soos dié wat onder die renosters en olifante maai.

"Jy bloei," sê Gert en wys na haar arm waar 'n doringtak haar gegaffel het. "Ons sal by die kamp moet kom."

Sy lag. "Daai wondjie is niks. Onthou, ek het op 'n plaas in Zim grootgeword. Ons was 'n klomp rowwejêks."

"Dit het ek vandag agtergekom," brom hy.

Sy kyk na die leier van die teenstropereenheid. "Moet ons nie die ander twee probeer agtervolg nie? Ons kan met die Land Rovers baie tyd wen."

Aan Gert se sug steur sy haar nie.

8

Die nuus het Kassie pens en pootjies onkant betrap. Op pad van Maria se huis na sy woonstel in Goodwood lui sy selfoon. Dis sy pel Trevor Hansen, voorsitter van die Filatelie-federasie van Suid-Afrika. Hy bel uit Perth waar hy die wêreld-posseëluitstalling bywoon.

"Jy't dit gedoen, Kassie!" skree hy opgewonde.

"Gedoen? Wat?"

"Jou versameling van Kaapse driehoeke! Jy't die internasionale grand prix verower met daai versameling!"

Kassie moes eers aftrek van die pad om te herstel van die skok. Hy weet sy versameling Kaapse driehoeke is uniek, maar in sy wildste drome sou hy nie kon dink dat hy die hoogste toekenning sou kry nie. Dis soos 'n Olimpiese goue medalje vir 'n seëlversamelaar!

Nou, terwyl hy hier voor sy rekenaar in sy studeerkamer sit en gelukwensings instroom van versamelaars oor die wêreld heen, is hy steeds lighoofdig van geluk. Sy hand bewe toe hy die glas Creme Soda optel en diep sluk. Selfs die strelende klanke van die "Soepvleespolka" wat uit die kombuis kom, het nie soos gewoonlik 'n kalmerende uitwerking op hom nie.

Hy staan op agter die lessenaar en stap met die glas koeldrank slaapkamer toe, skop sy skoene uit, raak ontslae van sy windjekker en werksklere en trek sy turkoois sweetpak en skaapvelpantoffels aan. In die badkamer drup hy twee druppeltjies Rescue Remedy op sy tong. Hy slaan met sy vuis 'n hou in die lug. Dié prestasie verdien om gevier te word met 'n pizza voordat hy al die Facebook- en e-posboodskappe beantwoord. Hy bel Mr Delivery en bestel 'n supergroot Four Seasons met ekstra kaas.

Hy slof kombuis toe, sit die halwe volgraanbroodjie wat veronderstel was om sy aandete te wees terug in die kas, haal die houertjie cholesterolpille uit en sluk een met Creme Soda af. Hy druk sy gunsteling-CD van Ollie Viljoen in die hoëtroustel en draai die klank hard.

In die sitkamer val hy op die rusbank neer. Hy steek 'n Lucky Strike aan en trek behaaglik aan die rook.

Sy baldadigheid slaan skielik 'n spoedwal. Hy't nooit weer aan Maria se dilemma gedink nie. Hy is seker sy oorreageer, maar hy't vir haar gesê hy sal binne die volgende dag of twee 'n draai by die brug maak en met die bergies daar gesels. Dis nie nou al nodig om 'n saak van 'n vermiste persoon aanhangig te maak nie. Barnie sal wel een of ander tyd opduik, het hy haar verseker, want verslaafdes, veral tikverslaafdes, tree nie altyd rasioneel op nie.

Gou is Barnie en Maria weer uit sy gedagtes.

Hy lê terug op die bank en skud sy kop ongelowig. 'n Grand prix . . . 'n grand fókken prix!

* * *

Theodore sit op die kampstoel voor sy tent en kyk hoe die laaste strale van die son die toppe van die bosveldbome oranjerooi kleur. Asof hulle gewag het vir hierdie oomblik, begin die krieke en ander insekte met hul aandkonsert. 'n Leeu brul in die verte op een van die aangrensende wildplase.

Die hitte is ondraaglik; sy bolyf is klam van die sweet. As die winter só voel, weet hy nie hoe hy die somer gaan oorleef nie. Hy trek sy T-hemp uit, gooi dit oor die stoel en stap na die groot akasia langs die tent. Dis die enigste plek in die nabye omgewing waar hy redelike goeie selfoonontvangs het. Gewoonlik wag hy hier vir Freedom se oproep tydens 'n stropingsoperasie.

Hy bel sy suster. Sy is opgewonde om sy stem te hoor, maar

kla eers 'n minuut lank omdat sy so lanklaas van hom gehoor het. Sy vertel opgewonde van haar nuwe woonplek en hoe lekker dit is om onder Pa en Ma se voete uit te wees. Dan babbel sy oor die vryskutwerk wat sy by 'n groot mediamaatskappy losgeslaan het en dat sy sommer uit die huis kan werk. Hy glimlag. Vanaand gaan hy nie 'n woord inkry nie. Die groot gesels het Sussie behoorlik beet.

Sy glimlag verdwyn toe hy die skynsel van 'n voertuig se ligte in die veldpaadjie na sy kamp sien en 'n dreuning hoor. Hy kry nooit dié tyd van die aand besoekers nie. Sou Freedom-hulle 'n probleem hê?

"Ek bel jou later terug, sus. Hier's iemand by die kamp," groet hy vinnig en lui af.

'n Onbekende rooi Ford-bakkie stop voor sy tent. Tot sy verbasing klim Carina Vosloo uit. Wat maak sý hier? Hy was eergister by haar oor die maskers. En Nolte gaan tel die goed môremiddag by haar op.

"Hoop nie iemand het ingebreek by jou stoor nie?" Hy voel ongemaklik met sy kaal bolyf voor haar.

Sy lag. "Nee, glad nie, maar ek het vandag op 'n juweel afgekom. Moes dit vir jou kom wys. Dalk wil jy dié een ook hê."

Haar kleredrag verbaas hom. Sy het 'n halternektoppie aan, sónder 'n bra. 'n Te kort broekie kleef aan haar heupe en beklemtoon haar mooigevormde bene.

Nogal nie sleg vir haar ouderdom nie, dink hy, sy moet in haar middelveertigs wees. Maar hy't haar nog nooit só gesien nie. Met sy besoeke aan die stoor het sy nog altyd taamlik vaal voorgekom.

Sy leun oor na die passasiersitplek en bring 'n masker te voorskyn, beduie met haar kop na die tent. "Jy't seker beter lig daar binne. Jy móét hierdie een in sy volle glorie sien."

Hy raap sy T-hemp van die kampstoel op. "Ek wil my darem net skaflik maak."

Sy keer met 'n warm hand op sy arm en giggel soos 'n skool-meisietjie. "Die hitte is erg, dis regtig nie nodig om ter wille van mý aan te trek nie."

Hy lag verleë en gooi die hemp terug op die stoel. Hy't al agter-gekom sy flirt met hom wanneer hy sy aankope by die stoor doen, maar vanaand draai sy die sjarmekrane ekstra groot oop.

"Nou toe, laat ons gaan kyk."

Hy stap agter haar by die tent in. Sy swaai haar heupe, haar boude duidelik afgeëts deur die dun materiaal van die broekie. Dit lyk nie of sy onderklere aanhet nie. Sy sit die masker teen die stoel langs sy lessenaar neer sodat die staanlamp se lig daarop skyn, en staan terug.

Dis 'n ovaalvormige houtmasker, nie buitengewoon groot nie, maar met 'n vreemde goue skynsel. Die gesig het hartseer oë en die mondhoeke krul na onder.

"Dié ou lyk sad," sê hy.

Sy knik. "'n Begrafnismasker uit die Kongo. Baie, baie skaars. Ek het nog nooit voorheen een gesien nie."

Hy gaan hurk voor die masker, bekyk dit van naderby. Nie reg-tig besonders nie, maar hy sal geïnteresseerd moet lyk. Sy het immers die moeite gedoen om tien kilometer deur die boendoe hierheen te ry. Hy draai die masker om en bekyk die agterkant, sien skrams hoe sy wegbeweeg van die lessenaar en dieper die tent in loop.

"Groot plek wat jy hier het," sê sy oor haar skouer. "En baie lekker ingerig."

Hy knik. "Ek bly al nege jaar hier. Ek moes dit vir myself maar leefbaar maak."

Hy tik met sy vinger teen die masker. "Ek sal hierdie een beslis vat. Hoeveel wil jy daarvoor hê?"

"Jy gaan darem seker vir my 'n koue bier aanbied voor ons be-sigheid gesels?"

Hy kom met 'n glimlag orent. "Daar's toevallig 'n paar koues in die yskas."

Toe hy omdraai, staan sy twee meter agter hom, hande op die heupe. Haar klere lê in 'n hopie langs haar op die vloer.

Sy gee 'n tree nader aan hom. "Dalk kan die bier ook eers wag . . ."

*   *   *

Die onafhanklikwording van Uganda in 1962 het nooit werklik negatiewe rimpelinge by die wit gemeenskap veroorsaak nie. Veral die paar wit boere was vol vertroue dat dinge sou voortgaan soos toe die land 'n Britse protektoraat was.

En in die res van die dekade was daar geen ooglopende tekens dat hulle verkeerd was nie. Daar was wel in 1966 'n ligte fladdering in die wit duiwehok toe Milton Obote, die nuwe eerste minister, ontslae geraak het van die president en homself "aangestel" het as uitvoerende president. Met dié skuif het hy die alleenheerser geword, en Uganda 'n eenpartystaat.

Smiley se pa, die mees gesaghebbende wit man in die suidweste, was glad nie daaroor bekommerd nie. Hy en Obote was persoonlike vriende; die president was vroeër selfs 'n paar keer 'n gas op sy plaas. Volgens hom was Obote se plan van radikale sosialisme slegs praatjies om sy meer strydlustige kollegas kalm te hou.

Gevolglik het ek en Smiley ons toekoms in Uganda gesien. Dit was ons gemaksone, en daar was heelparty sakegeleenthede vir voornemende entrepreneurs. In ons laaste skooljaar in 1970 het ons groot planne beraam. 'n Stuk plaasgrond van Smiley-hulle het braak gelê en met sy pa se goedkeuring sou ons twee ons eie groenteplaas begin. Ons het alles haarfyn beplan. Ons sou klein begin, later vragmotors aanskaf en ons groente ook buite die grense van Uganda van die hand sit.

My pa se dood aan 'n hartaanval in ons matriekjaar het niks aan ons planne verander nie. My ma is terug Engeland toe, maar sy het ingestem

dat ek bly. Daar was in elk geval nie geld vir universiteit of werkgeleent-
hede in Manchester nie.

Min het ons geweet ons drome sou vroeg in 1971 verpletter word.

9

Pluime sigaarrook hang soos 'n digte misbank op 'n Kaapse og-
gend om Montgomery Smith se kop. Hy waai met sy hand die
ergste rook weg en kyk na die twee mans oorkant die groot eike-
houtlessenaar in sy studeerkamer.

"Theodore is bekommerd oor die hoeveelheid horings wat hy
in Musina moet hou," sê Montgomery. "Maar ek meen dis net te
veel van 'n risiko om dit hier te stoor totdat Phan Can Dung een-
dag die pad vat Viëtnam toe."

Graeme West knik. "Ek stem volmondig saam."

Wolf Breede staar net die niet in.

Stem volmondig saam . . . soos 'n plaat wat vashaak, dink Mont-
gomery. Jirre, die gehalte van sy breintrust is laag. Die een het 'n
IK van tien en die ander een is 'n opperste gatvlieg. West het nog
nooit 'n eie mening gehad nie. Dis goed om lojale mense te hê,
maar dan moet hulle darem ook waarde kan toevoeg. Hoe het dit
gebeur dat hy hom met sulke swakkelinge omring het?

Hy sug. "Probleem is dat Phan Can Dung nog nie 'n datum het
wanneer hy moet teruggaan nie."

"Is ons doodseker sy diplomatieke immuniteit gaan hom vry-
waar van deursoeking by die hawe?" vra West.

"Bliksem, Graeme, het jy nie nou die dag geluister nie!" roep
Montgomery uit. Hy is moeg om alewig dinge te moet herhaal.
"Ja, dis honderd persent veilig. Sy hele trek word in kratte verpak,
en die doeanebeamptes mag nie daaraan raak nie."

"Jammer, Montgomery, ek . . . ek was besig op die telefoon toe
jy dit genoem het," stotter West.

"Wat gaan ons doen wanneer Phan Can Dung landuit is?" vra
Wolf.

Montgomery is vir 'n oomblik verbaas dat Breede tot 'n intelligente vraag in staat is. Die bebaarde aap het vandag 'n vreemde brilletjie op die neus.

"Nuwe bril gekry?" vra hy.

Wolf skud sy kop. "Nee, dis 'n oue. Ek't my nuwe een iewers verlê. Kry die ding nie."

"G'n wonder nie, daai huis op die kleinhoewe lyk soos die hond se gat. Jy kan die plek gerus skoonmaak."

Wolf kyk nie na hom nie, brom net iets.

Montgomery leun terug in sy stoel, neem 'n trek aan die sigaar. "Om jou vraag te beantwoord: Phan Can Dung verseker my sy opvolger is maklik omkoopbaar. Hy sal die aanvoorwerk vir ons in Hanoi doen. Dis vir hom net so belangrik dat daar iemand by die konsulaat is met wie ons kan saamwerk. Hy verdien 'n kakhuis vol kommissie, hy sal nie die geldfonteintjie wil laat opdroog nie."

"Het ons al 'n plaasvervanger vir Barnie Wolhuter in gedagte?" vra West.

Montgomery glimlag. "Nee, maar ek het gedink jy kan sommer daai takie vir ons oorneem."

"Ék?" West se adamsappel spring op en af soos hy sluk.

"Ja, jy, Graeme," sê Montgomery. "Ek gaan nie weer 'n buitestander betrek nie. Ek wil nooit weer deur 'n eks-werknemer afgepers word nie."

Wolf skud sy kop. "Kan nog steeds nie verstaan hoe Barnie van die horings uitgevind het nie."

"Ons eie slapgatgeit." Montgomery kyk na West, wat sy blik vermy deur af te kyk. "Hy moes die horings in ons kratte hier gesien het. Dis mos net te veel moeite om die deksels heeltyd toe te hou. Hy was ook nie veronderstel om daar rond te dwaal nie, maar Graeme het natuurlik vergeet om die pakstoor te sluit."

"Jammer, Montgomery . . . ek . . ."

"Dis gedane sake," onderbreek Montgomery hom. Hy's nie lus om weer na West se patetiese verskonings te luister nie.

Hy neem 'n diep trek aan die sigaar, blaas rook uit. "Theodore sê hy't 'n helse lot maskers, 'n klomp skilde, potte en honderde stringe krale aangekoop. Nolte tel dit vandag by hom op. Graeme, jy moet sorg dat dertig persent van die goed eweredig versprei word tussen die winkels by die Waterfront en Cavendish. Canal Walk se winkel het nog genoeg voorraad. Die res van die goed is vir uitvoer. Die curio shop in Taipei het juis 'n bestelling van twintig maskers ingesit."

West knik gretig. "Ek maak so, Montgomery," sê hy, duidelik verlig dat hy nie meer in die spervuur is nie.

"Het ons al 'n nuwe verkoopsassistent vir die Waterfront-winkel?"

"Ek voer môre onderhoude met die vier mense op die kortlys."

"Jy moet jou gat roer, Graeme! Ou Tallie kla hy kan nie alleen die winkel run nie."

"Ek doen my bes. Ek het . . ."

"Julle kan maar gaan," knip Montgomery hom kort. Hy wuif met sy hand na die deur.

"Wolf," sê hy net toe dié wil uitstap.

Breede draai in stadige aksie om. Sy arms hang soos 'n aap s'n langs sy sye. Die verspotte brilletjie laat hom nog meer soos 'n moroon lyk, dis hopeloos te klein vir sy breë gesig.

"Sorg dat die visse se water die regte temperatuur is. En in vadersnaam, onthou om die sirkulasiepomp elke vier uur aan te sit." Montgomery glimlag. "Ek hoop jy't hulle kosvoorraad ook aangevul. Tagtig kilogram vleis hou seker nie vir altyd nie."

Wolf knik uitdrukkingloos, grynslag dan toe hy snap waarop Montgomery sinspeel.

* * *

Op 25 Januarie 1971 word Obote se regering in 'n staatsgreep omvergewerp. Die hoof van die weermag, Idi Amin, word die nuwe bewindhebber van Uganda.

Daarmee saam was my en Smiley se toekomsplanne gekelder . . . en het Uganda se nagmerrie begin. Ondanks sy vermoede dat die Britse regering die staatsgreep gesteun het om van die kommunistiese Obote ontslae te raak, het Smiley se pa genoeg visie gehad om te besef die lewe in Uganda gaan drasties verander, uiteindelik ook vir die wittes. Volgens hom was Amin 'n "nutcase".

Ek en Smiley het juis 'n paar jaar vantevore by die Kampala-rugbyklub met hom kennis gemaak – Amin was in sy jong dae 'n formidabele rugbyspeler en Uganda se bokskampioen. Hy was dié aand daar om as hoof van die weermag die ligabeker aan Kampala se eerste span te oorhandig, en het nog almal vergas op Britse liedjies en sy akkordionspel. Maar sy gemoedelike uiterlike was net 'n rookskerm vir sy verwronge innerlike.

Die teregstellings het kort ná sy bewindsoorname, en nadat hy tot groot spot van die wêreld elke moontlike heldedekorasie en nuutgeskepte rang aan homself toegeken het, begin. Uiteindelik was daar onder sy bewind meer moorde en politieke teregstellings in Uganda as in die res van Afrika saam. Sommige bronne skat Amin se slagoffers so veel as 'n halfmiljoen.

Smiley se pa sou later een van hulle wees, maar eers het hy 'n nuwe toekoms in Suid-Afrika vir sy seun beplan – onder groot protes van Smiley. Ek was deel van dié plan want Smiley se pa het hom ook oor my ontferm, deeglik bewus dat my ma geen blink toekoms vir my in Engeland sou kon verseker nie.

"Julle moet gaan studeer," het Smiley se pa gesê. "Ek sal vir julle albei betaal."

'n Kaapse vriend van hom het die Universiteit van Stellenbosch aanbeveel. "Hulle sal wel aanvanklik sukkel met die Afrikaans, maar jy wil tog

53

nie jou kind na 'n liberale Engelse universiteit stuur nie. Daar word hulle net geïndoktrineer met linkse en kommunistiese ideologieë."

Ons is inderhaas Suid-Afrika toe, net betyds om nog in te skryf vir ons eerste studiejaar. Die omgewing, taal en kultuur was wildvreemd vir twee boorlinge van Uganda, maar Smiley sou vinnig aanpas. Vir my was dit veel moeiliker.

10

Die groepie boemelaars onder die brug kyk agterdogtig na Kassie en Rooi.

Kassie haal sy SAPD-ID uit en wys dit vir hulle. "Ons is van die polisie, ons is hier om oor Barnie Wolhuter met julle te praat."

'n Man wat met 'n lepel sousbone uit 'n blik sit en eet, haal sy skouers op. "Julle moet met Boepie praat. Ons anner weet fokkol van Barnie af. Hy was nie eintlik 'n tjom van ons nie."

"Is Boepie hier?" vra Rooi.

"Ek scheme so, maar hy slaap seker nog."

Die man kom steunend orent, stap 'n entjie onder die brug uit en vat eers nog 'n hap van die sousboontjies. Hy skree in die rigting van die bosse: "Boepie! Bad news and good news. Die bad news is die cops is hier, die good news is hulle wil net oor Barnie chat."

Ná 'n rukkie is daar 'n geritsel tussen die bosse. 'n Man kom uitgestap, lank en seningrig, geklee in vuil jeans en 'n verslete T-hemp waarop *I don't need Google – my wife knows everything* in goue letters staan. Boepie se potsierlike ronde maag pas nie by sy skraal gestalte nie. Hy's kaalvoet. Sy verweerde rooi gesig toon al die tekens van 'n oormaat son, wind en drank.

Hy beduie vir Kassie-hulle na 'n denneboom 'n entjie weg.

"Het een van die generaals dalk 'n sigaret vir my?" Sy oë flits van Kassie na Rooi.

Kassie gee vir hom 'n Lucky Strike. Boepie haal vuurhoutjies uit sy sak en steek die sigaret aan. "Waarmee kan ek die generaals help?"

"Ons verstaan van Barnie se vrou dat jy en Barnie vriende is," sê Kassie.

Boepie knik terwyl hy 'n lang teug aan die Lucky vat. "Ons was."

"Wanneer laas het jy van hom gehoor?" vra Rooi.

"Is nou al amper 'n maand, ek't vir sy vrou gesê. Maar net gister toe dink ek daar's tog iets wat ek vergeet het om vir haar te sê."

Boepie sak tydsaam op sy hurke af, kyk met wasige oë om hom rond. "Barnie het vir my 'n tydjie terug gesê hy's besig met 'n scheme. En as die scheme afkom, gaan hy in die geld rol. Hy't van millions gepraat."

Hy lag, een voortand ontbreek. "Hy't nog gesê hy sal vir my en Maarman ook gee, genoeg vir 'n huis én 'n kar. Ek't hom nie serious opgevat nie, hy was high op tik."

"Het hy nog iets gesê oor sy scheme?" vra Kassie.

"Hy't net gesê dis bietjie van 'n gamble, dis al. Ou Barnie was desperate vir geld. Hy was mos vroeër gewoond aan die good life, hy wou 'n comeback maak."

"Wie's Maarman?" vra Rooi.

"Sy tik-tjommie. Maar ek het hom ook lanklaas gesien. Hy het net altyd vir Barnie kom kry as hulle koperpype steel." Hy lag. "Koper is die arm man se currency vir tikgeld."

Kassie weet van al die klagtes oor koperdiefstal wat die polisie moet aanhoor. "Waar kan ons vir Maarman kry?"

Boepie haal sy skouers op. "Dié sal ek nie weet nie. Maarman is 'n drifter. Maar as ek hom raakloop, sal ek hom sê die generaals soek hom."

Kassie haal sy visitekaartjie uit. "Sê vir Maarman hy moet my by dié nommer bel, of na die Nuweland-polisiestasie toe kom. Sê vir hom ons soek net inligting oor Barnie, ons sal hom nie in cuffs slaan omdat hy koperpype steel nie." Hy gee vir Boepie nog 'n sigaret, wat dié dankbaar aanvaar. "En kom dadelik na ons toe as jy iets van Barnie hoor."

Hy en Rooi loop in stilte terug motor toe.

"Hierdie scheme van Barnie pla my," sê Kassie toe hulle by die parkeerplek kom.

Rooi knik. "Die scheme kon gebackfire het. Hy wou dalk saam met gangsters 'n plek gaan beroof en nou lê hy iewers onder die kluite."

"En ons sal 'n saak van 'n vermiste persoon moet oopmaak . . . Ons moet Barnie se besonderhede aan al die stasies in die Kaap stuur."

Net toe hy wil inklim, lui Rooi se selfoon. Kassie wag in die motor terwyl Rooi opgewonde buite gesels.

"Bliksis, Kassie, goeie nuus!" sê hy toe hy agter die stuurwiel inklim. "Torretjie het 'n job gekry. Sy's vroegoggend al weg vir 'n onderhoud en hulle het haar nou net gebel en gesê sy't dit gekry. Sommer vyfhonderd rand 'n maand meer as by haar vorige job. Sy kan môre al begin, dis by 'n winkel in die Waterfront." Hy lag. "Nou sal my kredietkaart ook minder pyn vat."

"Watse plek is dit?"

"Hulle verkoop Afrika-goeters."

* * *

Theodore weet dit was 'n helse fout om saam met Carina Vosloo in die bed te klim.

Maar die hele storie het hom onverhoeds betrap. Hy't nie kans gehad om te dink nie, sy't hom omtrent bed toe gesleep. Die seks was wild, haar gille hard en skril. En sy het geen einde geken nie.

Vanoggend was dit 'n stryd om van haar ontslae te raak. Hy't gelieg en gesê hy moet verskaffers by Beitbrug ontmoet.

Toe wou sy eers weet wanneer hulle mekaar weer sien.

"Wat van vanaand? Jy kan by my kom eet. Ek's seker jy kry nooit 'n ordentlike bord kos hier in die bos nie."

"My suster van die Kaap kom kuier. Sy bly vir 'n week en sy's 'n uitstekende kok," het hy onbeskaamd gelieg . . . veral oor die kok-deel. Sy suster het nog nooit haar handjies gelig om iets te maak nie.

Hy stap peinsend na sy Land Rover. Dis nie asof hy die onverwagte seks nie geniet het nie. Dis immers al ses maande vandat hy met daai jong oorsese toeris deurmekaar was. Maar hy't hoegenaamd geen voornemens vir 'n romantiese verhouding nie, veral nie met 'n vrou vyftien jaar ouer as hy nie. Buitendien sal hy bitter gou uitgekuier raak met haar. Hulle het nie veel meer om oor te gesels as Afrika-maskers nie.

Hy sug. Die probleem is dat hy afhanklik is van haar vir sy maskers. Hy kan nie bekostig om daardie naelstring nou te knip nie.

* * *

Aanvanklik het ons vreeslik gesukkel met Afrikaans. Gelukkig het ons 'n Engelse klasmaat gehad wat dieselfde BSc-vakke as ons geloop het en wat sy notas vir ons vertaal het – natuurlik teen betaling. Verder het Smiley se pa gereël dat ons wekliks Afrikaans-lesse kry. Die meeste handboeke was darem in Engels.

Op sosiale vlak het Smiley baie vinniger as ek reggekom. Hy's van nature 'n innemende mens en daarby 'n goeie sportman. Daar het gereeld van sy krieketspanmaats by ons woonstelletjie begin uithang. Die "vriendelike soutie van Uganda" was gou gewild by almal.

My grootste probleem was dat ek van Smiley afhanklik was vir geld. Sy pa het die geld vir ons studies, verblyf, kos en ander uitgawes in sy bankrekening inbetaal, en hy was veronderstel om my deel vir my te gee.

Maar hy het gou my geldkraantjie begin toedraai met die verskoning dat sy pa "hierdie maand minder oorbetaal het". Hy kon egter nie vinnig genoeg vir hom 'n motorfiets koop nie, terwyl ek oral heen moes stap. Toe my enigste paar skoene se sole letterlik deurgeloop was, het hy net sy skouers opgetrek en gesê sy pa kan nie nog my skoene ook koop nie.

Ek het saans begin werk, skottelgoed gewas by 'n restaurant om aan die lewe te bly en my karige klerekas aan te vul. Dit terwyl Smiley die een partytjie ná die ander in die woonstel gehou het en drank mildelik op "ons" rekening gevloei het.

Dié situasie het die eerste ernstige krake in ons vriendskap veroorsaak . . . krake wat later van my kant af in enorme kraters sou verander.

11

"Die vier bliksems het elk net ses jaar tronkstraf gekry," sê Karel Koster, Musina se bedrywige omgewingsjoernalis. Hy vee sy kuif uit sy oë, stoot sy diklensbril hoër op sy neusbrug en maak sy notaboek oop.

"Ja, dis 'n skande," sê Natasha. "En die ergste is dat die baas-brein iewers hoog en droog sit en seker al klaar sy volgende stropingsoperasie beplan."

"Presies. Ons gaan dié oorlog nie 'n donner wen nie."

Natasha knik met 'n sug. Hoewel die stropers lig daarvan afge-kom het, gaan hulle ten minste agter tralies sit. En dat dié spesi-fieke stropers vasgetrek is met inligting wat IESA ingesamel het, is darem nog 'n rede om die Amerikaanse donateurs te laat herbesin oor die begroting. Sy wil hulle toegooi met suksesverhale. Sy het gisteraand haar aanbevelings aan Sanparke gestuur oor hoe die teenstropereenheid hul werkswyse kan verbeter, met afskrifte aan Tim en die donateurs. Hulle moet kennis neem van die volle om-vang van IESA se bydrae. Sy't 'n vermoede Werner Erwee het in die verlede nie al haar verslae aan die Amerikaners deurgegee nie.

"Waaroor wil jy vandag praat?" vra sy vir Karel.

"Viëtnam."

"Reg met my."

Die joernalis kan soms bitter lastig wees en hy neem baie van haar kosbare tyd in beslag, maar hy skep goeie reklame vir IESA. Hulle is die afgelope paar maande besig met 'n reeks renosterarti-kels vir sy koerantjie. Hoewel die leserstal beperk is, stuur hy vir ekstra inkomste Engelse vertalings van die artikels aan 'n verskei-denheid oorsese bewaringspublikasies. Daardeur kry IESA en die renosterkrisis gereeld wêreldwye blootstelling.

"Net eers as agtergrond vir my lesers . . . hoe lank was jy destyds in Viëtnam?"

"'n Maand, maar toe was ek nog by die Conservation Action Trust. Dit was vier jaar gelede."

Karel skryf, skuif weer sy bril reg. "Hoekom is juis die Viëtnamese so agter renosterhoring aan? Was hulle maar altyd die culprits?"

"Nee, China was die groot sondaar in die verlede. Dáár was renosterhoring vir bykans tweeduisend jaar 'n integrale deel van hul tradisionele medisyne. Hulle was tot in 1993 van die grootste gebruikers van horing. Hongkong het in 'n stadium die wêreldhandel in renosterhoring oorheers, merendeels vir Chinese gebruik. Taiwan was ook 'n groot eindgebruiker, hoofsaaklik voorsien deur Suid-Afrika. Maar streng Chinese wetgewing teen horinghandel het stroping in die middelnegentigs kwaai laat afneem. Hulle bly groot gebruikers, maar laat deesdae die vuilwerk aan die Viëtnamese oor."

"Wanneer het die Viëtnamese dan op die bandwagon geklim? En hoekom juis hulle?"

"Sedert 2003 kan renosterstroping toenemend teruggespoor word na hulle. Die groot rede is Viëtnam se buitengewoon goeie ekonomie, saam met 'n wydverspreide herlewing van die geloof dat renosterhoring nie net 'n wonderkuur is vir kanker nie, maar vir 'n duisternis ander goed."

"Soos wat?"

"Enigiets onder die son . . . artritis, rugpyn, hoofpyn, konvulsies, hoë koors, infeksies, babelaas, vergiftiging en om die gehalte van jou bloed te verbeter. Die probleem is dat die staatshospitale en duisende van die gesondheidsentrums tradisionele medisyne onderskryf. Ek het onlangs gelees advertensies op Viëtnamese webwerwe beveel renosterhoring aan vir meer as sewentig mediese toestande. Die aanvraag na horing raak elke dag net groter."

"En wat betaal 'n mens daarvoor?"

"Belaglike bedrae . . . dit kan tot soveel as veertigduisend dollar per kilogram wees. En op die Chinese en Thaise swartmark behaal dit soms nog hoër pryse. Dit maak renosterhoring 'n uiters betalende bedryf vir die sindikate, as jy in ag neem watse peanuts hulle die stropers betaal."

"Hoe neem hulle die horing in? Ek weet hulle maal dit."

"Drink die fyngemaalde horing saam met warm water. Daar is letterlik honderde verskillende drankies en resepte vir horingdisse. Hulle bemark tot renosterwyn – dié sit glo die skop terug in 'n man se performance in die bed. Die horings word gewoonlik in klein stukkies opgesaag en só aan die verbruikers verkoop. Dis ook 'n helse statussimbool in Viëtnam om 'n renosterhoring teen jou muur uit te stal. Ryk sakemanne gee selfs deesdae stukkies horing as corporate gifts weg."

Karel fluit deur sy tande en skryf verwoed. Ná 'n uur is hy tevrede dat hy genoeg inligting het. Hy maak sy notaboek toe en leun vorentoe.

"Ek't gister met 'n Kaapse vriend oor die foon gesels. Hy't vertroulik 'n groot storie by 'n pel van hom in die Valke gehoor. Blykbaar het die Valke-eenheid wat stroping ondersoek verlede week 'n warm tip van 'n anonieme inbeller gekry."

Hy praat met 'n fluisterstem, iets wat Natasha altyd amusant vind, want daar is niemand anders in die omgewing nie.

"Die inbeller het homself glo Deep Throat genoem," gaan Karel voort. "Hy beweer 'n sekere donner by die Viëtnamese konsulaat in Kaapstad is op groot skaal betrokke by renosterhandel. Hulle hou nou elke beweging van die knaap dop."

Natasha skud haar kop. "Kan jy dit glo! Tot hul diplomate al!"

Karel steek sy notaboek in sy sak en staan op. "Sien jou oormôreaand by die Sakekamer se do. Jy's glo die gasspreker."

"Ja, ek voel eintlik skuldig dat ek nou eers my gesig daar gaan wys. Ek moes dit lankal gedoen het. 'n Mens weet nooit of daar potensiële skenkers is nie."

"Dit kan jy weer sê. Almal wat tel in dié deel van die wêreld is gewoonlik daar."

★ ★ ★

"Ek sien jy's nou famous, Kassie," sê kolonel Daniels vlak by Kassie se lessenaar. Hy hou die koerant omhoog sodat die ander in die kantoor dit ook kan sien.

Kassie lag verleë. "Ja, ek weet nie hoe hulle die storie so vinnig opgetel het nie."

"Jy lyk moerse tevrede met jouself op daai kiekie!" spot Da Silva. "Pak omtrent tanne uit."

"Kry jy prysgeld daarvoor?" vra Rooi.

Kassie skud net sy kop. Hy moet erken hy's nogal ingenome met die foto en die beriggie. Toe die verslaggewer hom gistermiddag bel en die afspraak maak, kon hy nie vinnig genoeg by die woonstel kom nie. Vanoggend was hy al lank voor werk by die kafee om die koerant te kry. Hy't dit omtrent heel deurgeblaai voor hy op die berig afgekom het. Hy hou veral van die opskrif: *Plaaslike versamelaar palm groot internasionale seëltoekenning in.*

Hy't sommer vyf koerante gekoop.

"Vat dié maar vir jou," sê Daniels en sit die koerant op Kassie se lessenaar neer. "Ek't dit klaar gelees. Jy sal dit darem seker wil hou."

"Dankie," mompel Kassie sonder om op te kyk.

Daniels wil omdraai, maar steek vas. "Ek sien jy en Rooi het nou 'n saak van 'n vermiste ou by julle. Nogal 'n eks-poeliesman."

"Ek en Barnie het saam by Bellville-stasie gewerk," sê Kassie en vertel Daniels vlugtig wat hy weet.

"Ja, drugs is maar 'n bliksem. Hou my ingelig oor die saak," sê Daniels toe hy uitloop.

'n Beklemming sak oor Kassie se gemoed. Hy weet die volgende vier-en-twintig uur gaan bepalend wees. Met Barnie se foto, fisieke beskrywing en persoonlike inligting by alle polisiestasies, lykshuise en hospitale in die Skiereiland, kan hy enige oomblik 'n oproep kry . . . 'n oproep wat nie noodwendig goeie nuus gaan beteken nie, nuus wat Maria en haar seuntjie nie sal wil hoor nie.

Geen terugvoer sal beteken daar's nog 'n geringe kans om Barnie lewend op te spoor.

Hy en Rooi het besluit om vandag niks te doen nie, maar as daar geen nuus is nie, sal hulle weer met Maria gaan gesels. Dalk weet sy iets van Barnie se sogenaamde geldmaak-scheme.

* * *

Ek het hard studeer. Nie dat ek altyd veel tyd daarvoor gehad het nie. In die derde kwartaal van my eerste jaar het ek smiddae as kelner by 'n koffiekroeg begin werk. Saans was dit nog steeds skottelgoed was by die restaurant.

Tussen klasse het ek in die biblioteek gaan studeer, want in die woonstel was dit onmoontlik. Daar was 'n gereelde toeloop van besoekers en soms het die partytjies al vroegdag begin. Smiley was altyd omring deur 'n klomp luidrugtige vriende, van wie 'n paar by tye sommer hul intrek in die woonstel geneem het – ook in my kamer wanneer een 'n losgelukkie opgetel het. Hoeveel nagte moes ek nie maar tevrede wees om in 'n slaapsak iewers in 'n hoekie van die woonstel te slaap nie.

Ek was eintlik niks anders as 'n bywoner nie, sonder enige voorregte.

My enigste dryfkrag was die wete dat ek my kursus moes slaag. Dit was my paspoort na onafhanklikheid, en nóg belangriker: 'n lewe sonder Smiley.

Hy het hom nie veel aan die akademie gesteur nie. Hy was selde in die klas en het toetse begin oorslaan. Sy behoud was sy uitsonderlike sportprestasies – sterkolwer van die o.20A-krieketspan en kaptein van Maties se o.20A-rugbyspan. Sy pa het twee keer van Uganda ingevlieg om hom op Nuweland te sien speel en hulle was een aand selfs gaste aan huis van doktor Danie Craven. Smiley was op sportgebied en sosiale vlak 'n Matie-celeb.

Die feit dat hy aan die einde van ons eerste jaar toelating gekry het vir net een eksamenvak, het hom geensins gepla nie. Hy was nie op universiteit om graad te vang nie, maar om elke druppel plesier uit die lewe te tap.

Daarenteen het ek al my vakke geslaag. Weens my beperkte studietyd en gebrekkige Afrikaans was my punte nie besonder goed nie, maar ek het my tweede jaar aangepak met die wete dat ek oor die eerste hekkie na vryheid is.

12

Natasha kyk hoe almal hulle plekke inneem in die beknopte spasie van die IESA-kantoor. Hul blink oë, breë glimlagte en die geesdrif vir hul taak op hul gesigte laat haar skuldig voel. Die meeste van hulle was drie jaar gelede werkloos en armlastig; oor 'n paar maande kan die helfte van hulle weer sonder werk sit.

Sy wil hulle nie nou al inlig oor die begroting nie, maar oor 'n maand van nou af sal sy moet. Dit sal net billik wees om hulle die geleentheid te gee om ander werk te soek. Maar vir die volgende dertig dae moet sy hulle volle samewerking kry om bo hul vermoë te presteer, om elke greintjie ywer in een area te kanaliseer. Al hoe hulle die Amerikaners se besluit kan swaai, sal wees as hulle ongekende sukses behaal in die grootste enkele krisisgebied: die Krugerwildtuin.

Sy het die twee spanne in Zim, die drie in Mosambiek en die een in Botswana hierheen laat kom. Die twee spanne in die gebiede aangrensend aan die Kruger het sy ook onttrek om te kom help. Saam met die drie Kruger-spanne het sy nou drie-en-dertig IESA-veldwagters wat sy in die wildtuin kan ontplooi.

Werner was aanvanklik hewig gekant teen haar voorstel.

"Mosambiek se elite-teenstropingseenheid help deesdae voorkom dat stropers die Kruger uit die Limpopo-oorgrenspark binnekom," het sy gesê. 'n Wit leuen – die Mosambiekse stropers is die grootste probleem. "Uit Zimbabwe gaan ons hulle moeilik keer, maar ons sal hulle aan Kruger se kant in die noorde inwag. Gee my net 'n proeftydperk van 'n maand," het sy gepleit tot hy teensinnig ingestem het, nie oortuig dat haar planne die Amerikaners se begrotingsbesluit gaan beïnvloed nie.

Sy verduidelik kortliks aan die groep wat haar plan van aksie is.

"Sanparke is baie opgewonde oor die nuwe steun wat ons hulle hier gaan gee. Ons sal op hulle volle samewerking kan staatmaak." Sy beduie na die groot kaart van die wildtuin teen die muur. "Die rooi plakkertjies dui die stropingsoperasies van renosters van die afgelope drie maande aan."

'n Koor van geskokte uitroepe klink op.

Sy knik. "Ja, dis hoe sleg dit hier gaan. Altesaam honderd-nege-en-sewentig doodgemaak en veertien vermink."

"En die swart plakkertjies wat langs party van die rooies geplak is?" vra een van die Mosambiekse spanleiers.

"Dis waar ons vermoed die Silencers toegeslaan het. Soos julle kan sien, was hulle by meer as dertig suksesvolle operasies betrokke – twee-en-negentig horings geoes."

"Hulle is die afgelope tyd veral in die noorde bedrywig," sê Petrus Venter, spanleier van die Kruger-veldwagters. "Maar hulle is uitgeslape en hulle gebruik gesofistikeerde knaldempers wat die skote heeltemal demp. Hulle mors ook nie tyd nie, sny die horings los en laat waai."

Natasha knik. "Dis waarom ons die meeste van julle in die noorde gaan ontplooi." Sy beduie na Gert langs haar. "Die helikopter gaan ook net op daardie deel konsentreer. Die Silencers sal die eerste prys wees."

"Gaan ons net op die renosters fokus of op olifante ook?" vra Gert.

"Dié maand net op renosters."

Sy voel skuldig daaroor. Sy't in 'n onlangse verslag bewarings-kenners se voorspelling gesien dat twintig persent van Afrika se olifante in die volgende tien jaar uitgewis kan word. Daar word jaarliks meer as twintigduisend olifante doodgemaak, maar die grootste krisis is in Sentraal-Afrika, waar die geskatte tempo van stropery dubbel dié van die vasteland se gemiddelde is. In Mosambiek is ivoorstropery 'n groeiende probleem.

Hoewel ivoorstropers ook in die Kruger bedrywig is, wil sy nou net op renosters fokus. "Gebruik al jul kontakte in die omgewing. Kyk hoeveel locals julle kan kry om 'n oor teen die grond te hou. Onthou, ons het begroot vir inligting. As iemand ons op 'n warm spoor sit, sal hy betaal word."

Sy kyk na Petrus. "Het julle al weer nuwe helpers ingetrek?"

Hy knik ingenome. "Ja, 'n Zimbabwiër, Freedom Chiweshe, en sy drie kollegas is nou ekstra oë vir ons. Hulle verskaf hout aan al die kampe in die noorde, so hulle ry gereeld daar rond."

Natasha glimlag. "Goed so. Hoe meer mense ons betrokke kry, hoe groter is die kanse om die donners te nail."

★ ★ ★

Maria Wolhuter skud haar kop. "Nee, ek het geen idee met watse plan Barnie besig was nie." Sy glimlag wrang. "Hy't my reeds rot en kaal besteel. Ek sou beslis nie sy teiken gewees het nie."

Kassie knik begrypend. "Ken jy enige van die ongure karakters met wie hy vriende was?"

Sy snork. "Al sy dwelmvriende was ongure karakters, maar ek het nie een ooit ontmoet nie. Ek ken ook nie hul name nie."

"Sal iemand by sy vorige werk dalk 'n leidraad kan verskaf?" vra Rooi.

Maria sug. "Dit sal ek nie weet nie. Barnie het selde oor sy werk gepraat. Hy was konstant oorsee, merendeels Verre Ooste toe. Hy was die enigste een in hul maatskappy wat hul uitvoere hanteer het. Hy's blykbaar al 'n tyd gelede daar weg, maar julle kan seker probeer."

"Vir watter maatskappy het hy gewerk?" wil Kassie weet.

"African Curio."

"African Curio!" sê Rooi verbaas. "Dis waar Torretjie nou werk."

Hy lag verleë toe Maria hom vraend aankyk. "Sommer my

noemnaam vir my vrou. Sy't nou net by hul winkel in die Water-front begin."

"Ja, ek weet hulle het 'n hele paar winkels in die Skiereiland, maar Barnie het nooit iets met die winkels te doen gehad nie. Hy was net in beheer van die besendings wat hulle uitgevoer het. Dis skynbaar waar hulle eintlike winste lê."

Kassie kyk na Rooi. "Dalk moet ons met hulle gaan praat."

Rooi knik. "Kan seker nie skade doen nie."

"Het jy 'n naam van 'n kontakpersoon daar?" vra Kassie.

"Hulle grootbaas se naam is Montgomery Smith. Sover ek weet, het Barnie aan hom gerapporteer."

* * *

Ek sou die volle agtergrond van dit wat in Uganda gelei het tot die skok-kende gebeure van 17 Mei 1972 eers later in die koerant lees.

Afgesien van sy selfverklaarde posisie as president, was Idi Amin ook die opperbevelvoerder van die gewapende magte, die weermag-stafhoof en die lugmagbevelvoerder. Hy het die presidensiële woning in Kampala herdoop na The Command Post.

Sy mees radikale stap was om die land se intelligensie-agentskap te ontbind en te vervang met sy eie "staatsnavorsingsburo". Die hoofkwar-tier van die buro in Nakasero, 'n voorstad van Kampala, het 'n plek van wrede marteling en teregstellings geword.

Smiley se pa het Amin heeltemal onderskat. Hy het die president blyk-baar openlik gekritiseer by landbouvergaderings en openbare saamtrekke in die suidweste. Die feit dat hy 'n groot vriend van Obote was, het na-tuurlik ook teen hom getel.

Op 16 Mei 1972 het hy opdrag gekry om hom die volgende oggend by die buro in Kampala aan te meld vir ondervraging. Laat die middag van 17 Mei is Smiley se ma ingelig dat haar man 'n hartaanval gekry het tydens die ondervraging. Sy lyk is nooit in Kabuwoke afgelewer soos die owerhede belowe het nie. "Weens 'n administratiewe fout," het 'n amptenaar haar later laat weet.

Smiley is vir die gedenkdiens Uganda toe.

Met die intrapslag terug op Stellenbosch het hy vir my gesê: "Jy besef natuurlik dat ons nie meer vir jou studies kan betaal nie. Jy sal 'n ander blyplek moet kry, ek gaan jou kamer uithuur aan iemand wat dit kan bekostig."

Binne die bestek van enkele minute was my toekomsdrome vernietig.

13

Jackal Williams druk die knoppie by die veiligheidshek. Dada se stem kom dof oor die interkom. "As jy 'n intruder is, fokkof sommer nou. But friends are always welcome."

"Issie hond vasgemaak innie backyard?" vra Jackal. Hy hoor net 'n laggie, wat seker beteken dis veilig om in te kom.

Nogtans drafstap hy vinnig oor die grasperk, klop nie by die voordeur nie, maak net oop en loop in. Dada sit in die hoek van die groot sitkamer, soos altyd in sy vuil vest, slaapbroek en slippers, siegret in die bek, en *Son* lees.

"Waar's Kwaai?" vra Jackal.

Dada kyk nie op van die koerant nie, beduie net in die rigting van die toilet. "Nog besig om die porcelain scooter te ry."

Jackal gaan staan voor die groot spieël teen die muur en bekyk homself. Hy like sy nuwe look. Hy trek sy vingers deur sy krulle. Vandat hy sy hare nou weer natural laat groei, tjek die girls hom al meer uit. Hy was in elk geval moeg daarvoor om elke oggend met die flat iron te wrestle. En die chemicals in die straighteners het net sy hare opgefok. Nou't hy baie meer tyd in die oggende, smeer net so nou en dan Dr Miracle's Curl Care aan en daar gaat hy.

Hy kyk om toe Dada lag. Dié wys met sy siegrethand na die koerant.

"Daar's piepols innie Flêts wat nou vas glo gomsnuif is 'n cure vir cancer!" Dada skud sy kop. "Hulle makeer gebed om hulle te verlos van daai kak idea."

Jackal knik net. Die stories in die *Son* is of no interest to him. Hy stap na die leunstoel langs Dada. Moet eers 'n pantie van die sitplek afhaal voor hy kan gaan sit.

"Die underwear lê ok altyd die huis vol," kla hy.

"Daai kan jy weer sê! Kwaai het g'n respekte vir sy pa nie. Elke dag 'n anner jolmeid innie huis. Hy jump hulle mos orals . . . innie jacuzzi, oppie kitchen table. En hy gee nie om as ek op hulle af-kom nie . . . mis nie eers 'n stroke nie."

"Ma' hy gaan slaap nog innie aande alleen?"

"Ja, hy sê mos Frendiline se spook kom lê elke aand by hom innie kooi. Hy makeer ook gebed."

Jackal wonder wat regtig destyds met Frendiline gebeur het. Daar was rumours dat Kwaai self 'n hit op sy vrou gesit het. Maar Kwaai hou vol haar permanent coma was die Americans gang se doings.

Dis gelukkig nie Jackal se worries nie. Hy's happy waar hy nou in sy lewe is: watchdog oor die drug runners van die grootste drug ring innie Kaap. Om vir Kwaai te werk betaal goed. Hy mag sy kak hê, maar dis 'n undisputable fact: Godfrey (Kwaai) Koeries is die main konyn innie Plain. En niemand, nie eers die ander gangs of die cops soek ooit moeilikheid met hom en sy crew nie. Too dangerous.

Jackal hoor hoe die toilet getrek word en hy staan vinnig op. Hoekom sal Kwaai hom so urgently wil sien? Daar's tog nie fout by sy kant van die business nie, die drug runners run soos 'n well-oiled machine.

Kwaai kom by die toiletdeur uitgewaggel, sy groot pens wat uitsteek. Hy maak eers sy hemp se knope tydsaam vas terwyl hy vir Jackal uittjek met daai klein swart ogies van hom. Scary stuff as Kwaai so vir jou kyk.

Dan smile hy en beduie na die couch. "Ons moet chat."

Hy gaan sit steunend op die bank. Jackal gaan sit langs hom.

"Ek't 'n special project vir jou," sê Kwaai met sy pofferhand swaar op Jackal se skouer. Hy snork eers 'n bol slym af voor hy sê: "Operation Kidnap."

Jackal sluk. Hy like nie die sound daarvan nie.

Dada kyk op van die koerant. "Kidnap? Daai's mossie ons core business nie. Ek sê altyd: Stick with your core business and the money angels will smile on you."

"Money ís ons core business," sê Kwaai. "En hier's 'n opportunity om baie daarvan te skep."

Hy leun vorentoe en haal 'n boks van die koffietafel af. Hy maak die deksel oop en wys vir Jackal: dis gepak met tweehonderdrandnote.

"Fifty K in hard cash, vanoggend vroeg met 'n courier gedeliver. En dis net 'n klein deposit om die reccie te doen en die reëlings te finalise. Met die actual job kom nog one hundred K hierie kant toe."

Hy tik met sy voorvinger teen Jackal se bors. "En jý gaan in charge wees van die operation."

Jackal se ore sing asof hy 'n klap gekry het. Hy's eintlik 'n ou vir low-risk jobs. Dié storie klink na dangerous stuff. "Is dit nie eerder 'n joppie vi' een van ons gunmen nie?"

Kwaai lag dat sy gums wys. "Is jy chicken?"

"Nei," sê Jackal vinnig. "Klink net of da' bietjie violence involved ga' wees. En ek's mos actually 'n pacifist."

"Fokkit, klink of jy 'n dictionary ingesluk het. Pacifist!" pis Dada ook 'n straaltjie by.

Kwaai kyk met 'n smile na sy pa. "Dis exactly hoekom Jackal die job kry. Sy intelligence gaan hierso 'n necessity wees. Die gunmen het nie een die breins daarvoor nie."

Hy slaan Jackal op die skouer. "Dis in any case net 'n chick wat jy moet kidnap."

* * *

Theodore kan sy oë nie van die spreker afhou nie. Die Sakekamer se voorsitter het haar voorgestel as Natasha van der Merwe van

73

IESA – juis die organisasie waaraan hy vanaand 'n skenking van vyftigduisend rand namens African Curio gaan oorhandig.

Toe hy hoor IESA se verteenwoordiger gaan die gasspreker wees, het hy besef dit sal die ideale geleentheid wees om maksimum publisiteit te kry. Almal wat tel in bewaringskringe, die belangrikste sakemanne van die omgewing én die pers is gewoonlik by die kwartaalbyeenkoms.

Maar sy gedagtes is nie by die skenking of goeie publisiteit nie. Natasha van der Merwe betower hom. Sy is besonder aantreklik en daarby bloedjonk, beslis nog nie dertig nie.

En sy het die hoofsaaklik manlike gehoor in die palm van haar hand. Sy praat met oortuiging, rits stringe statistieke af sonder 'n enkele nota voor haar en beantwoord vrae uit die gehoor soos 'n bedrewe politikus. 'n Hele paar van die sakemanne gaan vanaand hul tjekboeke uithaal, weet hy toe sy ten slotte oor IESA se geldnood praat.

'n Staande ovasie volg toe sy klaar is.

Die voorsitter kom vinnig vorentoe en neem die mikrofoon. "Dis natuurlik nou die geleentheid om julle beursies oop te maak vir hierdie verdienstelike organisasie wat soveel doen om ons wildlewe te bewaar. Komaan, manne, ons wag graag skenkings in," sê hy met 'n knipoog aan die gasspreker.

Theodore stap vorentoe, maar twee ander mans het hom voorgespring. Nog vier val agter hom in die tou.

"Dis hoe ek Limpopo se sakemanne ken!" bulder die voorsitter.

Die eerste tjekoorhandiging word met groot applous begroet. "Vyfduisend rand van meneer Tol Brummer van Safari Tours," sê die voorsitter terwyl Natasha van der Merwe die weldoener se hand skud.

"Seweduisend rand van meneer Kotie Kriel van Impala Lodges!"

Daar word gemoedelik gelag toe die gesette Kotie oorleun en Natasha 'n soen op die hand gee.

Theodore stap vorentoe. Hy oorhandig eers die tjek aan die voorsitter en draai dan na Natasha. Hulle oë ontmoet. Meteens is die luide applous toe die voorsitter die bedrag uitlees net 'n dowwe gedreun in sy ore. Hy neem haar warm hand in syne. Geen ringe aan haar vingers nie. Haar groot, donker oë kyk intens na hom en sy hart fladder liggies.

"Die plesier is myne," sê hy toe sy hom met 'n lieflike glimlag bedank.

'n Koerantfotograaf keer hom voor met die terugstap. "Kan ek net gou 'n foto van julle twee saam kry?"

Theodore gaan staan langs haar.

"'n Bietjie nader aan mekaar, asseblief," sê die fotograaf.

Theodore voel hoe haar arm liggies aan syne raak, hy kan haar parfuum ruik. Hy wens die fotosessie kan vir ewig aanhou. Toe hy terugstap na sy stoel, is dit met die allesoorheersende gedagte dat hy Natasha van der Merwe beter wil leer ken.

Dan verskyn Carina Vosloo voor hom. Hy het haar nie vroeër tussen die mense gesien nie.

Sy wag hom met uitgestrekte arms in. "Dit was 'n wonderlike gebaar van jou!" gil sy.

Sy storm hom tegemoet en slaan haar arms om sy nek. Haar soen is nat en lank. 'n Paar wolwefluite klink uit die gehoor op.

★ ★ ★

My lewe het skielik dramaties verander. My droom om 'n graad te kry was iets van die verlede. Ek het geweet my punte was nie goed genoeg om vir 'n beurs aansoek te doen nie.

Smiley het nie op hom laat wag nie. Binne 'n week het hy 'n wulpse bottelblondine gekry om my kamer te huur en was ek dakloos. Hy't darem aangebied ek kan voorlopig in die sitkamer op die bank slaap. "Maar jy besef seker dit kan nie vir langer as 'n paar weke wees nie."

Wilde partytjies het my die daaropvolgende twee nagte eers ná drie toegang tot die sitkamerbank gegee. Ek het besef dit gaan geen uitsondering wees nie.

Sonder om Smiley te groet het ek my paar besittings gepak en die strate van Stellenbosch begin verken vir blyplek. Nadat ek twee nagte op 'n bank by die stasie moes slaap, het ek in die armste deel van die dorp 'n agterkamertjie te huur gekry.

Dat ek bitter was oor die manier waarop Smiley my uit die woonstel geskop het, was 'n feit. Maar ek het my nie lank daaroor verknies nie. Ons vriendskap was buitendien iets van die verlede.

Ek het Smiley nie blameer oor die opheffing van my studiegeld nie. Met sy pa se dood het die noodlot bloot 'n hou op my kennebak geplant en ek moes dit so aanvaar.

14

Die kantoor van African Curio se grootbaas is geleë in 'n onin-
drukwekkende vuilbruin gebou in die nywerheidsgebied van
Kenilworth. Toe Kassie vroeër vir Montgomery Smith gebel het,
het hy dadelik ingestem om oor Barnie te gesels. "Ek help graag
waar ek kan," het hy gesê.

'n Middeljarige vrou by die ontvangstoonbank lei Kassie en
Rooi na hom. In skrille kontras met die vaal gebou is Smith se
kantoor luuks en ruim, met dik wolmatte en swaar houtmeubels.
Kleurvolle skilderye van landskappe wissel Afrika-maskers en
-skilde teen die spierwit mure af. 'n Boekrak staan die muur agter
sy lessenaar vol. Smith kom met 'n innemende glimlag orent en
steek sy hand na hulle uit.

Kassie skat hom in sy vroeë sestigs. Die lang, breedgeskouerde
man se welige bos grys hare is teruggekam, die voorkop breed,
gesig hoekig, neus effe gekrom . . . 'n aantreklike kêrel. Sy donker-
blou pak, wit hemp en flambojante oranje das pas by die beeld van
'n welvarende sakeman.

Smith beduie hulle moet op die stoele oorkant die lessenaar
gaan sit en bestel vir hulle koffie sonder om te vra of hulle wil hê.
Hy haal 'n dik sigaar uit 'n houtkissie op sy lessenaar. "Enige een
lus vir 'n Kubaanse sigaar?" Weer die breë glimlag.

Kassie en Rooi wys die aanbod van die hand. Kassie se pa het
ook sigare gerook, wat sy ma verpes het.

"Sigaarrook slaan soos roet op jou tande, verhemelte en longe
uit," het sy ma altyd sy pa berispe. "En later verkleur jou vel goud-
geel soos borrie," het sy haar anti-sigaarveldtog teenoor die jong
Kassie voortgesit. Dit moes 'n blywende indruk op hom gemaak
het, want hy het nog nooit sy mond aan 'n sigaar gesit nie.

"Ja," sê Smith terwyl hy die sigaar aansteek en die pluime rook voor sy gesig wegwaai, "ons hoofkantoor is maar hier in die industriële boendoe geleë, omdat dit hoofsaaklik as pakstoor vir ons uitvoere dien. Ons het ook drie winkels in die Skiereiland, dis veral gewild by toeriste."

"My vrou het pas by julle winkel in die Waterfront begin werk," sê Rooi.

Smith lyk vir 'n oomblik verbaas, glimlag dan breed. "Wonderlik, wonderlik!" roep hy uit. "My kollega wat vir die personeelaanstellings verantwoordelik is, het juis genoem dat hy so 'n knap en dinamiese jong dame vir ons Waterfront-tak gekry het." Hy neem 'n lang teug aan die sigaar. "En is sy gelukkig in haar nuwe werksomgewing?"

"Baie, baie," sê Rooi, merkbaar in sy skik met die kompliment wat Torretjie gekry het.

Die koffie word ingebring. "Help julleself," sê Smith en trek een van die koppies nader. "Ek verkies dit bitter en swart."

Hy leun terug in sy stoel. "Kaptein Kasselman, jy't genoem julle wil oor Barnie Wolhuter met my gesels?"

Kassie knik. Hy vertel Smith alles wat hulle weet, ook van Barnie se geldmaak-scheme.

Smith skud sy kop. "Ai, wat dwelms darem nie aan 'n mens doen nie. Barnie was aanvanklik 'n baie toegewyde mannetjie. Ek kon vinnig die uitvoere en onderhandelings met doeanebeamptes in sy bekwame hande los. Maar die afgelope twee jaar of so het ek agtergekom daar's iets verkeerd. Hy't soms agterlosige foute gemaak . . . Ek het natuurlik nie besef dis dwelms se skuld nie."

Hy teug aan die sigaar, blaas pluime rook uit. "Toe dros Barnie. Daag net nie weer by die werk op nie. Vier, vyf maande gelede. En dis die laaste wat ek van hom gesien het. Het nie geweet hy't tussen die bergies gaan bly nie. Ek het eers later by 'n kollega gehoor hy't 'n dwelmprobleem gehad."

Hy kyk peinsend voor hom uit. "Tragies dat so 'n belowende man sy lewe op daardie manier moes weggooi."

"Julle hou nie dalk 'n klomp kontant hier aan waarvan Barnie geweet het nie?" vra Kassie. "Ek soek eintlik na 'n verklaring vir sy geldmaakplan."

"Nee, ons hanteer nooit kontant hier nie." Smith beduie na 'n kluis in die hoek. "Daardie outjie is gelaai met papierwerk en dokumente, niks wat die moeite werd is om te steel nie."

Kassie kom orent. "Baie dankie vir u tyd, meneer Smith. Ons wil jou nie onnodig uit die werk hou nie."

Smith knik, sy permanente glimlag in plek. "Ek help enige tyd as julle nog inligting oor Barnie soek." Hy staan op. "Maar kom, ek vat julle gou op 'n toer deur die stoor. Ons het juis vandag 'n nuwe vrag ingekry vir die uitvoermark. Soms is daar baie interessante en vreemde artikels."

Rooi lyk ingenome. "Ek sal dít nogals laaik."

★ ★ ★

Natasha pak die sewe tjeks op haar lessenaar uit. Drie-en-tagtigduisend rand in totaal, genoeg om Gert se helikopter vir 'n maand of wat langer in die lug te hou.

Werner was verstom toe sy hom van die skenkings vertel. Eintlik is dit sý werk om plaaslike donateurs te werf – 'n taak wat hy tot dusver gruwelik afgeskeep het.

Sy tel die tjek van African Curio op, glimlag. Was dit nie vir dié vyftigduisend nie, was die aand se insameling maar beskeie. Haar gedagtes loop terug na die man wat die tjek aan haar oorhandig het. Wat 'n hunk! Sy moet dit teensinnig aan haarself erken: sy was nogal teleurgesteld toe sy meisie, of dalk is dit sy vrou, hom met soveel oorgawe gesoen het. Hy kon darem beter vir homself gedoen het, die vrou lyk baie ouer as hy.

"Begrawe jou jaloesie, suster," vermaan sy haarself. Mans is buitendien laag op haar prioriteitslys. Sy het al vrede daarmee gemaak dat sy te puntenerig is om 'n man na haar smaak te vind.

En sy wantrou die manlike spesie. Sy weet dis as gevolg van haar modelloopbaan, want in daardie tyd het getroude mans haar voortdurend in die bed probeer kry. En die ongetroudes wou haar net afmerk op hul sekskerfstok. Sy't een aand by 'n Ralph Lauren-vertoning gehoor hoe 'n agent spog dat hy net twee van die veertien modelle nog nie "bygekom" het nie.

Sy was maar sewentien toe sy in 'n winkelsentrum in Harare deur 'n agent genader is. Die Italianer was in vervoering oor haar "modelkwaliteite", en sy en haar ouers was gevlei. Die vooruitsig om op die loopplanke van Parys, Milaan en New York te paradeer en op die voorblaaie van *Vogue* en *Elle* te pryk, was gou meer aanloklik as haar veeartsdrome.

Haar kinderlike onskuld het haar in benarde situasies laat beland . . . die bekroonde Franse akteur wat haar in sy limousine van haar maagdelikheid ontneem het, die sweterige Amerikaanse modebaas wat haar amper in sy huis verkrag het, die slinkse Duitse fotograaf wat haar op 'n eilandjie in die Mediterreense See verlei het met beloftes van groot roem.

Twee jaar later was sy slim genoeg om die strikke van die modewêreld te vermy, maar haar siening van mans was erg negatief. Dit was eers toe sy in 'n normale omgewing begin werk het dat sy besef het alle mans is nie so nie. Maar haar instinktiewe geloof dat geen man ten volle te vertrou is nie het twee belowende verhoudings gekelder.

Die afgelope drie jaar by IESA was mans nooit op haar radarskerm nie. Haar werk is nou haar lewe. Nogtans kan sy die man wat homself net as Theodore voorgestel het nie uit haar gedagtes kry nie.

★ ★ ★

Ek het gebruikte karre begin verkoop by Matie Motor Mecca. Dit was darem betalender as die restaurantwerk. Soms het ek gewonder of Engeland nie 'n beter opsie sou wees nie, maar my ma se briewe oor die swak ekonomie en hoë werkloosheid het my ontnugter.

My gemoed was donker. Die depressie het my in vlae besoek. Hoeveel aande in my agterkamertjie het ek dit nie oorweeg om 'n einde aan alles te maak nie? Maar ek was te veel van 'n lafaard om dit deur te voer.

Vyf maande ná ek by die woonstel weg is, het ek Smiley se ma in die straat raakgeloop. Sy het die plaas in Uganda teen 'n redelike prys verkoop en Suid-Afrika toe getrek. Toe sê sy fronsend sy hoor ek het opgeskop. "Dis so jammer dat jy nie deurgedruk het met jou studie nie. En hoekom het jy besluit om uit die woonstel te trek?"

Ek was uit die veld geslaan! Ek het haar stotterend vertel wat Smiley my meegedeel het.

Sy was opsigtelik ontsteld. "Hy moes iets verkeerd verstaan het. My man het in sy boedel voorsiening gemaak vir jou studie, verblyf én sakgeld."

Sy het my adresbesonderhede geneem en belowe sy sal die "ongelukkige misverstand" regstel.

Ek het nooit weer van haar gehoor nie.

81

15

"Twee speurders was hier met vrae oor Barnie," sê Montgomery. Daarmee kry hy dadelik die aandag van die twee oorkant hom.

"Weet hulle iets?" vra Graeme West bekommerd. Wolf Breede lyk vir 'n slag wakker.

Montgomery snork. "Daai kapteintjie wat lyk of hy iewers uit 'n plakkerskamp gekruip het en sy koddige handlangertjie sal nie 'n bleddie winkeldiefstal kan oplos nie. Hulle is clueless. Dit lyk nie of Barnie sy afpersplan met sy eks bespreek het nie, en hy't dit net genoem teenoor die bergies, niks detail nie. So in daardie opsig is ons veilig."

Hy grinnik. "En al het Barnie hulle vertel, sou dit maklik wees om daai twee narre van die polisie 'n rat voor die oë te draai. Hulle het uit my hand geëet."

"Dis 'n verligting," sê West.

Montgomery tik met sy voorvinger op die lessenaar. "Maar daar's iets wat my wel ontstel het . . . 'n Mens kan jou ook net mooi met fókkol vertrou, Graeme."

West verbleek. "Hoe . . . hoe so?"

"Jy't die fokken handlangertjie se vrou by ons Waterfrontwinkel aangestel, jou imbesiel!"

"Ek . . . ek het nie geweet . . ."

Montgomery kan voel hoe sy bloeddruk styg. "Jy't nie geweet nie! Hoekom vrá jy nie? Stel jy mense links en regs aan sonder om hulle uit te vra oor hul agtergrond? Wil jy uiteindelik die hele bleddie polisiediens se vroue by ons laat werk?"

"Sy sal mos nooit hier in die pakstoor kom nie," sê Wolf onverwags. "Sy kan ook geen skade by die winkel doen nie. Ou Tallie weet dan nie eers wat hier aangaan nie."

Montgomery slaan met sy vuis op die lessenaar dat albei mans voor hom wip van die skrik. "Van wanneer af is jy die woordvoerder van Graeme West?" vra hy afgemete.

Wolf antwoord nie, brom net iets onderlangs.

Montgomery kan skree van irritasie. Kyk hoe lyk die idioot met sy verspotte brilletjie! "Kry in hemelsnaam vir jou 'n ander fokken bril, Wolf."

"Ek het nie 'n mediese skema nie. Brille is duur."

Montgomery steur hom nie daaraan nie. Hy kyk terug na West, wat ongemaklik kriewel onder sy blik.

"Moet . . . moet ek . . . van haar ontslae raak?" vra hy.

Montgomery skud sy kop. "Is jy van jou sinne beroof? Of wil jy júis hê die polisie moet onraad ruik?"

West vroetel aan sy dasknoop. "Ek het . . . net gedink . . ."

"Moenie dink nie, ek sal die dinkwerk doen." Montgomery waai met sy hand na hulle asof hy vlieë wegwaai. "Julle kan gaan."

Op pad deur toe roep hy hulle terug.

"Ek het vergeet – Petronella se Mercedes maak 'n snaakse geluid wanneer sy wegtrek." Hy kyk na West. "Laat Wolf jou by die huis aflaai, dan kry jy die kar by Petronella. Vat die ding garage toe."

"Moet . . . moet ek nie eers 'n afspraak maak nie? Hulle is gewoonlik oorvol."

"Nee, dis nie nodig nie, dis 'n klein foutjie. Maar bly daar tot die kar reg is, al moet jy die hele dag wag. Dit sal jou sommer genoeg tyd gee om oor jou fokkops van die afgelope tyd te besin."

West knik gedienstig. "Reg, Montgomery."

★ ★ ★

Jackal smile. Die chick weetie hy hou haar dop nie. Sy trek uit met die curtains sommer oop, parade net in haar bra en pantie rond.

Die complex waar sy bly is nog nie klaar nie, so hy kan lekker hier in die halwe huis oorkant die pad skuil. Baie van die street-lights werk nie, dit gaan sy job easy maak wanneer die actual kidnapping kom. Dis nogal 'n fancy buurt, Rondebosch. White men's haven . . . apart nou van die paar BEE's wat hier en daar soos stink poepe uitslaan.

Hy tjek haar uit toe sy bathroom toe loop. Nog jonk, seker in haar twenties, nice lyfie met sulke ronde prammetjies. Sy disappear uit sy view, maar hy kan nie help om te imagine hoe sy in die nude lyk nie.

Hy skud sy kop. "Jackal, rol jou spulsgeit op en bêre dit inne kas. Vytjie Koopman wag vir jou innie Plain." Hy't homself ge-promise sy dae van girls chase is verby. Hy wil nou settle met 'n goeie chick soos Vytjie. Die tyd toe hy onder sy pelle bekend was as Outsurance omdat hy alles gedek het, is verby.

Hy wil in any case nie opeindig soos sy outop nie. Daai nightmare bly by hom spook elke keer as die jagsgeit in sy lyf kom sit. Derra het die Williams-naam juis deur jagsgeit in die trash can ge-gooi. Nogal oppie *Son* se front page: *Doctor Know agter bars; spyker cop se vrou.*

Sy outop probeer cover nou vir homself en sê dit was maar net 'n midlife crisis wat 'n wrong turn gevat het, maar hy praat innie wind. Ma sal hom nie terugvat as hy uit die tjoekie kom nie.

Jackal sug. Kon die ou donner nie maar net gestick het by dit waarmee hy goed was nie? Hy was eintlik 'n living legend innie Plain, Doctor Know . . . mense se palms geread en advice gegee oor bad luck, evil spirits, court cases, financial difficulties, manhood problems, you name it. Hy't goed geld gemaak; die Williams family het nooit onner die belt geleef nie.

Maar toe gaan neuk hy "troubled marriages" ook op sy pamphlet in om die vrouemark kamma beter te target. En dit werk toe ook. Die unhappy vrouentjies stroom na sy caravan.

Jackal het vermoed wat agter daai closed door aangaan, Derra is mos 'n handsome wetter, en hy't maar 'n blind eye gegooi. Maar toe backfire dit sleg toe Doctor Know die biscuit skud van 'n cop van Delft se unhappy vroutjie. En sy loop vertel dit toe in a moment of remorse vir haar hubby.

The rest is history. Sy outop word innie tronk gesmyt vir exploitation van innocent victims en die fok weet wat nog als. Maar die groot lesson was: Jy pomp nie 'n cop se vrou nie.

Of soos sy ma sê: "Jy mors nie jou saad buite jou eie slaapkamer nie, en verál nie op 'n diender se front porch nie."

Daar's beweging oorkant die pad. Die chick kom uit die bathroom geloop; haar lyf is nou toegedraai in 'n towel. Hy's disappointed toe sy die curtains toetrek.

Wanneer gaan hy die green light kry om die kidnapping te doen? Kwaai sê hulle wag nog vir Deep Throat, die bra wat die instructions gee. Kwaai ken nie die bra nie, hy kry net sy orders oor die phone. Maar omdat Deep Throat al 'n deposit gegee het, question Kwaai hom ok nie. Money talks.

Jackal like dit fokkol dat alles so mysterious is. Dit maak hom net fokken nervous.

* * *

Theodore weet hy't 'n ernstige probleem: Carina Vosloo.

Sy was vir hom 'n helse verleentheid by die Sakekamer-byeenkoms toe sy hom so bestorm het. Hy wou nie 'n drama veroorsaak nie en het maar saamgespeel. Ná die tyd kon hy nie bly vir die skemerkelkie nie, al het hy gebrand om met Natasha van der Merwe te gesels.

Carina was soos 'n orige vlieg al om hom. Hy't gelieg en gesê hy sal moet ry, sy suster is alleen by die kamp. Toe sê Carina sy sal in haar bakkie agter hom aanry, sy wil graag sy suster ontmoet. Dit het hom gedwing om sy storie te verander en voor te stel dat hulle 'n vinnige koffie gaan drink. 'n Swak idee – Musina het nie daardie tyd van die aand 'n koffiewinkel wat oop is nie. Hy moes noodgedwonge inval by haar voorstel om by haar plek te gaan koffie drink.

Op pad na haar woonstel het hy hom voorgeneem om haar duidelik te laat verstaan dat hy nie in 'n verhouding belangstel nie. Maar sy het 'n troefkaart gehad.

"Ek verwag binnekort een van die grootste besendings maskers nog," het sy met die intrap gesê. "My kontakman in die Kongo het by 'n toordokter in 'n gehuggie in die Niari-vallei op meer as honderd-en-vyftig maskers afgekom, glo absoluut unieke stukke. Ek sal dit vir jou reserveer, al maak ou Sam Viviers my gek oor maskers. Hy't selfs nou die dag gesê hy sal my meer as enige ander handelaar betaal vir outentieke maskers." Sy't vir hom geknipoog. "Maar nou is ek meer as ooit lojaal aan jou."

Theodore weet Sam Viviers soek al jare lank na 'n ordentlike maskerverskaffer vir sy winkels in Gauteng. Hy weet ook African Curio kan nie bekostig om Carina se besigheid te verloor nie. Sy het kontakte oral in Afrika, en spesifiek die maskers bied die doeltreffendste dekmantel vir hul handel in renosterhoring. Boonop maak hulle goeie wins daarop in die Verre Ooste.

Hy moes sy woorde sluk en later teensinnig saam met Carina bed toe gaan.

Op pad huis toe besef hy skielik hy's gatvol vir Musina. Daar moet meer aan die lewe wees as sy grotmanbestaan van die afgelope nege jaar. Sy miljoene verdien fluks rente in 'n Switserse bankrekening en die wêreld daar buite hang soos 'n ryp vrug aan 'n tak, reg om gepluk te word. Hy moet net deurdruk en die plukwerk doen.

Maar só maklik gaan dit ook nie wees nie. Daar is nog altyd sy pa om mee rekening te hou.

16

Kassie sit en kyk na Animal Channel. Die program gaan oor konyne, 'n spesie waarvoor hy 'n besondere affiniteit het. Hy't jare gelede twee in sy woonstel aangehou, totdat hulle begin teel het en hy uiteindelik van al dertien ontslae moes raak.

Maar sy aandag is nie ten volle by die TV nie. Hy's bekommerd oor sy Kaapse driehoeke wat nou as grand prix-wenners ook by 'n seëlfees in Nieu-Seeland uitgestal word. Uit onder die wakende oog van Trevor Hansen, is die seëls nou oorgelewer aan 'n klomp mense in Christchurch wat hy nie ken nie. Dit maak hom angsbevange.

Hy't juis laas nag 'n aaklige nagmerrie gehad oor die All Black-rugbyspan wat die haka doen. Hy't gedroom hy kyk op TV na hulle. Toe die kamera inzoem op die spelers se gesigte, sien hy daar pryk 'n Kaapse driehoek op elkeen se voorkop. Hy het met 'n gil wakker geskrik.

Kassie sug en steek 'n Lucky Strike aan. Die Barnie-storie het ook nou hand uitgeruk. Barnie se foto wat hy vir die media gestuur het, het vanoggend in al die plaaslike koerante verskyn. Hy was skaars op kantoor toe hy en Rooi na kolonel Daniels se kantoor ontbied is. Dié het soos 'n hondsdol marmot te kere gegaan.

"Nou het ons skielik moerse groot druk van bo om daai vermiste pel van jóú op te spoor," het Daniels die woorde blitssnel uitgespoeg.

"Hy's nie 'n pel van my nie, net 'n ekskollega," het Kassie gesê.

"Newwermaaind wat hy van jou is! Fokken generaal Fransman het brigadier Filander persoonlik gebel en gevra hoe vorder ons met die saak. En jy wéét hoe die brigadier reageer as so 'n belangrike ou hom bel, hy kak in 'n verskeidenheid kleure in sy broek!"

Dis eerder waar van Daniels, wou Kassie sê, die brigadier is 'n rustige perd.

"Nou hoekom doen 'n generaal navraag oor Barnie, kolonel?"

"Dit kom alles van die voorbladstories in die Sondagkoerante dat die SAPD hulle gatte afvee aan hulle gewese werknemers. Daar was 'n klomp sob stories van oudpoeliesmanne en die weduwees van poeliesmanne in die koerante. Die generaal het blykbaar groot kak daaroor by die minister gekry omdat die opposisiepartye nou aandring op 'n ondersoek. En toe sien die generaal in vanoggend se koerant Barnie was 'n ekspoeliesman en nou is dit skielik 'n prioriteitsaak."

Kassie en Rooi is terug na Boepie onder die brug. Die trippie het Kassie drie Lucky Strikes gekos, maar dit het geen nuwe inligting opgelewer nie. Boepie was ook nie op sy allerhelderste nie en hy't soos 'n brouery gestink.

Rooi het uit desperaatheid vir Torretjie gebel en gevra sy moet navraag doen by haar bestuurder, of hy nie dalk iets van Barnie weet nie. Maar dié sê hy't Barnie nooit ontmoet nie.

Vandag se foto in die koerante het ook geen inligting opgelewer nie.

Kassie weet uit ondervinding hulle gaan nog groot drama oor die Barnie-saak kry. As 'n generaal eers op jou case is, vlieg die stront gewoonlik uit alle windrigtings op jou af.

Hy skud sy kop en probeer eerder op die program konsentreer, maar toe die aanbieder oor Franse konyndisse begin praat, sit hy die TV dadelik af.

* * *

"'n Mens kan ook bleddiewil niemand vertrou nie," sê Natasha vir haarself en gooi die verslag wat sy gelees het op haar lessenaar neer.

Volgens die verslag was 'n werknemer van Sanparke by Mapungubwe betrokke by 'n reeks onwettige jagbedrywighede in en om die Wêrelderfenisterrein. Hy het met tien professionele jagters saamgewerk en Sanparke se amptelike skryfbehoeftes gebruik om jagtogte te bemark. Hy het onwettige transaksies wettig laat lyk en ook jag- en vervoerpermitte vervals.

Toe Sanparke se misdaadondersoekeenheid hom vastrap, blyk dit dat tot sestien jaggeselskappe die gebied besoek het, selfs buite die jagseisoen. Die jagters het verskeie soorte wild geskiet, waaronder 'n paar renosters, luiperds en 'n kameelperd. IESA se veldwagters staan Sanparke ook in dié gebied by, maar hulle het uiteraard nie amptelike jagtogte gemonitor nie.

Natasha het haar groep veldwagters vanoggend byeengeroep en ernstig met hulle gepraat. "Dié voorval wys maar net julle moet met nuwe oë na almal om julle kyk. Daar kan mense in die Kruger wees wat onder die dekmantel van wettige bedrywighede kop in een mus is met die renosterstropers."

Dis 'n hoogs gemotiveerde span wat hier by die kantoor uit is. Sy kan maar net hoop hulle offensief in die Kruger werp vinnig vrugte af. Anders gaan die Amerikaners en Werner Erwee ernstige vrae hê oor haar oordeel.

Sy tel weer die velletjie papier met die telefoonnommer op. Sy weet nie hoekom sy so senuweeagtig is om te bel nie, sy gedra haarself soos 'n verdomde skoolmeisietjie.

Werner het met die voorstel gekom. "Dink jy nie ons moet die donateurs van die Sakekamer darem met 'n ete of iets bedank nie?"

"Ek sal al die skenkers weer bel en bedank, maar ons kan nie bekostig om sewe van hulle na 'n restaurant te neem nie. Die rekening sal maklik een van die kleiner donasies uitwis," het sy wal gegooi.

"Ja, seker . . . Maar ek dink die skenker van African Curio ver-

89

dien darem iets meer. Dalk moet jy hom vir ete neem. As dit moet, sal ek van Pretoria af deurkom."

"Toemaar, dis nie nodig nie," het sy vinnig gekeer. "Dis darem te ver om net vir 'n middagete te ry."

Hy't gelag. "Jy dink natuurlik weer aan die petrolgeld wat ek gaan eis. Nou toe, nooi jy hom. Jy's in elk geval IESA se gesig daar rond."

Natasha moet aan haarself erken: sy sien uit na 'n ete saam met die man. Sy't vanoggend vroeg African Curio se Kaapse kantoor geskakel om sy selfoonnommer te kry. En noudat sy die nommer het, kry sy dit nie reg om te bel nie.

Sy skud haar kop vies. Dis sommer simpel van haar. Die man is heel moontlik getroud met daai vryerige vrou.

Sy tel die gehoorstuk op en bel.

*   *   *

Dit het my amper drie maande geneem om oor Smiley se verraderlike bedrog te kom. Ek het besef hy gebruik nog heeltyd my studiegeld om sy uitspattige lewenstyl te finansier. En die kans is goed dat hy sy ma met 'n string liegstories oortuig het daar is geen meriete om my verder te help nie.

Dit was aanvanklik moeilik om die haatgedagtes uit my kop te weer. Elke aand ná werk was dit al wat deur my gemoed gemaal het. Ek het verskeie planne beraam om Smiley in eie munt terug te betaal. Wraak het by my al meer van 'n obsessie geword, totdat ek eendag besef het ek gaan niks daarmee bereik nie. Ek moes my bitterheid en selfbejammering begrawe en begin fokus op my toekoms.

My eerste stap was om 'n spaarrekening oop te maak. Al kon ek elke maand net 'n klein bedraggie daarvoor afknyp, het dit my droom lewendig gehou om later verder te studeer.

My sosiale lewe het ook mettertyd verbeter. 'n Jong kollega by Matie

Motor Mecca het my ingetrek in sy vriendekring. Ons het gereeld saam snoeker, poker en raakrugby gespeel. Iemand het my een aand omgepraat om by die plaaslike dramavereniging aan te sluit. Hulle wou 'n toneelstuk oor die Anglo-Boereoorlog opvoer, oor 'n Britse soldaat wat deur die Boere gevange geneem word en tydens sy aanhouding verlief raak op een van die Boere se suster. Ek sou glo ideaal wees vir die rol van die Engelsman.

Dis waar ek Petronella van Wyk ontmoet het. Sy het die rol van die Boeremeisie gespeel.

17

Divan Marais kreun hard en gryp sy kop vas. Hy moet hom keer om nie te begin skreeu nie. Sy pa-hulle slaap lankal. Hulle sal hoogs die moer in wees as hy hulle nou moet wakker raas. En hy sal boonop weer na 'n preek moet luister oor hoe hy kan vergeet om volgende jaar matriek te slaag as hy elke nag tot hoe laat voor sy rekenaar sit.

Die boodskap op sy rekenaarskerm is verdoemend: *You have died. Your deeds of valor will be remembered.* Hy is finaal klaar met *Diablo 3: Reaper of Souls*. Die ding is in elk geval verouderd, hy sal van môre af iets anders speel.

Hy staan op en gaap, sien dis al drieuur. Daar's nie 'n manier dat hy nou aan die slaap gaan raak nie. Hy loop tot by die venster en loer deur die skrefie in die gordyne. Die meenthuis aan die oorkant is stikdonker; die girl slaap ook al lankal.

Van hier af het hy 'n goeie uitsig op die tafel waar haar rekenaar staan. Sy werk soms laat en hy kry 'n kick daaruit om haar dop te hou. Veral omdat sy nie weet iemand kyk nie. Sy't al eenkeer net in haar bra en pantie sit en werk, hy kon sy luck nie glo nie.

Van toe af hou hy sy gordyne altyd op 'n skrefie oop. Los sy haar slaapkamergordyne ook so oop? wonder hy. Hy wens hy't 'n uitsig op die agterkant van haar plek gehad. Hy moet tog een nag gaan kyk, besluit hy. Daar's 'n klomp halfgeboude huise waar hy kan skuil.

Hy skreef sy oë toe hy die ou Ford Sierra stadig na die syingang van die kompleks sien ry. Dis al die derde keer wat hy dié spesifieke kar dié tyd van die nag hier sien. Dit kan nie een van die inwoners wees nie, daarvoor is die kar te fucked-up. Dalk 'n bouer wat laat by een van die agterste huise werk?

Sy pa is juis gatvol vir die gebrek aan sekuriteit by die kompleks. Omdat die agterste deel nog in aanbou is, kan enigiemand by die sykant in- en uitry. En die sekuriteitswagte doen hulle rondtes net elke twee uur. Dis gevaarlik, sê sy pa, dit lok allerhande elemente.

* * *

Toe Theodore instap, sien hy haar in die hoek van die restaurant sit. Sy is in daglig nog mooier as wat hy haar onthou, al het sy 'n onvleiende donkergroen uniform aan. Daar is iets uiters treffend aan haar gesig waarop hy nie sy vinger kan lê nie.

Hy was baie in sy skik toe sy hom gister bel. Sedert die Sakekamer-funksie wonder hy heeltyd hoe hy gaan maak om haar weer te sien – en toe nooi sy hom!

Sy glimlag toe sy hom gewaar en beduie hy moet oorkant haar sit. "IESA se groot weldoener!" sê sy hartlik.

Hy lag verleë. "Ons help maar waar ons kan."

Die kelner kom nader en hy bestel 'n bier, sy 'n glas witwyn.

Hulle gesels, maar dis soos twee boksers wat liggies skerm in die eerste ronde van 'n geveg. 'n Wedersydse taksering, en nie een bereid om so gou al nader aan die ander te beweeg nie.

Sy vertel hom van IESA se probleme, dat hulle Amerikaanse donateurs die begroting wil sny en dat IESA en Sanparke se gebrek aan mannekrag die stroperkwessie soveel meer uitdagend maak. Op haar vraag vertel hy haar kortliks van African Curio.

Sy het 'n manier van kyk wat opregtheid uitstraal. Dit laat hom skuldig voel, want hy vertel net 'n halwe waarheid oor die werk wat hy doen. Om sy leuen te leef het hom nog nooit voorheen só erg gevang nie. Is dit omdat hy aangetrokke voel tot haar? Van plan is om haar beter te leer ken?

Dan praat sy passievol oor renosters en haar weersin in stro-

93

pers, wat hom nog skuldiger laat voel. Eers toe hul kos opdaag, kry hy die kans om die gesprek in 'n ander rigting te stuur.

"Kom jy oorspronklik van hierdie omgewing?" vra hy.

"Nee, Zimbabwe. Ek het daar op 'n plaas grootgeword. Eintlik 'n plasie, want die grootste deel van die oorspronklike plaas is onteien nog voor my geboorte. Maar omdat my pa 'n veearts is, kon ons die stukkie grond hou, in ruil vir sy gratis dienste aan Mugabe se een swaer wat 'n groot veeboer is." Sy glimlag. "My ouers bly nog steeds daar, die derde geslag Zim-Van der Merwes. Hulle boer op klein skaal met allerlei goed. En hulle wil op geen ander plek bly nie, hulle sal seker daar doodgaan."

"En dis waar jou liefde vir diere vandaan kom?"

"Dis eintlik waar my spesifieke liefde vir renosters begin het."

Hy is onmiddellik spyt hy't gevra.

"Ons het 'n renoster hans grootgemaak," vertel sy. "Hy het as 'n weeskalfie by ons beland, net 'n paar weke oud. Ons het hom met 'n spesiale mengsel van bok- en beesmelk groot gekry. My arme ma moes snags elke twee uur opstaan om te kyk of Ronnie nog reg is. Daar het so 'n hegte band tussen hulle ontstaan dat hy soos 'n hond agter haar aan gedraf het wanneer sy in die tuin werskaf."

Sy lag en skud haar kop. "Ons kinders het hom omtrent geniet. Elke dag hier net voor sononder het hy hiperaktief geraak en soos 'n besetene al om die huis gehardloop. Dan het ons op sy rug geklim en saamgery. As ons afval, het hy ewe gedwee gaan stilstaan sodat ons weer kon opklim. Hy was soos 'n groot, lomp troeteldier. Hy't baie aande langs my oudste broer se bed geslaap."

Sy staar voor haar uit. "Dit was omtrent 'n tranedal toe hy te groot geraak het om te hou, hy was so ongeveer sewe maande oud. My pa het gevoel sy uitbundige spelery raak gevaarlik vir ons kinders, veral toe hy per ongeluk my broer se voortande met sy horing uitslaan."

Meteens wel daar trane in haar oë op. "My pa het hom na die

94

Matopa-reservaat gevat, daar was 'n klompie jong renosters wat hulle stelselmatig weer in die natuur vrygelaat het. Ronnie is eers twee jaar later die bos in. Die veldwagters het vertel hoe hy elke week teruggekom het kamp toe en daar rondgedwaal het op soek na mensgeselskap. Jy weet, renosters is eintlik saggeaarde diere, hulle is nie van nature aggressief nie. Dis net wanneer hulle bedreig voel dat jy uit hulle pad moet bly."

Hy sien hoe haar gesig donker word, haar blik yskoud.

"Ronnie is op twaalf jaar deur stropers geskiet, 'n Viëtnamese sindikaat. Hulle het 'n vals jaglisensie gehad en só met die horings weggekom. Dit moes natuurlik vir hulle die maklikste stroping nog gewees het. Ronnie was so mak, hy't na mense aangedraf gekom wanneer hy hulle sien."

Daar heers 'n ongemaklike stilte.

"Die verdomde Viëtnamese," sê hy om die stilte te verbreek.

Sy knik. "Ja, hulle is die renosters se grootste vyand. Die groot aanvraag na renosterhoring daar is verantwoordelik vir tagtig persent van die wêreldhandel daarin."

Sy kyk na hom, haar oë nat en donker. "En weet jy wat? Hulle is op alle vlakke bedrywig, ook hier onder ons neuse. Ek het vertroulik gehoor tot een van die Viëtnamese diplomate in die Kaap word nou deur die Valke dopgehou. Hulle vermoed hy's op groot skaal betrokke by horinghandel."

* * *

Kassie sug. Maria het hom pas gebel en gesê hoe beïndruk sy is met die aandag wat die polisie aan Barnie se saak gee. Sy's tot gister deur 'n generaal by die huis besoek!

"Dis die koerante wat gemaak het dat die hele donnerse SAPD nou op Barnie se case is," is Rooi se kommentaar. "Mens sou sweer hy was op sy dag minister van polisie."

Da Silva lag lekker. "Julle twee gaan nog klippertjies kak. Daniels loop hier rond asof daar balbyters in sy onderbroek is."

Kassie sug weer. "Ek en Rooi was vanoggend al twee keer saam met hom by die brigadier."

"Tot die brigadier lyk gerattle, en min goed rattle hom," brom Rooi.

Da Silva begin sing: "Ek's 'n dapper muis, kyk hoe stap ek deur die huis, en daar's niks waarvoor ek skrik nie . . . behalwe vir 'n generaal."

"Bliksis, jy put darem genot uit ons kak situasie," sê Rooi vies.

Da Silva lag net, slurp dan ekstra hard aan sy koffie.

Die foon op Kassie se lessenaar lui. Dis Betta by die skakelbord. "Daar's 'n ou wat wil hê jy moet hom by hierdie nommer bel," sê sy. "Hy noem homself Boepie. Klink of hy van 'n openbare foon af bel."

Kassie skryf die nommer neer en bel.

Boepie antwoord dadelik. "Generaal, ek het vandag vir Maarman raakgeloop. Julle kan môre vir hom hier by die brug kom kuier. Hy wil nie stasie toe gaan nie. Hy's bang julle slaat hom in cuffs, maar hy sê dis oukei as julle hom op neutral terrority sien. Hy't baie te vertelle oor Barnie. Jy kan maar sê hy was 'n eyewitness van hoe Barnie sy disappearing trick gedoen het."

18

Virre plek innie slum area van die Plain is die huisie nogal groot. Lekker isolated ook, met 'n oop veldjie agter. Dis een van Kwaai se baie properties. Al die preparations is gedoen om die plek in 'n jail te verander. Daar's bars voor die venster van die kamer waar die chick gaan bly en dis nog met black paint toegeverf ook.

"Hier's 'n shower en toilet ook, so die chick moet net hier op-gesluit bly," sê Kwaai, sy hand swaar op Jackal se skouer. "Hierie huis gaan jou enigste pozzie wees as ons haar eers gekidnap het. Twenty-four seven surveillance, Deep Throat is baie specific daar-oor. En die girl moet fokkol oorkom. Rape, fondling of breasts en sulke tipe van kak is forbidden. Sy moet ordentlik eet – oggende, middae en aande. Ek sal die kos elke dag laat deliver."

Hy grinnik. "Hoop julle cooking skills is up to it."

"Julle?" vra Jackal verbaas.

"Ja, Dampies gaan jou sidekick wees. Hy gaan jou met die kid-napping help en om die girl op te pas. Jy kan toggie heeltyd wide awake wees nie." Kwaai kyk op sy horlosie. "Hy's suppose om al hier te wees, maar die donner is mos altyd laat."

Dis 'n shocker vir Jackal. Hy hou nie van Joseph Dampies nie, al vir jare een van Kwaai se gunmen. Dampies is bad news, regte robbies. Was al as 'n jong laaitie 'n member van die Laughing Boys in Hanover Park. Toe tronk toe nadat hy glo 'n pastor geknife het. Daar het hy 'n 28 geword. En Jackal vertrou nie former 28's nie. Sy een uncle was 'n 28 en hy't altyd gesê: "Hier by ons is 'n inkom, maar daar's nie 'n uitkom nie. Jy kan nie net sê ek issie meer 'n 28 nie, al is jy weer oppie straat."

Jackal kyk op toe hy iewers naby 'n kar hoor brul. Die ding se exhaust moet moer toe wees.

"Hier's hy nou," sê Kwaai.

Dampies kom in met sy gangster-stappie. Hy's 'n groot bliksem, tree stumps vir arms, vrot getattoo vannie dragons en naked girls. Gevreet wat lyk soos 'n moon landscape, vol gate waar messteke en puisies uit sy youth hulle scars gelos het. Nou tjek hy vir Jackal uit met daai blank stare van hom. Daar gaan fokkol aan in daai kop, Dampies se breins is lankal op pension. Soos gewoonlik lyk hy vuil, jy wil hom net heeltyd op 'n distance af-hose.

Kwaai wys vir Dampies die kamer en brief hom. "En jy fok nie rond met die chick nie. Jy los haar panties uit," sê Kwaai en tap hom met die voorvinger op die bors.

Dampies is mos in sy jonger dae gevang toe hy by die flêtse in Hanover Park panties van die wasgoedlyne af gestrip het. Dan het hy glo onner die brug gaan sit en draadtrek. 'n Siek fokker.

"En Jackal issie chief in charge hier," sê Kwaai sy laaste sê. "Jy luister vir hom en jy obey sy orders."

Dampies se gevreet wys hy dink dis 'n helse joke. Jackal appreciate nie daai attitude vannie donner nie. Not at all.

* * *

Montgomery raak selde paniekerig, maar vandag moet hy gedurig diep asemhaal om sy senuwees te kalmeer.

"Dis 'n helse gemors," sê hy vir West en Breede oorkant hom. "Hoe lank hou die Valke hom al dop? Weet hulle van ons óók?"

"Hoe seker is ons dis Phan Can Dung van wie die vrou gepraat het?" vra West.

Montgomery gluur hom aan. "Jissis, Graeme, watse kak vraag is dit? Hoeveel fokken Viëtnamese diplomate in Kaapstad ken jy wat by horinghandel betrokke is?"

"Ek . . . ek het net gedink . . ."

"Hoeveel keer het ek al vir jou gesê om nié te dink nie? Laat dit aan my oor!" skreeu Montgomery en slaan met sy vuis op die lessenaar. Hy sug. "Ek weet nie hoekom bespreek ek dié goed met julle nie. Ek kan net sowel met die mure praat."

Wolf brom iets.

Montgomery draai na hom. "Jy wou sê?"

Wolf ignoreer hom, vryf net met sy hand deur sy baard.

Montgomery kyk terug na West. "Jy sal 'n boodskap by Phan Can Dung moet uitkry. Gaan sien daai girlfriend van hom wat by GrandWest werk. Hy moet van nou af 'n donnerse lae profiel handhaaf en hy mag onder geen omstandighede hierheen bel nie. Sê ons sal hom later weer kontak."

West knik. "Ek maak so."

"Hoe gaan ons nou daai vragte horings in Viëtnam kry?" vra Wolf.

"Dis nie ons onmiddellike probleem nie, die goed is veilig in Musina. Ons moet nou eers seker maak die Valke is nie op ons spoor nie. Kyk goed rond vir agtervolgers wanneer julle ry, dag of nag."

Montgomery steek 'n sigaar aan, blaas die rook in vet kringe uit. "Theodore sal meer inligting by daai vrou moet kry. Dalk weet sy by wie die Valke die tip-off gekry het. Theodore het sy gat só afgeskrik toe sy hom vertel dat hy niks verder gevra het nie."

Hy grinnik. "Die man sal maar sy charms moet gebruik. Gelukkig aard hy daar na sy pa, hy behoort maklik reg te kom. En sy's glo vrek mooi."

*   *   *

Petronella van Wyk was nie beeldskoon nie, maar tog 'n skoonheid op haar manier – 'n donkerkop met die mooiste glimlag en 'n aansteeklike laggie. Daarby was sy slim en veelsydig. In haar eerste jaar het sy al haar regsvakke met onderskeiding geslaag, haar Matiekleure in hokkie en swem gekry en die debatstrofee ingepalm.

Sy was verreweg die beste aktrise van die dramagroep. En die enigste een wat nie onderlangs gelag het vir my geradbraakte Afrikaans nie. Trouens, sy het dit haar taak gemaak om my te help. Ná repetisies het ons in die saaltjie agtergebly en dan het sy nog 'n volle uur afgestaan om my Afrikaans te slyp.

Vandat Sophia my destyds met Smiley verneuk het, was my selfvertroue maar laag wanneer dit by die teenoorgestelde geslag kom. En my status as verkoopsman van gebruikte motors tussen 'n klomp studente het nie gehelp nie. Ek het maar altyd my beroep verdedig deur te sê ek werk om te spaar sodat ek my studies kan hervat. Ek weet my verduideliking is gewoonlik met 'n knippie sout geneem, dit het immers geklink soos soortgelyke stories van studente wat akademies nie die mas kon opkom nie. Moontlik was dit ook die rede vir my teruggetrokkenheid. As ek nou aan daardie dae dink, moes ek maar 'n opperste ou pateet gewees het.

Ek het onmiddellik van Petronella gehou, maar haar spontane geaardheid en haar talle prestasies het my geïntimideer. Sy sal nooit vir iemand soos ek val nie, het ek myself gereeld wysgemaak. Ek wou seker op dié manier myself ook beskerm teen nog 'n Sophia-vernedering.

Die laaste soen, die toneelstuk waaraan ons gerepeteer het, het dramaties geëindig met 'n toneel waar ek en Petronella mekaar in 'n omhelsing soen. Haar broer kom dan op ons af, ruk sy suster van my weg en blaas "die verdomde Tommie" die ewigheid in met sy mauser. Die gordyn sak terwyl Petronella snikkend langs my lewelose liggaam kniel.

In die repetisies was ons omhelsing maar styf en onnatuurlik. Hoewel my arms liggies om Petronella se middellyf was, het ek dit nie gewaag om met die res van my lyf aan hare te raak nie. Ons soene was 'n vinnige pikkie in mekaar se rigting sonder dat ons lippe kontak gemaak het.

Maar op die vooraand van ons eerste vertoning het die regisseur daarop aangedring dat ons dié toneel met groter oortuiging speel. Aanvanklik het ons gesukkel, dit was so ongemaklik voor die ander spelers, ons omhelsing steeds versigtig en ons soene stywelip en vlugtig.

Die regisseur het die ander spelers huis toe gejaag en gesê ons moet "soos ware verliefdes vry".

"Julle twee se halfhartige soene kan die hele stuk kelder! Die titel is nie verniet Die laaste soen nie," het hy ons met sy hoë stem berispe.

Petronella het haar in my arms gegooi, haar lyf styf teen myne gedruk en my gesoen soos ek nog nooit voorheen deur 'n vrou gesoen is nie. Ons het die toneel 'n paar keer herhaal – onder luide applous van die regisseur.

Daardie aand op pad terug na my agterkamertjie het ek onteenseglik geweet: Ek is dolverlief op Petronella van Wyk.

19

Maarman se naam weerspieël nie sy uiterlike nie. Hy's 'n ronde, koddige figuurtjie met uitsonderlike groot hande. Dié vryf hy met meganiese reëlmaat oor sy kaalgeskeerde kop asof hy die aandag van sy ontwykende oë wil aflei. Kassie en Rooi moes 'n halfuur vir hom wag, met Boepie wat intussen twee Lucky's gebedel het.

Toe Rooi hom pols oor wat Maarman te vertelle het, was Boepie geheimsinnig.

"Laat hy self met die generaals kom praat. Netnou verdraai ek sy woorde en dan tel dit net teen my in 'n court of law."

Net toe Kassie bekommerd raak hulle informant gaan nie op- daag nie, was daar beweging tussen die bosse. Maarman het met 'n skewe skuifelpassie aangestap gekom en dadelik vir Boepie ge- vra: "Het jy vir my ook 'n smoke, bra?"

Kassie het vir hom 'n sigaret gegee. Die donners rook hom bankrot.

"Die saak staan só," sê Maarman nou ná 'n diep teug aan die Lucky. "Barnie het vir my gevertel daar's ouens wat hom 'n moer- se lot geld gaan betaal, want hy't hulle aan die balls beet. As hulle nie betaal nie, gaan hy met hulle secrets na die cops toe."

"Het hy gesê wie die ouens is?" vra Kassie. "En watse secrets?"

Maarman skud sy kop. "Hy't nie gesê nie en ek het nie gevra nie. Ek meng mos nie in met 'n anner man se business nie." Hy vryf met sy los hand oor sy kaalgeskeerde kop. "Barnie sê toe ek moet saamkom, die ouens gaan die handover hier annerkant by Newlands stadium doen. Hy sê ek moet sy back cover, maar ek moet wegkruip lat hulle my nie sien nie."

Hy sug. "Maar ek loop mossie met ammunition aan my nie . . . Daar stop toe 'n kar by Barnie en so 'n fris gorilla klim uit. Hy gryp vir Barnie en wys hy moet in die kar klim. Barnie stamp hom weg en skop en toe's die gorilla all over him. Moer hom, kry hom in 'n double nelson beet en sleep hom soos 'n sak rubbish in die kar in. En daar's hulle vort."

Hy kyk vir die eerste keer na Kassie. "Wat kon Jeremey Maarman doen? Fokkol! Ek't die gevoelentheid gekry Barnie het nou gróót kak, maar daai kak was buite my hande."

"Was daar nog mense wat dit sien gebeur het?"

"Dit was 'n isolated straatjie, early morning. No other witnesses."

"Watse soort kar het hy gery?" vra Rooi.

Maarman glimlag verleë. "Daai weet ek nie. Dit was 'n swart kar, maar ek't so geskrik lat ek nie mooi getjek het nie."

"En die man . . . die gorilla? Wit, bruin, swart?" vra Kassie.

"'n Whitey." Maarman maak sy arms bak. "So 'n groot bliksem, krom rug, swart baard. Nie jonk nie, maar ook nie 'n pension candidate nie. Seker so mid-fifties."

"Wat van die bril?" vra Boepie.

Maarman snork verontwaardig. "Moenie my staan en interrupt nie, bra! Ek's mos nog besig om evidence te gee." Hy gluur Boepie kwaai aan, kyk dan terug na Kassie en Rooi. "Toe hulle nou so stoei daar in die straat, val daar iets uit die gorilla se sak uit. Ek het gaan investigate toe hulle weg was."

Hy grawe in sy baadjiesak en haal 'n brilkassie uit, klap dit oop en wys 'n erg gebuigde bril. "Ek het hom uitgetraai, maar die ding is nie in sync met my oë nie. Ek't hom so 'n bietjie gebuig, maar julle kan maar vat, dis of no use to me."

* * *

Natasha trap rem toe sy skote hoor klap. Sy skakel die Land Rover af en klim saam met die drie veldwagters uit. Hulle soek vinnig skuiling agter die naaste bome.

Ná 'n rukkie stilte beduie een van die veldwagters hy gaan kyk. Net voor hy uit sig verdwyn, draai hy om en roep hulle kan maar kom, alles is onder beheer.

Hulle baan hul weg deur digte bosse. In 'n oop stukkie veld sit twee stropers, hande in die lug. Sanparke se veldwagters bondel om hulle saam. Ook Johan Maree, sien Natasha, Sanparke se bevelvoerder van spesiale projekte. Hulle het baie meer van sy soort nodig, dink sy. Waar Johan betrokke is, kom die stropers gewoonlik tweede.

Toe hy haar sien, kom hy glimlaggend aangestap.

"Jou mense was toe reg," sê hy. "Die bliksems het die hele nag hier geskuil. As jou spoorsnyer nie vanoggend op hulle kampvuur afgekom het nie, was daar nou nog drie renosters dood." Hy steek sy hand na haar uit. "Sonder julle hulp kan ons wragtig nie klaarkom nie."

Sy lag verlig. "Sit daai woorde van jou op amptelike papier – in Engels. Dit help om ons Amerikaanse donateurs gelukkig te hou."

Hy knik. "Sal so maak."

"Hoeveel van hulle was hier?"

"Vier, twee gevang." Hy beduie suid. "Die ander twee is dood, hulle lê by die rivierloop."

"En? Is dit . . ."

Hy skud sy kop. "Ongelukkig nie die Silencers nie. Maar hulle is deel van 'n Mosambiekse sindikaat, hardcore manne. Hulle werk vir Kabok, die baasbrein. Sy stropers is gereeld hier bedrywig."

"Waar kan 'n mens dié Kabok opspoor?"

"Hy sit veilig in Mosambiek. Omdat ons nie 'n uitleweringsooreenkoms met Mosambiek het nie, kan ons niks aan hom doen nie." Hy sug. "Dit raak nou erg, ons skat tagtig persent van die stropers werk vanuit Mosambiek. Hulle bly hoofsaaklik in Massingir en in die dorpies langs die Wildtuin se oostelike grens."

Sy knik. "Dit stem ooreen met ons navorsing."

"Mosambiek se ander baasbreine is Mister Navara, Mugade en Mapulanguene. Ons weet presies waar hulle bly, maar die donners is onaantasbaar . . . Massingir se ekonomie beleef omtrent 'n op-bloei van al die horinggeld wat daar rondgestrooi word. Dis nou die bleddie hoofstad van die stropers."

"Hoekom gaan ontvoer julle nie die baasbreine in die nag, kon-fiskeer die horings en sleep hulle oor die grens nie?"

Hy lag. "Sanparke sal nooit so iets magtig nie. Dit sal te veel diplomatieke golwe veroorsaak."

"En as ek en my mense dit doen?"

Hy frons. "Jy's nie ernstig nie?"

"Ek is."

Hy skud sy kop. "Te gevaarlik, heeltemal te gevaarlik. Moet dit nie eers oorweeg nie."

Sy glimlag. "Ek gaan weer met jou daaroor praat. Maar my eer-ste doelwit is nou dat ons die Silencers vastrek."

Een van die veldwagters roep hom en hy groet. "Moet in he-melsnaam nie iets onverantwoordeliks aanvang nie."

Natasha wys vir haar makkers hulle kan maar gaan. Sy stap peinsend terug na die Land Rover toe. Die enorme omvang van die stroperprobleem maak haar desperaat genoeg om selfs ont-voering te oorweeg . . .

In die voertuig sien sy daar's 'n missed call op haar selfoon. Theodore.

Meteens voel sy baie beter.

* * *

Selfs 'n derde whiskey kan nie die broeiende storm in Mont-gomery se gemoed kalmeer nie. Hy kry dit ook nie reg om soos gewoonlik voor bedtyd op sy boek te konsentreer nie.

Petronella loer by die TV-kamer in. "Wanneer kom jy slaap?"

"Ek lees nog."

Sy frons. "Pla iets jou?"

"Nee, niks onder die son nie."

"Ek het nou amper 'n uur met Annie oor die foon gepraat. Die kind klets omtrent jou ore van jou kop af. Maak altyd so as sy stres. Shame, sy's omtrent toegegooi onder die werk."

Hy knik. "Ek's bly. Daar het sy haar pa verkeerd bewys. Ek sien nou 'n grafiese kunstenaar kán haar brood as vryskut verdien."

"Sy verlang na Theodore," sê Petronella. "Wanneer kom hy weer Kaap toe?"

"Een van die dae."

"Ek verlang ook na hom." Sy glimlag. "Nie te lank lees nie. Die bed is koud sonder jou."

Hy luister hoe haar voetstappe in die gang wegraak. Wat sal sy vrou en dogter se reaksie wees as hulle moet uitvind waarmee hy en Theodore besig is? Dit sal vir hulle ondenkbaar wees, die skok verskriklik.

Hulle mag eenvoudig nooit uitvind nie! Die spanning destyds ná die Operasie Savimbi-fiasko het Petronella byna doodgemaak. Nadat hy van alle skuld kwytgeskeld is, moes hy hard werk om weer haar vertroue te wen. Hy wil nie 'n soortgelyke trauma beleef nie.

Petronella is salig onbewus van sy en Theodore se Switserse bankrekenings en die miljoene wat jaarliks daarin betaal word. Sy gesin leef nie soos multimiljoenêrs nie, maar hulle voer 'n welaf bestaan. Hy was nog altyd bedag daarop om nie openlik spandabelrig te wees nie, en dis ook sy opdrag aan Theodore. Sy grootste uitgawes die afgelope tyd was die meenthuis vir Annie en sy paar trips Suid-Amerika toe. Van die visdam se hoë koste weet niemand.

Hy klap die boek toe en staar voor hom uit. Die vraag wat soos 'n plaat in sy kop vasgehaak het, is: Hoe het die Valke uitgevind van Phan Can Dung? Die bliksem het seker in 'n oomblik van dronkenskap iewers uitgepraat. Hy sal hom persoonlik gaan vermorsel as sy los bek die Valke ook op African Curio se spoor sit!

Maar sy eintlike bekommernis is Theodore . . . Hy het vanmiddag lank met hom oor die telefoon gepraat. Dis asof Theodore sy lus vir die besigheid verloor het. Hy maak allerlei geluide wat Montgomery ontstem. Hy't vir Theodore gesê dis nou te laat om gewetenswroegings oor verdomde renosters te kry, hy't destyds met oop oë in die ding ingegaan en daar's nie omdraaikans nie. Theodore het die gesprek beëindig sonder om te groet.

Dit pla hom dat hy sy greep op sy seun verloor.

Hy staan op en stap na die kaggel, haal die groot geraamde foto van Theodore van die kaggelrak af. Hy staar lank na die foto. "Jy gaan beslis nie nou ons geldkrane toedraai nie, boetie . . ."

Hy swets toe hy op die muurhorlosie sien hoe laat dit is. Hy't vergeet om die moroon te herinner aan sy pligte.

Hy haal sy selfoon uit en bel. "Wolf, het jy onthou om die visse vanmiddag te voer?"

20

Kolonel Donald Daniels hou nie van onnodige druk nie. Dit maak hom kort van draad en dan moet sy ondergeskiktes dit ontgeld. Meestal verdien hulle dit nie.

Maar vandag gee hy nie 'n moer om nie. Hy's nou skielik in die firing line en dít staan hom nie aan nie. Vanoggend was die generaal tot in sy kantoor, met die brigadier grootoog kort op sy hakke.

"Die koerante is aan die weghol met die Barnie Wolhuter-storie," het die generaal gebulder. "En dit net omdat die donner 'n ekspolisieman was en hulle nóg 'n stok soek om ons op ons voos gemoerde maermerries te bliksem!"

Op die brigadier se aandrang was Daniels verplig om Kassie en Rooi in te roep om verslag te doen oor hul vordering. Die generaal was nie beïndruk met hul "bril-deurbraak" nie. Ook nie met Kassie nie.

"Laat jy altyd toe dat die hoofondersoekbeampte só in die strate verskyn?" het hy dadelik gevra toe Kassie-hulle uit is. "Die man lyk soos die hond se gat! Dis nie 'n wonder die media dink ons is 'n spul hansworse nie."

En nou, met Kassie en Rooi wat oorkant hom in sy kantoor sit, moet Daniels met die generaal saamstem. Hier by die stasie is hulle al daaraan gewoond dat Kassie soos 'n minderbevoorregte in 'n 1970's-fliek lyk, maar vandag het Kassie homself oortref. Die son wat by die venster inskyn, belig boonop elke onaansienlike detail. Die erg gekreukelde, helder oranje blokkieshemp bots gruwelik met die skelrooi windjekker, blou hoogwaterbroek en wit sokkies. En as hy net sy skoene wil politoer! Lyk asof iemand dit met 'n rasper bygekom het. Sy hare is styf teen sy skedel geplak en daar is 'n strepie baardstoppels op sy linkerwang wat hy vanoggend met die skeermes oorgeslaan het.

Daniels besluit om so subtiel as moontlik te wees.

"Kassie, die generaal sê julle moet in die toekoms netjieser aantrek."

Rooi lyk verbaas. Hy't 'n spoggerige donkerblou blazer by sy liggrys broek aan, met skoene wat soos spieëls blink.

Kassie frons. "Wil hy hê ons moet dasse dra?"

Moet in fokken hemelsnaam nie nog 'n das by daai uitrusting dra nie! wil Daniels vir hom skreeu, maar hy sê: "Die generaal wil maar net hê ons speurders se klere moet . . . meer colour-coordinated wees. Om ons beeld by die publiek te verbeter."

"Nie geweet ons is nou skielik 'n modehuis ook nie," brom Kassie.

Rooi glimlag onderlangs.

"Ag, vergeet vir eers daarvan. Ons het nou baie belangriker dinge om op te konsentreer." Daniels skuif die lêers op sy lessenaar weg en leun vorentoe op sy arms. "Sê asseblief vir my Da Silva kon bruikbare vingerafdrukke op daai bril kry?"

"Hy kon," sê Kassie, "maar ongelukkig behoort byna almal aan Jeremey Maarman. Met die uitsondering van een aan die onderkant van die regterkantste lens. Maar hy kon nie op ons rekenaar 'n naam daaraan koppel nie. Die persoon het nie 'n kriminele rekord nie."

Daniels sug. "En nou?"

"Nou gaan ons maar by die brilwinkel navraag doen."

"Daar's 'n lappie in die brilkassie met die adres op," sê Rooi. "EyeQ is die naam van die maatskappy. Hulle het takke in Cavendish, Canal Walk en Tygervallei."

Daniels gooi sy hande in die lug. "Wat gaan dít julle help? Dink julle nou die oogkundige gaan daai bril een kyk gee en sê: 'O ja, dis mos ou Piet Poggenpoel s'n'? Nie 'n bleddie kat se kans nie!

Duisende mense se brille is dieselfde. Dis nie soos vingerafdrukke nie."

"Wel, ons . . . ons gaan maar probeer," sê Kassie.

Daniels tik ongeduldig met sy vingers op die lessenaar. "Nee, kêrels, julle sal harder moet probeer as dít. As ons nie nou vinnig 'n deurbraak maak nie, skiet ek, die brigadier en die fokken generaal 'n gesamentlike koronêr."

★ ★ ★

Divan trek 'n sweetpak aan en beskou homself vinnig in die spieël. Dan sit hy die lig af en sluip by sy kamer uit. As sy pa hom nou moet betrap, gaan daar 'n helse drama wees. Hy't g'n verskoning om tweeuur in die nag in die buurt rond te loop nie.

Hy stop ná elke tree op pad na die voordeur, sy ore gespits. Hy hoor net sy pa se gesnork en die sagte dreuning van die vrieskas. By die voordeur staan hy eers 'n oomblik stil en haal diep asem. Dan maak hy dit geluidloos oop en glip uit.

Hy draf in die straat af, sy hartklop onstuimig. Hy hoop net hy's weer so lucky soos laas nag. Die girl was net in haar bra en pantie en haar gordyne was groot oop, sodat hy haar duidelik kon sien. Hy't haar dopgehou totdat sy die gordyne teen halfdrie toegetrek het, moerse teleurgesteld omdat sy nie eers gestrip het nie.

Maar soos hy vanoggend vir Frikkie by die skool gesê het: hy gaan nie opgee voordat hy die jackpot strike nie. Frikkie wou álles hoor, en toe sê hy hy's nou ongelooflik jags. Wat presies is wat die girl aan Divan ook doen.

Hy draf gebukkend voor die ry meenthuise verby, stap dan rustiger tot in die agterste straat waar die huise nog in aanbou is. Oorkant die girl se plek gaan hurk hy langs 'n hoop bakstene.

Bliksem! Die lig brand, maar die gordyne is styf toegetrek.

Hy oorweeg dit om 'n klippie teen haar slaapkamervenster te

gooi. Dalk pluk sy die gordyne met swaaiende tiete oop. Net die gedagte daaraan laat hom vinniger asemhaal.

Nee, hy kan dit nie doen nie. Dit sal haar versigtig maak, en dan los sy die gordyne nooit weer oop nie.

Hy sit vir 'n halfuur en wag voor hy besluit om te loop. Van nou af gaan hy sommer elke nag 'n draai hier maak. Dis baie cooler as om *Diablo 3* te speel.

* * *

Ek het Smiley nog so dan en wan op 'n afstand tussen sy vriende gesien, maar nooit die moeite gedoen om hom te gaan groet nie. Hy was iemand wat tot my verlede behoort en wat selde meer in my gedagtes opgekom het. Ek was ingestel op my toekoms, 'n toekoms saam met Petronella . . . wat ongelukkig merendeels in my kop was.

Ná die toneelopvoering het ek 'n rukkie lank weer in 'n depressie verval. Dat my daaglikse kontak met Petronella skielik tot 'n einde gekom het, was erg om te verwerk, want ek was tot oor my ore verlief op haar.

Met ons laaste opvoering het ek my voorgeneem om haar uit te vra vir fliek, maar ek het dit laat vaar toe sy vir almal vertel het hoe agter sy met haar studies is en hoe sy nou "dag en nag" daarop sal moet konsentreer.

Twee weke later het sy onverwags by Matie Motor Mecca ingestap, sy't my selfs met 'n piksoen op die wang gegroet! My hart wou by my keel uitspring. Toe sê sy haar oom van die Paarl soek mense vir sy eiendoms-agentskap wat hy pas na Stellenbosch uitgebrei het. Stel ek belang?

Al het haar oom straatveërs gesoek, ek sou enigiets doen om haar meer gereeld te kon sien. Ek het die aanbod onmiddellik aanvaar. Buitendien klink eiendomsagent aansienlik beter as second-hand motorverkoops-man.

Haar oom was gaaf genoeg om 'n afgeleefde Opel vir my te leen totdat ek my eie wiele kan aanskaf. Ek het vinnig 'n talent ontwikkel om huise te verkoop en het binne die eerste drie maande vier van die hand gesit.

Met my kommissie kon ek 'n deposito op 'n splinternuwe Kewer neersit én bekostig om my agterkamer vir 'n enkelwoonstel te verruil.

Geldelik was ek baie beter daaraan toe, maar ek was net in my gedagtes in 'n verhouding met Petronella. Haar akademiese en sportprogram het haar voltyds besig gehou, het haar oom vertel. "Die arme kind het nie eers tyd vir kêrels nie."

Dít het my darem genoegdoening verskaf. My kanse om haar hart te verower was nog lewendig.

Ek het gereeld saans voor haar woonstel gaan parkeer in die hoop om haar te sien. Maar dit was asof sy van die aardbol af verdwyn het. Die herinneringe aan ons vurige omhelsings en passievolle soene in die toneelstuk het begin vervaag. Tog was dit al wat my aan die gang gehou het.

21

Theodore wik en weeg oor hoe hy die saak moet aanroer. Hy leun oor die tafel om Natasha se wynglas op te vul.

"Ek lees 'n span wetenskaplikes het onlangs by Wits bewys renosterhoring het hoegenaamd geen medisinale voordele vir mense nie," begin hy. "Dink jy nie dié storie kan wyer verkondig word in Viëtnam en ander Oosterse lande nie?"

Natasha skud haar kop. "Nie regtig nie. Te veel mense daar glo dit het wel, en daardie oortuiging sal nie sommer verander nie. Buitendien maak 'n klomp magtige mense daar enorme bedrae geld uit renosterhoring. Hulle sal nie toelaat dat so 'n bevinding grootskaals in die media gesplash word nie."

Theodore verkyk hom aan haar eiesoortige skoonheid. Sy is vanaand uitgevat in 'n noupassende rok wat haar bates baie beter beklemtoon as haar uniform. Die flikkerende kerslig en hul intieme hoekie in die restaurant berei die weg voor vir 'n romantiese aand. Beslis nie 'n geleentheid om oor gewigtige bewaringskwessies te gesels nie, maar hy móét sy pa se opdrag agter die blad kry.

"Jy weet, ek was regtig verbaas toe jy my nou die dag van die Viëtnamese diplomaat vertel het. Ek het nie geweet hulle is so ingegrawe hier nie."

"Ek was seker nie veronderstel om daaroor te praat nie." Sy neem 'n slukkie wyn. "Het dit baie vertroulik gehoor by iemand."

"Weet jy of die Valke hom al vasgetrap het?"

"Nee, hulle hou hom blykbaar net dop, na aanleiding van 'n anonieme inbeller se inligting." Sy lag. "Hy't homself glo voorgestel as Deep Throat, soos in 'n wafferse pornofliek. Maar verder weet ek nie veel van die storie nie."

Nou moet hy die onderwerp vinnig verander. En hy wil nie

dink oor die implikasies van haar woorde nie; dit sal hy aan sy pa oorlaat.

Hy begin haar uitvra oor haar skooldae in Zim, en is verbaas om te hoor sy was vroeër 'n internasionale model. Nou weet hy waar sy haar sexy stappie vandaan kry.

Sy wil ook meer van hom weet, en hy vertel met graagte. Kapenaar van geboorte, altyd lief gewees vir die buitelewe, daarom dat hy hier in die Bosveld kom nesskop het om African Curio se aankoper te word. "Ek sou nooit in 'n kantooropset survive het nie."

Sy glimlag en knik, maar hy kan sien sy het iets anders op die hart.

"Kan ek jou iets persoonliks vra?" sê sy onverwags.

"Enige tyd."

"Die vrou . . ." Sy lyk effe verleë. "Die een wat jou by die Sakekamer-funksie so omhels het. Is daar . . . is sy . . .?"

"Carina Vosloo? Nee, daar's absoluut niks tussen ons nie." Hy gee 'n verontskuldigende laggie. "Ek vermoed sy't daai aand te veel wyn gedrink. Sy't my heeltemal onkant gevang . . . en my boonop bleddie ongemaklik laat voel voor al die mense. Maar sy's my enigste betroubare maskerverskaffer. Ek wou haar nie afjak nie." Hy snork. "Sy kon amper my ma gewees het!"

Die verligting op Natasha se gesig is merkbaar. En hy weet dadelik die kans is uitstekend dat hier 'n romantiese verhouding kan ontstaan.

Hy was lanklaas so opgewonde oor 'n vooruitsig.

* * *

Rooi kyk op die inligtingsbord by Cavendish se ingang waar EyeQ geleë is. Vir Kassie maak die aanwysings geen sin nie, want hy boer nie soos Rooi in winkelsentrums nie. Volgens Rooi moet hy Torretjie elke Saterdagmiddag na een van dié monstrositeite vergesel, "want eintlik het sy net één swak puntjie: haar hengse kooplus".

Rooi lei hulle met selfvertroue by die roltrappe op en swenk vernuftig tussen die menigtes deur. Hy kry die plek binne enkele minute met die vaardigheid van 'n ou sentrumspoorsnyer.

By die ontvangstoonbank wys 'n vrou na die kantoor van Francois du Toit, oogkundige en eienaar van EyeQ. "Hy verwag julle," sê sy. "Stap maar deur."

Du Toit is 'n lang, breedgeskouerde kêrel met 'n groot glimlag en 'n stewige handdruk. Hy beduie hulle moet oorkant sy lessenaar sit.

Kassie het hom oor die foon die nodige agtergrond gegee, en tot sy vreugde verneem dat die eienaar van die bril heel moontlik op EyeQ se databasis van dertigduisend mense opgespoor kan word.

Du Toit bekyk die bril van alle kante. "Dis 'n jammerte die ding is gebuig. Dit gaan my taak amper onmoontlik maak om 'n spesifieke naam te kry."

Kassie se moed sak in sy skoene. Hulle laaste hoop om die Barnie-raaisel op te los gaan vandag hier sneuwel. Dít terwyl Daniels soos 'n dirigent by die interskole-atletiek op en af gespring het toe Kassie hom die goeie nuus vertel.

Du Toit kyk op. "Ons sal nou ongelukkig net met twee van die drie voorskrifkomponente kan werk: die sferiese en silindriese sterkte van astigmatisme. Omdat die bril gebuig is, gaan dit onmoontlik wees om die oriëntasie van die as van astigmatisme te bepaal."

Kassie knik net. Klink vir hom na hoogs gevorderde Grieks.

Du Toit haal iets wat soos 'n mikroskoop lyk van die rak langs sy lessenaar. "Dis 'n vertometer," sê hy terloops.

Hy beskou eers die linkerlens. "Hmm . . .'n multi-fokaal. Julle ou is nie bloedjonk nie."

Kassie kyk onderlangs na Rooi. Dit klop met Maarman se beskrywing van die gorilla wat met Barnie geworstel het.

Du Toit maak 'n aantekening op sy skryfblok en beskou dan die regterlens. Uiteindelik kyk hy op. "Kom ons voer gou hierdie inligting op my rekenaar in."

Hy tokkel op die toetsbord voor hom. "Hmm . . . eenduisend-agthonderd kliënte het dieselfde linkerlens as julle man. En eenduisend-vierhonderd-en-twintig dieselfde regterlens."

Kassie onderdruk 'n sug. Dit help hulle net mooi fókkol.

Maar Du Toit is nog nie klaar nie. "Nou kombineer ons die twee en gooi die vervaardiger van die lense ook in die mix," sê hy.

Ná 'n minuut wat vir Kassie soos 'n ewigheid voel, leun Du Toit tevrede terug in sy stoel. "Is twaalf name aanvaarbaar vir julle?"

Verligting spoel oor Kassie.

"Bliksis, ons gaan die wetter kry!" sê Rooi met 'n glimlag wat tot die stopsels in sy kiestande vertoon.

Kassie draai na Du Toit. "Het jy almal se kontakbesonderhede?"

"Ja, ek druk dit nou vir julle uit."

★ ★ ★

Dada sit in sy uitgesakte leunstoel en dagga rook. Hy beduie na die zol met 'n geel voorvinger. "Hulle sê King Solomon het sy wysheid van dagga gekry."

Dampies lag, maar Jackal is te tense om hom aan Dada se kakstories te steur. Hy't vanoggend vroeg Kwaai se call gekry dat hulle hier moet inklok. Deep Throat het 'n datum vir die kidnapping gegee.

Die responsibility van die hele ding lê swaar op Jackal. Hy moenie opslip nie, hy's chief in charge van die operation. Kwaai vat failed operations nie goed nie. As iemand kak maak, sê hy altyd: "Daar's net twee plekke waar jy kan opeindig: innie grave of innie intensive care."

Jackal kyk op toe hy 'n giggle uit die slaapkamer hoor.

Dada skud sy kop. "Kwaai is weer besig om 'n jolmeid te polli-nate. Fok weet alleen hoeveel van my grandchildren hardloop hier innie Plain rond."

'n Rukkie later kom die chick uitgestap. Sy druk nog haar toppie by haar hot pants in en is uit by die deur sonder om na hulle te kyk. Jackal ken van haar: 'n properste hoer. Hy't haar al voorheen gesien operate. Sy hang ook gereeld voetjies uit by die getroude mans se karre daar in die veld langs die Spar.

Hy en Dampies staan op toe Kwaai instap. Dié lyk maar sleg in sy vest en underpants. Daai dun beentjies moet seker fokken hard werk om so 'n moerse groot lyf innie lug te hou, dink Jackal.

Kwaai vat die zol uit Dada se hand, trek diep en gaan sit steu-nend oorkant hulle.

"Oormôre is die day of reckoning," sê hy. "Dan gaat julle die chick moet kidnap. Fifty K vir die job, die ander fifty kom eers as ons haar in mint condition gerelease het."

"Gan Deep Throat nie 'n ransom demand by haar family nie?" vra Jackal.

Kwaai skud sy kop.

"Vir wat wil hy dan hê ons moet haar kidnap!" sê Dada.

"Hy't sy reasons . . . unknown to me." Kwaai vat nog 'n trek aan die zol. "Hy's 'n mysterious fokker."

22

"Deep Throat," sê Montgomery met 'n diep frons.

"Deep Throat?" vra Graeme West verbaas.

"Moenie als fokken herhaal wat ek sê nie! Jy't mos gehoor ek sê Deep Throat, Graeme!"

"Ekskuus, Montgomery."

"En hou op om vir als verskoning te maak. Jissis, ek't lanklaas so 'n suutjies-poep-mens in my lewe gesien."

West sê niks, vermy net sy blik.

Montgomery haal 'n sigaar uit die kissie op sy lessenaar en lek dit van bo tot onder nat voor hy dit aansteek. "Ons sal hierdie nuus by Phan Can Dung moet uitkry. Dalk lui die naam by hom 'n klokkie . . . Dis seker iemand in hulle eie konsulaat wat sy gat probeer toesteek, het moontlik agtergekom die man lewe soos 'n miljoenêr. Donnerse idioot. Hoeveel keer het ek nie al vir hom gesê om nie sy rykdom te adverteer nie! Maar die bliksem bly boer in die dobbelhole."

"Het . . . het die vrou niks anders vir Theodore gesê nie?" vra West huiwerig.

Montgomery ignoreer die vraag. Die sedige uitdrukking op die man se bleek gevreet irriteer hom grensloos.

Hy staan op. "Jy sal die fort vandag hier moet hou, jy't 'n groot besending om te verpak. Ek gaan nou eers hoewe toe, wil kyk of Wolf sy werk doen . . . Ek moes nooit die visse aan sy sorg toevertrou het nie, die bliksem is só laks. Lê tien teen een nou sy gat en afslaap."

Hy kyk waarskuwend na West. "En jy bel hom nie nou en waarsku hom ek kom nie. Ek wil hom gaan verras."

"Dis reg so, Montgomery."

Dis reg so, Montgomery. Dis reg so, Montgomery.

Hy moet op sy tande byt om West nie 'n klap te gee nie. Dis ook al wat die pateet met oortuiging kan sê, asof hy 'n robot is.

Hy sal een of ander tyd van die man ontslae moet raak. Hy moet 'n vertroueling kry met vuur in sy gat. Iemand wat vir homself kan dink.

★ ★ ★

Die uitdrukking op Magrieta se gesig voorspel niks goeds nie, wat onmiddellik 'n beswaardheid oor Kassie laat neerdaal.

"Nee, ou Kas, ek het ál elf mense gebel," rapporteer sy. "Nie een het sy bril verloor nie."

Hy het Magrieta die belwerk laat doen. Sy moes haar voordoen as iemand van EyeQ en met die brileienaar reël om dit op 'n afgespreekte tyd by die Cavendish-winkel te kom haal, waar Kassie en Rooi hom sou inwag.

"Nes ons luck dit wil hê!" sê Rooi. "Nou sit ons met net een naam, en dié is sonder telefoonnommer of adres."

Du Toit was die vorige middag verras toe hy op die drukstuk sien W. Breede se kontakbesonderhede ontbreek. Hy't by ontvangs gaan navraag doen en effe verleë teruggekom. "Dis regtig baie vreemd. Dié ou moet die enigste een op my hele databasis sonder kontakbesonderhede wees."

Hy het vanoggend vroeg vir Kassie gebel. "Kaptein, ek het met die dametjie gepraat wat meneer Breede sowat twee maande gelede by die toonbank gehelp het. Hy was 'n kontantbetaler, hy het nog vir haar gesê hy't nie 'n mediese fonds nie. Hy wou ook nie sy telefoonnommer of adresbesonderhede gee nie, het net 'n week later sy bril kom afhaal."

"Kan sy 'n beskrywing van hom gee?" wou Kassie weet.

"Ja, ek het met haar én die oogkundige gepraat wat sy oë getoets het. Hulle beskrywings stem ooreen: man in sy middelvyf-tigs, groot en fris, met 'n swart baard."

Die sirenes het toe al in Kassie se kop begin loei, maar hy en Rooi het bly vasklou aan die hoop dat dit nie hulle man is nie. En nou bevestig Magrieta hulle aakligste vermoedens: W. Breede ís die bliksem wat hulle soek.

En nie gaan kry nie.

Kassie wil nie eers dink wat Daniels se reaksie gaan wees nie. Dié het voortydig, en teen Kassie se aanbeveling in, die generaal en die brigadier gebel en gesê hulle is op die punt om die verdagte vas te trek.

"Daniels gaan in sy broek skyt," verwoord Rooi sy gedagtes.

* * *

In die sewentigs was Stellenbosch 'n relatief misdaadvrye dorp. Maar die plek is geskud toe 'n student een aand op pad terug na haar koshuis ver-krag en vermoor is. 'n Mediastorm het losgebars. Daar het selfs polisie-versterkings van Kaapstad gekom om die moordenaar aan te keer. Sonder enige sukses.

Net toe die stof gaan lê het, is nog 'n vrouestudent twee maande later verkrag en vermoor. Die aanvaller het haar voorgelê waar sy van 'n aand-klas terug na haar woonstel gestap het. Dit was duidelik die werk van 'n reeksmoordenaar. Waar die eerste moord die dorp geruk het, het die tweede 'n aardskudding veroorsaak.

Vir weke aaneen was dit op die voorblaaie van al die Wes-Kaapse koerante. Die reeksmoordenaar was die enigste besprekingspunt in kroeë, kantore, studentelokale en koshuise. Die polisie het spanne ontplooi en Stellenbosch snags van hoek tot kant gefynkam. Vrouestudente het dit nie gewaag om ná donker alleen rond te beweeg nie. Stellenbosch was vasgevang in 'n greep van vrees.

Op daardie trietsige, koue wintersaand was my gedagtes egter ver weg van die reeksmoordenaar. Petronella het my denke totaal oorheers. Ek het soos gewoonlik skuins voor haar woonstel in my Kewer gesit met 'n termosfles koffie byderhand.

Vir drie aande agtereenvolgens het ek haar motortjie sien stilhou. Elke keer terwyl sy die dertig meter na haar woonstel afgelê het, wou ek uitklim en maak asof ek toevallig in die omgewing was. Elke keer het my moed my begewe. Ek het net na haar gesit en staar, my mond kurkdroog, my hart rammelend in my borskas.

Daardie aand het ek besluit dis nou of nooit. Ek kon eenvoudig nie meer so voortploeter nie. Ek móés met haar praat.

Sy het later as gewoonlik gekom en eers iets onder die dakliggie van haar motor bestudeer voordat sy uitgeklim het. Sy was ongeveer twintig meter van my af, onbewus van my óf die motor, maar ons het gelyktydig gesien hoe 'n man vanuit die skadu's op haar afstorm.

Sy het verskrik vasgesteek en soos 'n standbeeld in die middel van die straat bly staan. Die man was binne oomblikke by haar. Hy het haar aan haar jaskraag gegryp en in die rigting van die parkie langs die woonstelblok begin sleep.

Haar beangste gille sal my altyd bybly.

23

Natasha se terloopse uitlating teenoor Johan Maree om die baas-
breine agter die stropings te ontvoer, het sleg geboemerang. En
dis sagkens gestel.

Vroegoggend kom haar eerste oproep van 'n half histeriese
Werner Erwee. "Natasha, sê vir my jy was nie ernstig nie!"

"Oor wat?"

"Om die Mosambiekse stroperbase te ontvoer!"

"Waar op aarde hoor jy dit?"

"By die hoof van Sanparke! Hy't glad nou die minister daaroor
ingelig. Dié het vir Tim in Amerika gebel en hom geroskam oor
ons 'CIA-agtige planne' en die diplomatieke branders wat dit sal
veroorsaak. Nou stroom die e-posse in van ontstelde donateurs."

"Maar . . . dit was bloot 'n terloopse opmerking. Ek sou dit be-
slis nie gewaag het sonder om jou in te lig nie."

"Hóé kon jy gedink het ek sou so iets goedkeur? Die storie
maak opslae op plekke waar ons nog altyd net die grootste respek
en waardering gekry het! Jy onthou tog hoe Sanparke juis laas jaar
daai intelligensie-insamelingsmaatskappy gefire het omdat hulle
deurmekaar was met huursoldate. Tim sê as die deure nou vir ons
begin toeslaan, sal die donateurs dit beslis oorweeg om IESA in
Suid-Afrika tot niet te maak."

"Ek . . . ek is jammer, Werner. Dit was nie bedoel . . ."

"Natasha, moenie dat jou beheptheid met die begroting jou
goeie oordeel verongeluk nie. Waak daarteen om jou onberispe-
like rekord van die afgelope drie jaar te verongeluk. Jy wéét mos
jy's goud werd vir IESA." Sy stem versag. "Ek moet vanmiddag
by die minister se kantoor aanmeld, dan sal ek hierdie hele storie
probeer regstel."

Toe sy die gehoorstuk neersit, is sy woedend vir Johan Maree. Haar eerste instink is om hom te bel en stink uit te trap. Maar sy bedink haar. Dit sal net verdere rimpelings veroorsaak. Heel moontlik het Johan dit sommer terloops aan Sanparke se baas genoem, wat toe als uit verband geruk het. Die skade is klaar gedoen; daar is niks wat sy kan sê om dit te verander nie. Behalwe om met hernieude ywer die spoor van die renosterstropers te vat.

Eers tienuur, toe sy twee Disprins saam met haar tee afsluk, dink sy weer aan die restaurantete saam met Theodore.

Sy hou van die man. Dalk heeltemal te veel en hopeloos te gou. Behalwe dat sy fisiek aangetrokke voel tot hom, het hulle soveel dinge in gemeen. Hy's ook 'n buitelugmens, en dis duidelik dat die natuurlewe en die bewaring daarvan hom na aan die hart lê.

Dit was 'n groot verligting om te hoor die ander vrou speel geen rol in sy lewe nie. En sy kon sien hy praat die waarheid – nog iets wat sy baie belangrik ag in 'n verhouding.

Sy haal haar selfoon uit en tik 'n SMS: *Nogmaals baie dankie vir nou die aand se ete en lekker saamkuier! Wou jou gister al kontak, maar was omtrent heeltyd in die veld. N.*

Sy talm 'n oomblik voordat sy 'n X byvoeg en die SMS stuur.

*   *   *

Kassie weet hy't weer die pot mis gesit.

Die two-tone hemp wat hy jare gelede by 'n boeredag op Bredasdorp aangeskaf het, het vanoggend in die spieël vir hom aanvaarbaar gelyk by sy rooi windjekker en donker maroen broek met die wit strepies. Maar toe hy vir Rooi vra of sy klere sal voldoen aan Daniels se colour-coordination-maatstaf, kon dié sy lag beswaarlik bedwing.

Toe vra Da Silva ook nog of hy vandag kleuters by 'n partytjie moet gaan vermaak.

Nie dat dit hom te veel ontstem nie. Die SAPD betaal hom nie 'n kleretoelaag nie, en as ernstige seëlversamelaar kan hy nie bekostig om hom uit te rus met die jongste modes nie. Verlede Saterdag se seëlveiling in Woodstock het juis so 'n groot hap uit sy maand se begroting gevat.

Wat hom wel senuweeagtig maak, is sy en Rooi se afspraak by die kolonel. Toe Daniels gistermiddag die nuus oor W. Breede hoor, het dit behoorlik gelyk of sy koronêrskiet-voorspelling waar word. Kassie het hom nog nooit só vinnig sien verbleek nie.

Maar 'n dringende telefoonoproep van die brigadier af het hulle uit die leeu se kake gered. Met die verskoning dat hulle nog op-volgwerk by die boemelaars onder die brug moet doen, het hulle spore gemaak. En toe maar by die naaste kroeg hulle sorge gaan wegdrink – hy aan Creme Soda en Rooi aan Castle.

"Julle kan nou na die kolonel se kantoor gaan," kom lig Felicity hulle in.

Rooi loop langs Kassie met 'n uitdrukking van ondraaglike pyn.

"Fok, my kop klop ook nog teen honderd slae 'n minuut van gister se gesuip," fluister hy voor hulle by die kantoor instap.

Daniels se ontspanne houding betrap Kassie onkant. Die kolo-nel sit glimlaggend agteroor in sy stoel, hande agter sy kop gevou.

Toe hulle gaan sit, nog nie heeltemal seker of hulle die vrede kan vertrou nie, beduie hy na die oggendkoerant op sy lessenaar. "En daar red die koerant toe vanoggend ons gatte!"

"E . . . hoe so?" vra Kassie.

"'n Joernalis het 'n baie negatiewe indiepte-artikel oor Barnie Wolhuter geskryf. Hy't onderhoude met Barnie se bergie-tjomme gevoer en dié vertel hoe Barnie sy blink toekoms weggegooi het deur 'n tikverslaafde te word en hoe hy koper gesteel het om drugs te kan koop."

Daniels leun selfvoldaan vorentoe. "Die generaal het my al vroegoggend by die huis gebel en gesê fok Barnie. Die feit dat hy

124

sleg uitgedraai het, het niks daarmee te doen dat hy 'n eks-cop was nie. Die minister voel ook só nadat hy die artikel gelees het. Die Diens het Barnie se vrou voldoende ondersteun in hierdie tyd, so niemand kan meer moan nie."

Hy glimlag breed. "Die pressure is nou 'n bietjie af. Nie dat dit beteken julle kan die Barnie-dossier onder die hopie inskuif nie, maar ons het darem meer tyd."

Toe hulle opstaan om te loop, beduie Daniels na Kassie. "Hel, ek's bly die generaal sien jou nie só nie." Hy aarsel 'n oomblik. "Moet jy nie vir Magrieta vra om 'n bietjie in jou klerekaste te gaan rondkyk nie . . . om jou raad te gee met die colour-coordination-ding?"

Kassie vererg hom. "Ek het nie klerekaste nie, net 'n klerekás," sê hy met die uitloop.

*   *   *

Theodore loop op en af in sy tent, hy kan nie stilsit nie. Freedom se besoek vroegoggend en daarna die oproep na sy pa het hom in dié kak bui gekry.

Hulle speel nou 'n gevaarlike speletjie. Uit sy gesprek met Natasha het hy afgelei hulle jag nou spesifiek die stropers in die noorde van die Wildtuin. En vanoggend verseker Freedom hom met 'n groot glimlag dat alles onder beheer is en dat hulle wag vir die volgende opdrag. Hulle is selfs deur die veldwagters gevra om uit te kyk vir stropers, wat beteken hul dekmantel as houtvoorsieners werk uitstekend – juis 'n plan waarmee Theodore 'n paar maande gelede vorendag gekom het.

Terwyl Freedom gewag het, het hy sy pa gebel. Hy het verslag gedoen, maar dadelik bygevoeg hy dink nie dis nou die regte tyd vir 'n nuwe operasie nie. "Buitendien het ons hopeloos te veel horings hier."

Maar soos gewoonlik wou sy pa nie toegee nie.

"Slaan die yster terwyl hy warm is, Theodore! Ons gaan nie weer so 'n maklike geleentheid kry met die veldwagters wat pellie-pellie met ons manne is nie. Laat hulle nog een trip doen en behoorlik oes. Daarna kan jy hulle afgee om vir 'n wyle in Zim te gaan vakansie hou."

Theodore het nie 'n keuse gehad nie, hy moes vir Freedom die opdrag en die gewere gee.

Hy weet hy gaan nie sommer hierdie onrustigheid afgeskud kry nie. Die slegste is dat hy heeltyd op Freedom se oproep moet wag. Dit kan binne die volgende dag kom, of dalk eers oor 'n week of twee.

Selfs die mooi SMS wat hy van Natasha gekry het, nogal afgesluit met 'n X, beur hom nie op nie. Inteendeel, dit maak hom net meer senuweeagtig oor die nuwe operasie.

24

Montgomery kan slange vang.

"Die pH van die water moet te alle tye tussen 5.5 en 5.8 wees en die temperatuur tussen 24 en 30 grade Celsius! Hoeveel keer moet ek dit nog in jou dik kop dril, Wolf?" Hy kom orent. "Die water is 'n graad te warm en die pH is 5.3!"

"Dis darem nie te ver uit nie," sê Wolf met 'n skuldige gesig waar hy onder die damwal staan.

"Dit mag nóóit uit wees nie! As die visse op 'n hoop vrek, sal jy op jou eie koste Argentinië toe vlieg en 'n nuwe besending op jóú risiko insmokkel! Verstaan ons mekaar?"

Wolf knik.

"Wanneer laas het jy die filters skoongemaak?"

"Ek . . . ek was van plan om dit nou te doen."

"Vuil filters beïnvloed juis die pH." Montgomery klim met die trappies van die damwal af. "Nou toe, laat jou voete raas. Ek sal solank aandag gee aan die temperatuur."

Hy stap na die luik, maak dit oop en klim af na die beheer-kamer. Stel versigtig aan die meter wat die ingeboude verwar-mingselement beheer. Eers toe hy tevrede is dat die temperatuur begin daal, kyk hy deur die groot glasvenster.

'n Paar visse swem rond om die kaalgevrete beendere van Bar-nie Wolhuter. Wolf voer hulle lankal weer hoenders en vis, maar dis asof die geraamte vir hulle 'n magiese aantrekkingskrag inhou. Hy bekyk die visse met 'n frons. Wolf is 'n opperste slapgat, hy gaan nie toelaat dat die bliksem alles vernietig nie. Die dam het 'n fortuin gekos, en hy het 'n hele paar grys hare bygekry om die visse veilig hier te kry. Voortaan sal hy daagliks kom inspeksie doen.

Hy het soveel moeite gedoen om die dam gereed te kry. Die

gruis op die vloer stem ooreen met die riviergruis van die Paraná-rivier net buite Rosario in Argentinië. So ook die stukke dryfhout, wat hy eers dae lank in 'n bad water moes week om die tannien-suur uit te kry. Hy moes mooi besin oor watter tipe klip om in die dam te sit. Volgens sy navorsing nie dolomiet of kalksteen nie, wat die pH van die water te veel sou verhoog. Hy het graniet-rotse, met minimum impak op die chemie van die water, met 'n gehuurde hyskraan teenaan die damwal laat sak om natuurlike skuiling vir die visse te bied. Die plastiekplante het hy sorgvuldig in Argentinië uitgesoek, want dié vir groot vistenks in Suid-Afrika sou nie geskik wees om die visse stresvry in hul nuwe omgewing te laat aanpas nie.

Hy het lank gewik en weeg oor die keuse van die spesifieke vis. Hy kon aanvanklik nie besluit watter een van die vier tipes die beste sou wees nie: *Serrasalmus, Pristobrycon, Pygocentrus* of *Pygopristis*. Maar sy keuse is vergemaklik danksy 'n insident ty-dens een van sy besoeke aan Argentinië. 'n Sewejarige meisie is in een van die sytakke van die Piranarivier aangeval en gedood deur 'n skool *Pygocentrus nattereri*, die soort met die rooi maag. Dit het hom ses maande geneem om met omkoopgeld, delikate onderhandelinge en toutrekkery die volwasse visse in Suid-Afrika te kry.

Hy't van die begin af besef dit gaan 'n duur stokperdjie wees, maar dis 'n droom wat hy van kindertyd af gekoester het: om sy eie visse in 'n dam aan te hou. Net die plesier wat hy daaruit put om hulle dop te hou, maak al die geld en sweet die moeite werd.

Daarby het hy geweet hy sal hulle nie heeltyd net met ander visse en hoendervleis kan voer nie. Hul jaginstink en die manier waarop hulle 'n veel groter prooi aanval, is juis die rede waarom dié visse hom al van kleintyd af bekoor.

Die eksperiment met die rondloperhond was bevredigend, maar dit het nie heeltemal aan sy verwagtings voldoen nie. Die brak se geskop het die uitgehongerde skool visse dadelik op hom laat afpyl en met hul kragtige kake het hulle stukkies vleis uit sy liggaam begin ruk. Maar hy't die hond naderhand jammer gekry, die arme ding het nie verdien om só te sterf nie.

Met Barnie was dit anders, want die donner het hom probeer afpers. Hy het die visse spesiaal uitgehonger vir die geleentheid. Hy het eers op die damwal gestaan om die verbysterde uitdrukking op Barnie se gesig te sien toe die visse toeslaan. Toe het hy in die beheerkamer gaan sit. Hy kon hom nie wegskeur van die venster nie en het eers laat die aand huis toe gery.

Dié skouspel was beter as enigiets wat hy nog beleef het.

★　★　★

Ek was die held van die hele Wes-Kaap; my foto het op die voorblaaie van Die Burger *en die* Cape Argus *gepryk. Daar is na my verwys as "die man wat nie alleen die Stellenbosse reeksmoordenaar eiehandig vasgetrek het nie, maar ook 'n vrouestudent van 'n gewisse dood gered het".*

Ek was in groot aanvraag by die eiendomsagentskap. Vreemdelinge het ingestap en wou 'n foto saam met my geneem hê. Baie kliënte het daarop aangedring dat ék hulle 'n eiendom moet gaan wys. Gou het my beursie begin bult. Ek sou my studies die volgende jaar kon hervat sonder enige finansiële sorge.

My heldestatus het die meisies na my laat stroom. Hulle wou my vir koffie uitneem, saam met my gaan fliek of piekniek hou. Ek is na koshuisdanse genooi en daar is selfs liefdesbriefies by die agentskap afgelewer. Almal wou my skielik "beter leer ken".

Maar ek was nie beskikbaar nie. Ná die aanval het Petronella gesê sy besef nou eers ons twee "is bestem om altyd naby mekaar te wees". Daardie aand toe ek die reeksmoordenaar met 'n Coke-bottel katswink geslaan en 'n histeriese Petronella styf in my arms vasgehou het, was die begin van my stukkie hemel op aarde.

'n Paar kersligetes en diep gesprekke later het sy daarop aangedring dat ek in haar woonstelblok 'n blyplek kry. "Sodat my beskermengel altyd naby my kan wees," het sy geterg.

Ons het oor en weer gekuier en saam kos gemaak. Sy het in my woonstel kom studeer en selfs 'n paar aande in my arms aan die slaap geraak. Hoewel ons fisieke verhouding beperk was tot 'n paar soene, was ek die gelukkigste man in die wêreld. Haar versoek dat ons nie tot die seksdaad oorgaan nie, het ek soos 'n ware heer aanvaar en gerespekteer.

*   *   *

Kassie sit peinsend op sy rusbank en tuur voor hom uit. Soos dit maar sy gewoonte is, dien die TV net as gesellige agtergrond en kyk hy nie regtig nie. Sy gedagtes is by Maria Wolhuter, wat hom kort voor tjailatyd gebel het. In 'n toestand.

"Die kinders by die skool spot Fransie oor daai aaklige koerantartikel oor Barnie. Hulle sê vir hom dis sý pa wat die mense se buitekrane so afsteel vir tikgeld," het sy met 'n bewende stem vertel. "Julle moet Barnie eenvoudig opspoor, Kassie! My kind treur hom dood. En die spottery maak dat hy volstrek weier om skool toe te gaan. Hy wag eers dat sy pa terugkom, sê hy. Ek weet nie meer hoe om die situasie te hanteer nie!"

Kassie skud sy kop. Kinders is darem wrede wetters.

Die saak is 'n bleddie tameletjie. Hy het lanklaas só magteloos gevoel. Die twee Breedes in die Kaapse telefoongids ken nie 'n W. Breede nie. Maria het ook nog nooit van so iemand gehoor nie.

Hy en Rooi het vanmiddag uit desperaatheid weer afgepiekel na die boemelaars. Nie Maarman óf Boepie was daar nie, en die ander was soos gewoonlik van geen hulp nie.

Iets op die TV trek sy aandag. Dis die nuushooftrekke en hy sien die berig net skrams. Hy's nie seker of hy reg gehoor het nie, maar hy hoop van harte dis nie so nie.

Hy stel die klank harder en steek 'n Lucky aan. Sy hande bewe liggies.

'n Insetsel oor vakbond-onluste by die platinummyne hou vir ewig aan. Hy moet ook hoor dat 'n kabinetsminister van korrupsie aangekla is en dat die Springbokke nou 'n ernstige beseringskrisis beleef.

Dan volg die berig. Hy luister met afgryse.

'n Ligte aardskudding het Christchurch in Nieu-Seeland getref. Daar was geen lewensverlies nie, maar geboue in die middestad is erg beskadig. 'n Paar brande het uitgebreek en die stad se brandweer het hul hande vol gehad.

Voor sy geestesoog sien hy hoe sy Kaapse driehoeke opkrul van die skroeiende hitte en dan met dik strome water uit kragtige brandslange finaal vernietig word. Hy swets toe hy oor die koffietafel struikel op pad na sy slaapkamer waar sy selfoon lê.

Trevor Hansen se nommer lui vir ewig. As voorsitter van die Filatelie-federasie van Suid-Afrika sou hulle hom al laat weet het! Maar die donner antwoord nie. Hy sien natuurlik nie kans om vir Kassie die slegte nuus te gee nie.

Sy hart hamer in sy bors toe hy badkamer toe hardloop en die botteltjie Rescue Remedy uit die muurkassie gryp. Hy't geweet hy kan die bleddie Nieu-Seelanders nie met sy seëls vertrou nie. En nou ís dit fokken so!

25

Die ligte brand in die chick se townhouse en harde music blêr van iewers daar binne.

"Nie ideal nie, ma' darem ook nie 'n train smash nie," fluister Jackal vir Dampies waar hulle by 'n donker venster langs die buite-deur hurk.

Jackal se hart klop vinnig. Hy trek die balaklawa effens weg van sy mond. Die fokken ding knip sy oxygen af as hy vannie suspense asemhaal soos 'n July-perd op steroids. Hy moet nou calm en col-lected bly, kannie afford om vir Dampies te wys hy's gerattle nie.

Hy beduie vir Dampies om te slaan. Dié vat die klip in die hand-doek en tap net liggies aan die venster voor dit breek. Hulle luis-ter. No response, net die harde music.

Dampies steek sy arm deur die venster. Jackal hoor hoe hy die sleutel in die deur draai. Hulle's in. Kitchen.

Hulle loop in die gang af na waar die music en lights is. Sy sit rugkant na hulle toe voor 'n computer. Is lucky lat die curtains toegetrek is.

Sy skrik haar gat af toe Dampies haar aan die skouers gryp. Hy pluk haar regop en slaat 'n handskoen-klou oor haar bek.

"Not to worry, girl," sê Jackal. "Ons vat jou net vir 'n rukkie op 'n all-paid holiday. Bed and three meals a day included."

Dit klink seker'ie vir die chick na 'n nice break nie, want sy skop lat dit bars na Dampies. Jackal haal die tou uit en gryp haar enkels. Hy bewe en sukkel, want sy skop soos 'n steeks merrie.

"Nee, fok, so sal ons tot daybreak toe sukkel." Dampies dop die chick op haar maag om en gaan sit bo-op haar. Die minute wat sy klou haar gesig los, begin sy skree.

Dampies pluk haar aan die hare. "Keep your mouth shut, bitch!"

sê hy in 'n mean hissing voice wat tot vir Julius Malema sy bek sal laat hou.

Terwyl Jackal haar hande agter haar rug tie, kreun sy net. Dampies druk 'n lap in haar bek en maak die toue stywer vas. Dan tel hy haar soos 'n parcel op en gooi haar oor sy skouer.

Jackal hardloop na die slaapkamer waar hy haar vroeër uitgetjek het. Hy sit die lig af, trek die curtains toe en sit weer aan. Bo in die hangkas kry hy 'n soetkys. Hy gryp klere van die hangers af en druk dit in die soetkys, haal panties en bra's uit die laaie.

Toe hy die buitedeur agter hom toetrek, is Dampies al besig om die chick in die Ford Sierra te laai.

Jackal draf soontoe. Fok, wat move daar? Hy laat val die soetkys van skrik. Sy hart maak somersaults, want sy oë lieg'ie vir hom nie. 'n Wit laaitie kom regop agter 'n hoop stene en begin gatskoonmaak.

Dampies sien hom ook. Hy's nader aan die laaitie as Jackal en dart op hom af. Die laaitie het nie 'n kat se kans nie. Dampies tekkel hom net voor hy die draai vat en sleep hom kar toe.

"Wat staan jy da' en bewe?" hyg Dampies. "Jy's mos chief in charge, moet ek van hom witbene maak?" Hy haal sy yster uit.

Dit kry vir Jackal uit sy state of paralysis. "Nei, fok, man, ons wil mossie 'n murder rap teen ons hê nie! Die hele complex sal die shot hoor. Ons moet hom saamvat."

Dampies druk die laaitie op die agterseat by die chick in en hou die yster se loop onder sy neus. Die laaitie sit wit geskrik, hy moan nie eers nie.

Jackal ry stadig by die complex uit. Eers op die M5 gee hy bietjie gas.

Dan onthou hy van die fokken soetkys wat hy in die straat gelos het. Kannie nou omdraai nie. Kwaai gan . . .

Jackal se derms trek saam in 'n almighty knop en hy knip die thought net daar af. Kwaai gan nie weetie.

Kassie kry Trevor Hansen eers halfses die oggend op sy selfoon in die hande.

"Jinne, Kassie, maar jy's vroeg aan die roer! Waaraan het ek die oproep te danke?"

Kassie wil eers vir hom sê hy't heelnag nie 'n oog toegemaak nie en dit oor Trevor nie sy foon antwoord nie, maar hy bedink hom. "Gee my al die gruesome detail," sê hy net.

"Waarvan praat jy?"

Die donner weet nog nie eers nie, besef Kassie met 'n skok.

"Daar was gister 'n aardskudding in Christchurch. 'n Klomp geboue in die middestad is beskadig."

"Siestog, ja, die arme mense word omtrent geteister."

"En wat van my seëls? Dit word mos in die middestad uitgestal!"

Trevor lag. "O, nou verstaan ek hoekom jy so vroeg bel. Sorry, man, ek het vergeet om jou te laat weet. Die grand prix-seëls is al eergister weg uit Christchurch, dit word nou vir 'n paar dae in Samoa uitgestal."

Verligting spoel oor Kassie.

Maar toe hy aflui, tref dit hom. Hy't al gelees Samoa word geteister deur siklone. Sy Kaapse driehoeke trek van een fokken rampgeteisterde gebied na 'n ander!

* * *

Die oggendson bak warm op Natasha se blaaie toe sy haar kantoordeur oopsluit.

Vandag voel sy aansienlik beter as gister. Werner het laatmiddag laat weet hy was by die minister en die saak is nou in perspektief gestel. Die minister het toegegee hulle kantoor het moontlik oorreageer. Tim en die donateurs is ook kalmer nadat hy aan hulle terugvoer gegee het.

Maar gisteraand se oproep van Theodore was die kersie op die koek. Hy't gesê hy het 'n baie bedrywige week voor hom, maar hy sal haar graag daarna wil sien. Hulle het 'n uur lank soos ou bekendes gesels, sommer oor alledaagse dingetjies. Dit het al meer soos 'n regte verhouding gevoel.

Sy kry haar goed bymekaar om die pad Kruger toe te vat. Daar wag 'n harde dag op hulle. Sy gaan saam met een van haar spanne en 'n groep veldwagters van Sanparke die gebied rondom die Bohomeni-drif verken waar daar gister twee dooie renosters aangetref is. Volgens hulle inligting is 'n nuwe groep Mosambiekse stropers in die omgewing bedrywig. Gert is al van vroegoggend af aan die verken met die helikopter, maar sy het nog niks van hom gehoor nie. Dit kan net beteken hy het nog nie verdagtes gewaar nie.

Sy steek by die deur vas toe die telefoon op haar lessenaar begin lui. Vir 'n oomblik oorweeg sy dit om nie te antwoord nie, maar dan draai sy om. Dalk is dit Werner.

"Natasha van der Merwe van IESA wat praat," antwoord sy.

"Ek het belangrike inligting vir jou." Dis 'n onbekende manstem.

"Ja?"

"Freedom Chiweshe is nie wie hy voorgee om te wees nie. Hou hom dop."

"Wie praat?"

"Deep Throat," sê die man en verbreek die verbinding.

26

Kassie weet: as die kolonel op jou afstorm, is daar iewers groot fout. Daniels is skoon uitasem toe hy voor sy lessenaar stop.

"Asof jou vriend Barnie se verdwyning nie genoeg was nie, het ons nou nog 'n vermiste op hande," blaas Daniels. "Bleddie skoollaaitie van daai nuwe rykgat-buurt in Rondebosch. Jy, Rooi en Da Silva moet onmiddellik gaan. Pollie en 'n paar van sy uniforms is al daar."

Terwyl hulle soontoe ry, wonder Kassie hoekom die saak nou eers aangemeld is. Dis al amper tienuur. Aangesien dit 'n skoolkind is, moes die ouers al heelwat vroeër agtergekom het hy's vermis.

Die meenthuise in Blue Crest skree geld. Ruim plekke met witgepleisterde mure en blou dakke soos op 'n poskaart van Griekeland. Pollie en twee uniforms wag Kassie-hulle in by die adres wat Daniels gegee het.

"Kassie, die ouers wag vir julle," sê Pollie. "Albei is nogal erg getraumatiseer, dis hulle enigste kind. Daar is ook 'n skoolpel van die vermiste by."

Toe hy by die sitkamer instap, merk Kassie dadelik hoe bleek die gesette man met die bles en welige snor is. Die man stel homself voor as Piet Marais en hulle skud hand.

Marais beduie na sy snikkende rooikopvrou op die rusbank. "Dis my vrou, Millie, en dis my seun Divan se vriend, Frikkie Ferreira."

Frikkie sit kiertsregop op 'n stoel, sy gesig asvaal. Kassie, Rooi en Da Silva gaan sit oorkant hom.

"Ons is in 'n toestand oor dié ding," sê Marais. "Ons weet nie wat Divan besiel het . . ." Sy stem breek en sy vrou se snikke raak heftiger.

"Wanneer het julle uitgevind hy's vermis?" vra Kassie.

"Vanoggend omtrent kwart oor agt. Toe ek by die motorhuis instap, sien ek sy fiets staan nog op sy plek teen die muur. Hy ry gewoonlik halfagt al skool toe." Hy lyk effe verleë. "Dis nie eintlik Divan se gewoonte om ons te groet voor hy skool toe gaan nie."

"En hy was nie in sy kamer toe jy gaan kyk het nie?"

"Nee, geen teken van hom nie. Ek is toe skool toe. Ek het gehoop hy't by Frikkie oorgeslaap sonder om ons te sê . . . ek en Millie was gisteraand uit." Marais sit sy arm om sy vrou se skouers. "Hy was ook nie by die skool nie. Die skoolhoof het toe vir Frikkie laat kom. Ons het maar gesukkel om . . . om die storie . . ."

Meteens kyk hy streng na Frikkie. "Sê vir die speurders wat jy vir my en die hoof vertel het. Álles, hoor."

Frikkie se oë rek nog groter. Hy sluk senuweeagtig.

"Net voor Frikkie ons vertel, hoe oud is Divan?" vra Kassie.

"Hy word oor drie maande sewentien, hy's in graad elf."

Kassie kyk na Frikkie. Dié begin praat met afgewende oë, sy hande op sy skoot vasgeklem.

"Divan het my annerdag by die skool vertel . . ." Millie Marais huil nou só hard dat Frikkie skuldig opkyk.

Marais staan op en neem haar hand. "Kom, my skat, ons gaan maak koffie. Dis nie nodig dat ons weer daarna luister nie."

Toe hulle uit is, vertel Frikkie verder.

"Wel, Divan het gesê hy sluip elke nag uit die huis uit om na die girl oorkant die straat te . . . te gaan kyk."

"Te gaan kýk?" vra Rooi.

"Ja, die girl het partykeer in haar huis rondgeloop in . . . in net haar bra en pantie. Divan het gesê hy gaan elke aand kyk tot . . . hy haar heeltemal kaal sien." Frikkie se nek en wange slaan in rooi vlamme uit.

"Hoekom kon hy nie sommer uit sy kamer vir haar kyk nie?" vra Kassie.

137

"Haar slaapkamer is aan die agterkant van die huis, daar waar hulle nog huise aan't bou is. Dis waar Divan na haar . . . gekyk het."

"Hoe laat het hy gewoonlik gegaan?" vra Rooi.

"So van tweeuur in die nag af."

"Het iemand al vanoggend agter die huis gaan rondkyk?" vra Kassie.

Frikkie knik. "Ek en die oom was daar net voor die polisie gekom het. Ons het Divan se foon in die straat opgetel. En . . . daar't 'n groot koffer in die straat gestaan, maar die oom wou nie daaraan vat nie."

★ ★ ★

Ek en Petronella het Smiley eenkeer in 'n winkel raakgeloop. Tot my verbasing het hy my vriendelik gegroet, my selfs geluk gewens met my heldedaad. Ek het hom trots voorgestel aan Petronella.

Ná die tyd wou sy weet hoe ons mekaar ken, want Smiley was 'n bekende op die kampus. Ek het net gesê hy was 'n vriend van my, maar ons paaie het intussen geskei.

My en Petronella se verhouding het mettertyd gegroei. Sy het minstens een keer 'n week by my kom oorslaap, natuurlik altyd ten volle geklee en met haar geen-seks-reël steeds in plek. Dit het my nooit gepla nie, want sy was 'n ordentlike meisie, soos my ma sou sê. Petronella het altyd gesê sy voel veilig by my wanneer ek haar op die bed in my arms toevou. Dit was my gerusstelling dat ons altyd vir mekaar bestem sal wees.

Petronella was opgewonde oor die vooruitsig om in die Desembervakansie saam met my Engeland toe te gaan. Dit sou haar eerste oorsese reis wees. Ek het ons vliegkaartjies reeds gekoop en kon nie wag om my aanstaande aan my ma te gaan voorstel nie. Wat Petronella nie geweet het nie, is dat ek vir haar 'n pragtige verloofring met 'n knoets van 'n diamant gekoop het. Dit het 'n plaas se prys gekos, maar my bankrekening was gesond. My plan was om haar om haar hand te vra die week voor ons sou vlieg.

Maar eers was dit haar eindeksamen. Sy het een aand vir my gesê sy sal nou voltyds moet studeer en dat ons mekaar nie eintlik gaan sien nie. Sy sou baie aande sommer in die biblioteek leer en daarna by 'n vriendin gaan oorslaap.

Ek het dit gelate aanvaar. Ek wou graag hê sy moes weer 'n string onderskeidings kry – iets wat my ma geweldig sou beïndruk.

Op die laaste dag van haar eksamen het ek my skaars gehou. Ek wou haar die aand verras. Ek het kort voor agt van die werk af gekom, opgesluip na my woonstel, gestort, my enigste pak klere aangetrek en na haar woonstel gestap. Ek het dié toneel al talle kere in my gedagtes gerepeteer en ek wou bars van opgewondenheid.

Die ligte was aan in haar woonstel. Ek het hard aan die voordeur geklop, op my een knie afgesak, die boksie met die verloofring oopgemaak en dit met 'n groot glimlag voor my uitgehou.

Smiley het die deur oopgemaak, geklee in net 'n oefenbroekie. In die gang het Petronella verskrik na my staan en kyk. Haar kaal skouers en half ontblote borste was al wat ek gesien het.

27

"Wat het julle gerook om sulke dom kak te maak?" vra Kwaai.

Dampies trek sy skouers op. "Ek was innie hanne van Jackal. Hy't gesê ons moet die laaitie saambring."

Jackal kyk hom vuil. Ja, speel maar die blame game, jou robbies!

"Ons kon hom toggie daar wou skiet'ie, boss."

Kwaai oordink Jackal se statement met 'n frons. "Jy's sieka reg."

Hy stap na die groot bathroom se deur. "En julle het hom hier opgesluit?"

Jackal knik, Dampies ook.

"En waar gaan julle twee 'n dump vang en julle gatte innie aande was?"

"Ons . . . ons sal die laaitie ma' vir rukkies moet uitbring as ons die bathroom wil gebruik." Jackal sê maar nie lat Dampies al klaar 'n dump hier oppie agterste lawntjie gevang het nie.

Kwaai snork. "Dit gaan 'n pyn innie gat wees." Hy wys sy dik voorvinger na hulle. "En onthou, die chick en die laaitie mag nooit julle gevrete sien nie. Dra altyd die balaklawas as julle vi' hulle kos vat of wat ook al."

Jackal salute amper. "Ons sal so maak, Kwaai."

Hy's totally relieved dat Kwaai nie sy gasket geblaas het nie. Dit het seker gehelp lat Deep Throat sonder enige moans en groans die fifty K by Kwaai laat deliver het. Deep Throat het glo oor die phone gesê die laaitie is nie sy problem nie, solank hulle net die chick goed behandel, is hy happy.

Gelukkig het Kwaai nog nie enquiries oor die soetkys gemaak nie, dit was mos juis Jackal se idea om virrie chick klere saam te bring. Sodra Kwaai weg is, sal hy gou Ackermans toe moet ry om iets virrie girl te gaan koop. Hy't haar vinnig uitgetjek, sy't amper dieselle lyf as Vytjie, die bra dieselle cup size.

Kwaai wys met 'n smaail na die sakke groceries in die kombuis. "Nou toe, laat julle twee Jamie Olivers beginne te kook vir julle guests." Die dik wysvinger swaai na Dampies. "Gaan was eers daai smerige pote van jou voor jy an kos vat. Ons willie hê die chick moet een of anner vuilsiekte optel'ie."

★ ★ ★

Petronella Smith is wasbleek toe sy uit haar dogter se meenthuis kom. Sy's in haar laat vyftigs, skat Kassie. 'n Mooi, goed versorgde vrou met donker hare.

"Daar's geen teken van Annie nie," sê sy. "En iemand . . . iemand het in haar klerekaste gekrap. Haar selfoon lê ook op haar bed. Sy gaan nêrens sonder haar foon nie."

Nadat hy vroeër tevergeefs aan die huis se voordeur geklop het, het hy Petronella Smith se telefoonnommer by die sekerheidswagte gekry; dis by Annie se naam gelys as noodnommer in geval van krisis.

Petronella was binne 'n kwartier hier. Sy't die klere in die tas wat in die straat gestaan het dadelik geëien as haar dogter s'n. Die huis se voordeur was gesluit, maar nie die agterdeur nie. Annie se Alfa Romeo staan onaangeraak in die motorhuis.

Petronella het daarop aangedring om alleen in te gaan. Terwyl sy binne was, het Rooi die gebreekte ruit langs die agterdeur gesien. Kassie het toe al geweet daar wag nie goeie nuus op hulle nie. Hy's net dankbaar dat die vrou nie op haar dogter se lyk afgekom het nie, of dalk selfs op Divan Marais s'n. Nou sit hulle met twee vermistes. Saam met Barnie drie. Daniels gaan die aapstuipe kry.

"Het u dogter nie dalk by iemand gaan oorslaap nie . . . 'n kêrel, 'n vriendin?" vra hy.

Petronella skud haar kop. "Sy't nie nou 'n kêrel nie. Sy't my nog gistermiddag gebel en gekla oor die ongelooflike hoeveelheid werk wat sy in die volgende week moet afhandel. Sy . . . sy's 'n grafiese kunstenaar en sy werk van hier af. Sy't nog gesê sy gaan nie sommer gou die buitekant van haar huis se vier mure sien nie . . ."

Petronella sug bewerig. "Verskoon my, kaptein, maar ek moet nou eers my man bel." Sy stap 'n entjie weg.

Terwyl Pollie en sy manne polisielint rondom die agterdeur span en Da Silva en een van die uniforms by die huis ingaan, kom Rooi nader.

"Wat de hel dink jy het hier gebeur?" vra hy met 'n frons.

Kassie haal sy skouers op. "Weet nie regtig nie. Lyk na 'n ontvoering."

"En die seun?"

"Hy's dalk hier op heterdaad betrap deur die ontvoerders. Of hulle het van sy middernagtelike besoeke geweet en wou hom ook ontvoer."

"Hoekom sou hulle enige van die twee wou ontvoer?"

"Ryk ouers? Die Marais-gesin lyk welaf en mevrou Smith ry 'n grênd Merc."

Hulle stap by die agterdeur in. In die gang hoor hulle Da Silva se stem en loop daarheen.

"Moet die meisie se studeerkamer wees," sê Da Silva toe hulle inkom. "Buiten die slaapkamer is dit die enigste vertrek waar die ligte nog brand." Hy beduie na 'n rekenaar op die lessenaar. "Dié ding is ook nog aan."

Kassie kyk om hom rond. Dit lyk nie of hier 'n struweling was nie. Die stoel agter die lessenaar is wel weggetrek, maar niks anders lyk uit plek nie. Die feit dat die rekenaar nog aan is, is ook nie uitsonderlik nie. Baie mense los hulle rekenaars deur die nag aan.

"Jy sal maar moet begin kyk vir vingerafdrukke," sê hy vir Da Silva.

Hy en Rooi stap na die slaapkamer. Petronella was reg: iemand het hier rondgekrap. Die hangkasdeure en kaslaaie staan oop. 'n Bloesie en twee bra's lê op die vloer.

"Hulle was nie hier om te steel nie," sê Kassie oplaas. "Anders sou hulle beslis haar selfoon gevat het. Die klere is in die tas gepak om saam te neem. En toe is die tas om een of ander rede in die straat gelos."

Hulle stap deur die res van die huis. Alles lyk in orde.

"Kom ons gaan kyk buite rond," sê Kassie.

Petronella sit op 'n bankie in die agtertuin. "My man is op pad," sê sy. "Hy sal oor 'n paar minute hier wees."

Kassie en Rooi beskou eers die oorkantste sypaadjie goed voordat hulle in die straat op stap. Frikkie het hulle gewys waar Divan se selfoon gelê het, en dis 'n hele ent weg van Annie se huis.

"Wonder hoekom het hy sy selfoon juis hiér verloor?" sê Rooi.

Kassie sug. "Your guess is as good as mine."

Hy weet sommer by voorbaat hierdie gaan 'n tawwe saak wees. Hulle het geen ooggetuies nie. Niemand in die omgewing het al na vore gekom met inligting nie. Indien hulle met 'n ontvoering te doen het, sal die ontvoerders kontak maak met die ouers. Dan het hulle iets om op te gaan.

Maar wat hom hinder, is dat nie een van die ouers al só 'n oproep gekry het nie. Gewoonlik verspeel ontvoerders nie tyd om 'n losprys te eis nie.

Hulle stap terug na waar Petronella sit, kyk om toe hulle die dreuning van 'n motor hoor. Dis 'n ouerige BMW wat in die straat stilhou.

"Hier's my man," sê sy en staan op.

Die motordeur gaan oop en 'n lang kêrel klim uit.

Kassie en Rooi gaap hom verbaas aan toe hulle besef dis die grootbaas van African Curio, Montgomery Smith.

28

Die bloeiende renosterbul moes ure lank ondraaglike pyn verduur het. Hy het nog geleef toe Natasha-hulle op hom afkom.

Dit lyk of die stropers hom in die rug geskiet het en hy gedeeltelik verlam was, sodat hy op sy voorpote probeer opstaan het om die stropers af te weer. Beslis ook beginners gewees. Daar is ongeveer dertig diep kapwonde aan sy gesig en kop, maar hulle kon hom nie onthoring nie. Sy het gou besef geen veearts sou iets vir hom kon doen nie en het 'n veldwagter beveel om hom die genadeskoot toe te dien.

Sy stap op en af langs die dooie bul, briesend vir die wreedheid van die stropers. Gelukkig het Gert hom uit die helikopter gesien en haar laat weet, anders het die arme dier nog langer gely.

Sy kyk kort-kort in die rigting van die Land Rover, maar die veldwagter wat in die kajuit sit, skud elke keer sy kop. Wat beteken daar's nog geen nuus van Freedom Chiweshe en sy span houtvoorsieners nie.

Een van haar mense wag by die Punda Maria-hek. Volgens Petrus Venter, haar veldwagterleier in die Kruger, maak Freedom-hulle altyd van daardie hek gebruik. Sodra die hekwag Freedom se bakkie gewaar, sal hy Natasha en Petrus op die radio laat weet.

Petrus en sy span, met donkerbrille en helderkleurige hemde om soos toeriste te lyk, wag in 'n kombi 'n entjie van die hek af. Sy het die kombi vanoggend inderhaas op Musina gaan huur, want niks moet Freedom-hulle laat vermoed dat gewapende veldwagters hulle agtervolg nie.

Indien Freedom-hulle niks verdags doen of vreemde afdraaipaaie neem nie, moet Petrus hulle in elk geval aftrek voor hulle die Kruger verlaat, was haar opdrag. As hulle wel stropers is, sal daar beslis wapens by hulle wees.

Petrus was stomgeslaan toe sy hom inlig oor die oproep wat sy ontvang het; hy het Freedom heeltemal vertrou.

"Onthou, niks is onmoontlik nie," het sy hom herinner. "As van Sanparke se eie veldwagters hulle al skuldig gemaak het aan stroping, kan die houtvoorsieners ook."

Hoe meer sy aan vanoggend se oproep dink, hoe meer opgewonde raak sy. Die feit dat dit Deep Throat was, vermoedelik dieselfde man wat die Valke gekontak het, het haar skoongeboul. Dit kan een van twee dinge beteken: óf hy het grondige inligting oor stroperbedrywighede en die skuilnaam is vir beskerming óf hy is een van daai siek bliksems wat probeer om mense in bewaringskringe doelbewus te mislei, soos al in die verlede gebeur het.

Sy wil eerder glo die eerste moontlikheid is waar. Dit sou buitendien 'n briljante plan van Freedom-hulle wees om die Kruger vir renosters te verken onder die dekmantel van houtvoorsieners. Omdat hulle nooit dopgehou is nie, kon hulle maklik ongesiens stropings uitgevoer het. En die laaste paar keer wat Natasha-hulle vermoed het die Silencers het weer toegeslaan, was daar elke keer wielspore in die veld naby die dooie renosters.

Sy wil nie te gou wilde afleidings maak nie, maar sy het 'n goeie gevoel oor dié wenk.

Sy kyk op toe die man in die Land Rover haar roep.

Hy glimlag breed. "They're at the gate!"

* * *

Ek het verskeie kere ná daardie aaklige aand nog soos 'n vuisvoos bokser in die strate van Stellenbosch rondgestrompel. Die skok om Smiley saam met 'n kaal Petronella in haar woonstel te sien, kon en wou ek eenvoudig nie verwerk nie.

Toe ek daardie aand uit my knielende posisie voor haar deur opgestaan het, het ek sonder 'n woord na my woonstel geloop en op my bed gaan lê. Ek het gehuil soos laas toe ek 'n baie klein seuntjie was.

Die volgende oggend het Petronella aan my deur geklop. Ek het haar verwese binnegenooi. Sy het langs my op die rusbank kom sit en my hand vasgehou.

"Ek het nie besef jy voel só oor my nie," het sy met betraande oë gesê. "Ek wou jou nooit seermaak nie. Jy's vir my soos 'n groot broer . . . my beskermengel. Jy sal altyd een van my beste vriende bly. Maar . . . ek's net lief vir jou soos vir 'n broer, nie . . . nie op 'n ander manier nie."

Wat sy toe gesê het, was soos dolksteke in my hart. Sy en Smiley het mekaar reeds 'n geruime tyd gesien; hy het haar vir 'n fliek genooi kort nadat ons hom in die winkel raakgeloop het. Daarna het hulle mekaar gereeld by sy woonstel gesien. Tydens die eksamen het sy meeste van die tyd by hom oorgeslaap.

"Ek is malverlief op hom," het sy afgesluit. "Ek sou jou vertel het voordat ons Engeland toe gaan. Ek het gedink jy sou om my onthalwe net so bly wees."

Sy is nooit saam met my Engeland toe nie; volgens haar was Smiley nie gediend daarmee nie. Ek het haar aanbod van die hand gewys toe sy my wou vergoed vir die koste van haar vliegkaartjie.

Toe ek terugkom van my besoek aan my ma, het ek 'n briefie van Petronella onder my deur gekry. Sy en Smiley het gedurende die vakansie verloof geraak en sy het by hom in sy woonstel ingetrek.

★ ★ ★

Theodore sit onder die groot akasia en wag, selfoon in die hand. Freedom het hom gisteraand laat weet hulle gaan moontlik vandag toeslaan. Hulle het 'n klomp renosters naby die Punda Maria-hek gewaar, maar dié behoort gedurende die dag ver genoeg van die hek weg te beweeg om dit 'n veilige operasie te maak.

Theodore sal bitterlik bly wees as hulle dit vandag kan afhandel. As die horings eers veilig in die skag is, kan hy weer ontspan. Dan kan hy al sy aandag aan Natasha van der Merwe gee. Hoewel hy voor sy siel weet hy wil 'n verhouding begin wat weens sy omstandighede sleg kan boemerang, kan hy homself eenvoudig nie keer nie. Hy móét haar beter leer ken. Sy is troumateriaal. En as hulle verhouding eers by dáárdie punt kom, sal hy sy bande met African Curio en sy pa finaal knip.

Sy pa het sy lewe té lank beheer. Boonop het Theodore sy pa die afgelope dekade skatryk gemaak, hy's niks meer aan hom verskuldig nie. En die beste sal wees dat hy nie meer die orige Carina Vosloo hoef te verdra nie.

Sy't hom juis gister weer begin teister. Die honderd-en-vyftig maskers wat sy van die toordokter in Niari bekom het, het by haar stoor aangekom. "Jy moet so gou moontlik kom kyk, dis 'n seldsame versameling," het sy in haar selfoonboodskap gesê. "Dan vier ons tweetjies dit op 'n gepaste manier," het sy giggelend afgesluit. Hy kan net dink wat sy in gedagte het.

Die selfoon se gelui ruk hom terug na die werklikheid. Hy's teleurgesteld toe hy besef dis die foon in sy broeksak wat lui – sy amptelike foon waarop almal behalwe Freedom hom bel. Dis heel moontlik Carina. Hy sal die bleddie oproep net nie beantwoord nie.

Maar dis sy pa.

Dié klink uitasem. "Theodore, daar't 'n verskriklike ding gebeur! Annie is ontvoer . . . sy's weg . . . geen spoor van haar nie!"

Theodore is sprakeloos van skok. Nie sy klein sussie nie!

Sy pa vertel hom hortend wat die polisie vermoed.

"Het die ontvoerders al kontak gemaak?" vra Theodore.

"Nee . . . dalk is dit nie eers ontvoerders wat 'n losprys wil eis nie. Niemand weet ek het baie geld nie, hoekom sal hulle Annie wil ontvoer? Die feit dat die buurseun ook weg is, kan beteken dis 'n mensehandelsindikaat. Die koerante is deesdae vol daarvan."

Net die gedagte daaraan laat Theodore se keel toetrek.

"Ek ry vandag nog Kaap toe," sê hy beslis.

"Is jy gek?" skree sy pa. "Jy kan nie daardie vrag horings net daar los nie! Buitendien moet jy wag vir Freedom se volgende besending. Jy kan in die Kaap niks aan Annie se saligheid doen nie. Dis in die hande van ons hopelose fokken polisiediens."

"Maar Pa, wat van Ma? Ek sal haar graag wil ondersteun. Sy moet in 'n toestand . . ."

"Theodore, ek het klaar gepraat! Jy bly net daar. Ek is hier om jou ma te ondersteun."

29

Daniels leun vooroor, sy elmboë op die lessenaar gestut. "Dink julle die verdwyning van Barnie en Annie Smith hou enigsins verband met mekaar?"

Kassie en Rooi skud hulle koppe gelyktydig.

"Beslis nie," sê Kassie. "Ek en Rooi het lank daaroor gepraat. Barnie se situasie was heeltemal anders as die meisie s'n. Hy was aan dwelms verslaaf en het mense vir geld probeer afpers. Smith se dogter is hardwerkend en het geen donker verlede nie, en boonop is die seun saam met haar ontvoer. Dis blote toeval dat Smith Barnie se werkgewer was."

"Hel, ek hoop nie ons het hier met fokkers te doen wat by mensehandel betrokke is nie," sê Daniels met 'n frons.

"Dis wat Smith ook dink," sê Rooi. "Dis beslis nie gewone ontvoerders nie, hulle sou al van hulle laat hoor het."

"Ek's nie so seker oor die mensehandelteorie nie," sê Kassie. "Vir my dui alles daarop dat die seun nie deel was van die ontvoerders se planne nie, hy't bloot in hulle pad gekom. Dat sy selfoon so ver van die huis gelê het, laat my dink hy het probeer weghardloop."

Daniels se wenkbroue lig. "Dit bewys nie dis nié 'n geval van mensehandel nie. Hulle wou Annie Smith dalk juis daarvoor ontvoer, maar moes die seun toe noodgedwonge saamvat."

Kassie knik met min oortuiging. "Dis moontlik. Maar waarom sal hulle die kans vat om by 'n huis in 'n veiligheidskompleks te gaan inbreek as daar talle makliker teikens in die stad rondloop? Daar is 'n klomp jong vroue onder die haweloses."

Daniels sit terug in sy stoel. "Help nie ons sit hier en raai nie."

Sy oë kry daai wilde uitdrukking wat Da Silva altyd "die kolonel se mal ogies" noem. Dié uitdrukking sê vir Kassie net een ding: Daniels is van voor af onder druk. Filander was nie verniet vroeër lank in sy kantoor nie. Dis net 'n kwessie van tyd voor die kolonel weer ontplof.

"Wat is julle twee se volgende stappe?" vra Daniels.

"Ons wag nog op Da Silva," sê Kassie. "Hy't 'n helse lot vinger-afdrukke geneem, maar hy gaan nog 'n tyd lank daarmee besig wees. Daar was geen ander leidrade om op te volg nie. Ek en Rooi gaan vanmiddag met al die bure en mense in die nabye omgewing praat. Intussen hoop ons maar een van die twee pa's kry 'n oproep van die ontvoerders. Dan het ons minstens iets om op te gaan."

"Nou toe, roer julle gatte." Daniels tokkel ongeduldig met sy vingers op die lessenaar. "Time is fokken few."

★ ★ ★

Jackal is lekker gatvol vir Dampies. Toe hy vanoggend van Acker-mans af terugkom met die chick se twee outfits en underwear, sê Dampies ewe hy't klaar virrie detainees kos gegee.

"Sommer sandwiches. Hulle kan vanaand anner kos kry. Ons issie 'n fokken five star hotel'ie."

En wat doen die bliksem toe? Hy gaan val oppie rusbank neer en hou hom besig met sy fokken cellphone. Die hele middag lank moet Jackal hoor hoe Dampies op die naughty line met hoere praat. Dié donner gee siek 'n new meaning.

En toe Jackal hom netnou sê om te kom help innie kitchen met die dinner, sê Dampies hy't klaar sy turn gehad. "Ek't mossie sand-wiches gemaak."

Jackal sug. Nog nie eers 'n dag saam met Dampies nie en dié holborsel krap al klaar sy gathare deurmekaar.

Hy vat die tray met pork sausages en mash en stap na die chick se kamer toe. By die tafel langs die deur sit hy eers die tray neer en trek die balaklawa oor sy kop. Hy sluit oop en stap in, trek die deur met sy een hand toe en sluit dit.

Die chick sit oppie rand van die bed. Sy lyk nog net so unhappy soos vroeër toe hy die klere gedeliver het. Dié lê nog net so innie Ackermans-sak op die vloer.

"I once again apologise for the inconvenience caused," sê Jackal, net omdat hy hom compel voel om iets te sê en omdat hy die chick jammer kry. Hy kan sien haar oë is rooi getjank. Arme ding.

"Vi' jou 'n lekker hot meal gebring." Hy buk effens en hou die tray na haar uit.

Toe sy vorentoe leun, scheme hy sy wil die tray vat en hy buk laer af. Maar sy move so vinnig soos Bryan Habana op pad try line toe. Sy gryp die balaklawa met albei hanne vas, pluk dit van sy kop af in een movement en gooi dit oor haar skouer.

Jackal is te surprise om iets te doen. Hy staan net met die tray in sy hande. "Why did you do that?" vra hy.

"Omdat ek wil sien wie my ontvoerder is . . . sodat ek later vir die polisie presies kan vertel hoe jy lyk," sê sy in 'n challenging tone.

Toe weet Jackal: hy't nou gróót kak.

★ ★ ★

Natasha kry laatmiddag Petrus Venter se oproep.

Hy sê sy moet onmiddellik kom, Freedom-hulle is beslis stropers . . . dalk nog die Silencers. Hy en sy span het hulle op 'n afdraaipad gevolg en toegeslaan terwyl die houtvoorsieners twee renosters met 'n verkyker sit en dophou het.

Toe Natasha en Gert by die Punda Maria-hek wegtrek, kan sy haar opgewondenheid skaars inhou. Dalk is dit die Silencers!

Hulle sien die kombi 'n entjie verder in die pad staan. Sy draai in 'n westelike rigting soos Petrus verduidelik het. Minder as 'n kilometer verder staan die houtvoorsieners se bakkie. Freedom en sy drie makkers lê op hul mae op die grond, arms voor hulle uitgestrek, terwyl een van Petrus se spanlede 'n geweer dreigend oor hulle hou. 'n Groot hoop hout lê langs die bakkie.

Petrus glimlag breed toe Natasha en Gert uit die Land Rover klim.

"Deep Throat het toe nie gelieg nie." Hy beduie na die twee gewere wat teen die kant van die bakkie staan.

Sy stap nader. Die gewere is .303's, maar sulke gesofistikeerde knaldempers het sy nog nooit voorheen gesien nie.

Gert fluit deur sy tande. "Hierdie silencers is nie in 'n agterplaas aanmekaar gesit nie. Dis iewers in 'n fabriek of 'n ingenieursplek spesifiek vir hierdie gewere gemaak."

Sy knik, voel hoe haar polsslag versnel. Kan dit die groot deurbraak wees?

"Ons het 'n skoot in die lug geskiet," sê Petrus agter haar. "Jy hoor byna niks, net 'n baie dowwe doef."

Sy draai na hom. "Vertel my wat gebeur het."

"Ons het hulle van daar af dopgehou." Hy wys in die rigting van 'n klomp bosse sowat twintig meter weg. "Hulle het 'n verkyker gehad en het na twee renosters sit en kyk, so sestig meter van hulle af. Ons het hulle bekruip en onverhoeds betrap. Freedom het ons probeer bullshit toe hy ons sien, gesê hy dink daar's stropers agter daai twee renosters aan. Hy wou my kwansuis bel, maar wou eers seker maak dis wel stropers."

"Het hulle die gewere by hulle in die bakkie gehad?" vra sy.

Petrus skud sy kop. "Ons het die hout op die bak afgepak. Dit was tussen die stompe weggesteek, saam met twee messe. Geen pangas of sae soos die meeste ander stropers gebruik nie."

Toe weet Natasha: hulle hét die Silencers. Alles dui daarop. Sy voel lighoofdig van opwinding.

"Het hulle al iets gesê . . . iets erken?"

"Nee, hulle weier om te praat. Tjoepstil soos daai silencers van hulle."

"Ons sal later met hulle gal werk," sê sy. "Enigiets anders wat ek moet weet?"

Petrus knik. "Daar's reeksnommers op die gewere. Dalk kan dit ons na iemand lei. En Freedom het twee selfone by hom gehad."

Hy haal 'n foon uit sy sak en gee dit vir haar. "Hierdie een het 'n klomp kontaknommers op, hy bel gereeld daarmee Zim toe."

Dan oorhandig hy die ander foon. "Hier's net een kontaknommer, met 'X' daarby. Ek raai dis die ou wat die opdragte gee."

30

Kassie sit die velletjie papier langs die ander een op sy lessenaar neer. Hy neem 'n paar groot slukke uit die bottel Creme Soda langs hom en steek 'n Lucky aan.

Hy en Rooi het 'n vermoeiende middag by die Blue Crest-meenthuiskompleks gehad. Hulle het by 'n dosyn huise in die omgewing van die twee ontvoerdes se woonplekke aangeklop. Niemand het iets verdags gehoor of gesien nie. Die refrein van almal was dieselfde: die sekerheidsmaatreëls by die plek laat veel te wense oor weens die bouery wat nie kan klaarkom nie.

Toe hulle teen sesuur terug by die kantoor was, het Da Silva hulle boonop laat weet hy het geen vingerafdrukke van mense met 'n kriminele rekord in Annie Smith se huis gekry nie.

Môre verskyn die vermistes se foto's in die koerante. Dalk is hulle dan gelukkig, maar Kassie weet uit ondervinding dis 'n vae hoop.

Hy kyk weer na sy aantekeninge op die eerste velletjie papier.

Smith/Marais-ontvoering
1. *Beraamde tyd van ontvoering: tussen 02:00 en 03:00.*
2. *Kry tas met klere van meisie en selfoon van seun in straat.*
3. *Geen betekenisvolle vingerafdrukke.*
4. *Geen ooggetuies.*
5. *Uitsluitlike doel van inbraak: ontvoering en nie diefstal.*
6. *Tot nou nog geen oproepe van ontvoerders oor lospryse.*
7. *Motief vir ontvoering nog onbekend.*

'n Saak met geen enkele ordentlike leidraad nie is 'n bliksem. Hy kon net sowel na 'n kaal stuk papier gestaar het.

Hy sug en trek die tweede velletjie nader. Daniels het hom en Rooi vanmiddag weer daaraan "herinner" dat hulle geensins kan laat slaplê met die Barnie-saak nie. "Onthou, Kassie, daai vermiste pel van jou is ook nog 'n priority!"

Hy kyk na sy notas.

Barnie Wolhuter
1. *B. wou onbekende party afpers vir geld.*
2. *B. word ontvoer deur frisgeboude man van in die vyftig met baard en swart motor.*
3. *Jeremey Maarman enigste ooggetuie.*
4. *Bril wat uit ontvoerder se sak val, lewer 'n naam op: W. Breede (sonder adres).*
5. *Net een bruikbare vingerafdruk behalwe Jeremey s'n op bril. Moontlik Breede s'n, maar geen kriminele rekord op polisierekenaar nie.*
6. *Geen ander leidrade van B. se vriende, vrou of gewese werkgewer nie.*
7. *Geen verband tussen B. en vermiste meisie en seun nie.*

Dié saak lyk nie veel beter nie. Maria het hom juis vandag weer gebel om te hoor hoe hulle vorder. Sy sê Fransie weier nog steeds om skool toe te gaan.

Montgomery Smith het ook 'n paar keer gebel om te hoor of hulle nog nie 'n deurbraak gemaak het nie. Die man wys nou sy buffelagtige kant, glad nie die gulhartige heer wat hulle by African Curio ontmoet het nie. Dis asof hy die polisie blameer dat sy dogter ontvoer is.

En terselfdertyd is Daniels besig om soos 'n tydbom te tik.

Kassie haal nog 'n sigaret uit die pakkie, maar bedink hom en sit dit terug. Hy rook deesdae hopeloos te veel – trek al weer by dertig 'n dag.

Die hongerpyne begin aan hom knaag. Hy sal moet gaan kyk of daar iets in die kombuis is.

Maar hy skakel eers sy rekenaar aan, tik *Weather International* op Google in. Hy is verlig om te sien Samoa gaan in die volgende vier-en-twintig uur matige weer beleef.

⋆ ⋆ ⋆

Ek het ná my terugkeer uit Engeland nie onmiddellik weer gaan werk nie. Ek het die agentskap laat weet ek is siek, wat nie regtig 'n leuen was nie. Dit was moeilik om soggens net uit die bed op te staan. Soos in die verlede het die depressie my in vlae afgetakel.

Smiley het my gedagtes oorheers. Ek het teruggedink aan ons kinderdae, aan hoe hy destyds was. Veral sy beheptheid met visse, spesifiek piranas, was vir my nogal vreemd. Hy het nie alleen foto's van dié visse teen sy kamermuur opgeplak nie, maar het ook verskeie plakboeke oor piranas gehad. En hy kon vir ure daaroor praat, oor hoe hy nog eendag piranas in 'n dam op die plaas gaan aanhou en as 'n werker nie sy kant bring nie, gaan hy hom vir die visse voer.

Ek het sy praatjies altyd net afgelag, maar in daardie donker ure in my woonstel het ek vir die eerste keer besef Smiley verskil nie veel van die visse waarmee hy so dweep nie. Piranas is nie altyd in staat om hul slagoffers dood te maak nie, maar skeur net stukkies vleis uit hul liggame. Vermink hulle. En skend hulle vir ewig.

Klein happies op 'n slag.

Soos Smiley mý siel geskend het.

Ons jeugvriend Joseph wat hy met 'n panga voor my oë doodgekap het; Sophia wat hy van my afgevry het; my studiegeld wat hy gesteel het.

En nou Petronella.

My geliefde Petronella het hy met een gulsige hap ingepalm en daarmee saam my hart uit my borskas geskeur.

Ek het koorsig gesoek na iets wat my gemoed kon laat lig, iets wat my uit die donker put van ellende kon trek. Toe kom die gedagte na my, en ek neem 'n groot besluit:

Ek sal Smiley in eie munt terugbetaal. En dié keer sal ék die pirana wees. Klein happies op 'n slag. Ek sal hom geestelike pyn in die ergste vorm laat ervaar: paniek, stres, lyding, vernedering. En uiteindelik sal ek hom aan Petronella en die hele wêreld ontbloot vir wat hy regtig is.

In die proses sal ek opofferings moet maak, myself moontlik moet blootstel aan gevaar. Maar ek sien kans daarvoor. Dit sal my lewenstaak word. Die belangrikste is: ek moet net geduldig bly. Al neem dit dekades, sal die geleentheid wel opduik.

Daarvoor ken ek Montgomery Smith goed genoeg.

★ ★ ★

Theodore kyk op sy horlosie. Al amper agtuur. Hoekom het Freedom nog nie gebel nie? Gewoonlik laat weet hy as iets skeefgeloop het en hulle 'n operasie moes afstel.

Maar dis 'n klein bekommernis gemeet aan Annie se ontvoering. Wat maak sy nie nou deur nie? En sy arme ma. Hy't haar vroeër vandag gebel, maar sy het só gehuil dat hy nie regtig sinvol met haar kon praat nie. Sy pa klink ook buitengewoon afgerem; Annie was nog altyd sy oogappel.

Net toe lui die foon in sy hand. Hy kyk na die nommer op die skerm. Dis nie Freedom nie. Moontlik iemand wat 'n verkeerde nommer geskakel het, want geen ander siel ken hierdie nommer nie.

Hy laat die foon lui.

Dan sien hy dit raak: die trippeldrie in die nommer. Kan nie wees nie!

Hy grawe naarstig vir sy ander selfoon in sy broeksak, pluk dit uit. Op sy kontaklys druk hy N. Natasha . . .

Sy hart klop met swaar slae. Dis haar nommer. Dis sy wat bel!

Hy sit asof hy versteen is. Die gelui hou ná 'n lang ruk op.

Dan begin lui die foon skielik weer.

Dié keer Freedom se nommer op die skerm. Maar dis nie hy nie. Hulle ooreenkoms is dat Freedom net 'n paar luie gee en dan aflui voordat hy weer bel.

Dis Natasha wat van Freedom se foon af bel! Hy staar met afgryse na die skerm. Dit sink stadig in: Freedom-hulle is gevang.

Sy bel natuurlik om Freedom se opdraggewer te probeer uitvang. Maklik vir enigiemand om af te lei dat Freedom daardie foon van hom vir net een doel gebruik.

Hy swets. Moes dit juis Natasha wees wat hulle vasgetrek het!

Sy gedagtes spring wild rond om 'n uitweg te kry. Die horings in die skag is sy top-prioriteit. Nolte is vanoggend weg Kaap toe met 'n vrag kurio's – die enigste manier om die horings te vervoer.

Sy onmiddellike instink is om sy pa te bel, maar hy besluit daarteen. Sy pa gaan oorreageer. Buitendien wil hy nie nou sy pa met dié krisis ook belas nie.

Hy haal diep asem. Dis nou tyd om helder te dink en nie paniekerig te raak nie.

Freedom-hulle gaan nie praat nie, dit weet hy. In daardie opsig is hy en die horings nog veilig. Daar's ook geen manier dat Natasha kan weet dat sy hóm so pas gebel het nie – die foon kan nie na hom teruggespoor word nie.

Hy stap na die tent, haal vir hom 'n koue bier uit die yskas. Gaan sit weer onder die akasia en neem 'n paar groot slukke. Hy peins lank. Dis al wat hy nou kan doen, besluit hy. Beter om die inligting eerstehands te kry as om te bespiegel oor wat gebeur het.

Hy bel Natasha.

"Theodore, dis 'n lekker verrassing! Gedink jy's oor die grens om jou beelde te gaan oplaai."

"Ek het nou net teruggekom," lieg hy. "Wou sommer hoor hoe dit met jou gaan."

"Dit het nog nooit so goed gegaan nie, al is ek hier in Musina se bedompige polisiestasie," sê sy opgewek.

"Wat het jy gesondig?" probeer hy 'n grappie maak.

Sy lag. "Nee, die polisie hou my darem nie aan nie. Maar ons het vandag 'n ontsaglike deurbraak gemaak. Ons het 'n stroper-bende vasgetrek wat hulleself as houtvoorsieners in die Kruger voordoen. Ons vermoed hulle is al lank daar bedrywig. Tot dusver weier hulle om die naam van hul leier te verklap, maar ons sal sien of hulle nog so swygsaam is ná 'n paar nagte in 'n warm, oorbe-volkte polisiesel."

Sy skep asem, lag weer. "En jy sal nie glo hoe ons van hulle uitgevind het nie! Ek het 'n tip-off van 'n anonieme beller gekry – niemand anders as die ou wat die Valke ingelig het oor die Viëtna-mese diplomaat nie . . . ons vriend Deep Throat."

31

Jackal kon deurie nag nie 'n oog toemaak nie. Al waaraan hy dink, is dat sy gevreet dalk nog een van die dae op die front pages van al die newspapers innie land gaan pryk.

Sy outop het met sy jagsgeit die front page van die *Son* gehaal, maar Jackal gaan hom na 'n pastor laat lyk. Dis een ding om 'n cop van Delft se vrou te spyker, maar dis inne heel anner league om 'n chick van Rondebosch te kidnap.

Dis serious stront, veral as die gekidnapte chick weet hoe jy lyk.

En as Kwaai, of Dampies for that matter, moet uitvind die chick weet hoe hy lyk, gaan hy nie innie intensive care opeindig nie, maar inne coffin. Want as die cops moet uitvind van hom, gaan hulle Kwaai en Dampies en die hele gang se gatte vastrap.

Dit het al previously gebeur toe Percival Adonis met 'n moerse hoop drugs gevang is en Kwaai gedink het hy gaan split. Arme Percival het nog gescheme dit gaan safe innie tronk wees, maar Kwaai se henchmen is oral. Voordat Percival "Kwaai" kon sê, was hy in sy maai. Dagger innie hart.

Jackal ril by die gedagte daaraan. Hy gaan nie só opeindig nie.

Daarom het hy 'n plan. Sy eie public relations plan wat hy in die early hours vannie morning uitgedink het. En hy moet dit nóú aan die chick gaan verkoop, net om peace of mind te kry.

Hy gaan eers by die bathroom in om die laaitie se bacon en eggs vir hom te gee. Die outjie sit verskrik op die porcelain scooter. Shame, die arme fokkertjie het ook nie anner sitplek nie. Moet ook maar sleg wees om snags in die bathtub te slaap. En hy's 'n ordentlike laaitie, sê tot dankie vir die breakfast.

Jackal sluit weer die deur en gaan haal die chick se kos. Dampies snork nog op die rusbank, bek oop soos een wat 'n serious oxygen shortfall het.

By die chick se deur loer hy eers versigtig in. Netnou jump sy hom. Maar sy lê op die bed, die Ackermans-sak nog net so op die vloer.

Hy sluit die deur agter hom en sit die tray op die punt van die bed neer. Gisteraand se kos staan nog net waar hy dit neergesit het.

"Jy sal moet eet, hoor. Mens kannie so sonner kossie."

Sy kyk hom aan asof hy hondestront is. Nie 'n good sign vir sy PR plan nie.

"Hoekom dra jy nog steeds daai balaklawa?" vra sy. "Ek weet mos hoe jy lyk."

Hy like nie haar aggressive tone nie, maar haal die ding van sy gesig af. Dit sal help om haar trust te kry – important part of the plan.

"Jy weet, ek laaik dit net so min soos jy lat jy hier is," begin hy met sy speech. "Dis 'n bad ding om iemand te kidnap. Ma' don't stress about it. Ek sal sorg dat jy niks oorkom'ie. Oor twee weke gaan deliver ek jou weer by jou huisie. En ons gaan nie eers jou pappie-hulle blackmail vi' ransom money nie."

Sy frons. "Nou waarom het julle my dan ontvoer?"

"So bly jy vra daai question." Jackal gaan sit langs die tray op die punt van die bed. "Die ding staan só, ek en my buddy het nie 'n anner choice gehad nie. As ons jou nie gekidnap hettie, was ons nou witbene."

"Witbene?"

"Ingespit six feet onner die grond. Doder as dood." Vir groter effek trek hy sy voorvinger oor sy keel. "Geknife en gecoffin. Want Deep Throat vattie nee vir 'n antwoord nie."

"Deep wié?"

"Deep Throat. 'n Evil bliksem wat hier innie Plain operate.

Gangster vannie highest order. Jy ka' ma' sê hy run die hele plek hier. As jy 'n call van hom kry, doen jy soes hy sê."

Jackal haal sy skouers op, gooi ook bietjie sadness in sy oë. "Ek en my buddy is eintlik die victims innie hele storie." Hy probeer so honest as moontlik lyk. "En dis die truth, and nothing but the truth."

"Hoekom sal hy my wil ontvoer sonder dat hy my pa vir geld afpers?"

"Daai een weet ek okkie. Deep Throat supply nooit 'n reason nie."

* * *

Montgomery stap heen en weer in sy studeerkamer. Breede en West sit op die twee stoele oorkant sy lessenaar. Hulle hou hom dop soos poepholle wat tennis kyk, twee stelle oë wat elke beweging van hom volg.

"Besef julle die erns van die saak?" vra hy, maar verwag nie regtig 'n antwoord nie.

Vanoggend se oproep van Theodore was die laaste strooi in 'n week van uiterste spanning. En om te dink Theodore weet al sedert gisteraand daarvan en lig hom vandag eers in! Theodore se oordeel is besig om hom lelik in die steek te laat.

Hy gaan sit met 'n sug agter sy lessenaar en steek 'n sigaar aan, blaas die rook in 'n dik stroom uit. "Hierdie Deep Throat-karakter móét van ons weet."

"Sou . . . sou hy dan nie eerder vir die bewaringsvrou van Theodore gesê het nie?" vra West.

Montgomery staar na hom, knik dan. Eerste sinvolle vraag wat die man in 'n lang tyd vra.

"Dis wat by my ook spook, Graeme. Hoekom Freedom-hulle? As hy van Freedom weet, moet hy tog van Theodore ook weet. Én van die horings wat hy daar aanhou."

162

"Ek dink nie hy weet van Theodore of die horings nie," sê Wolf. "Freedom-hulle moes rondgepraat het, soos Phan Can Dung."

Montgomery sug. "Ek hoop jy's fokken reg . . . Maar hoe kry Deep Throat sy inligting? Dís wat my dronkslaan. Het hy mense in die Kaap én in die noorde wat hom met inligting voer? En wie presies ís die bliksem?"

Die mans oorkant hom antwoord nie, wat hy kon verwag het. Jy kan nie te veel van hulle intellektuele vermoëns op een dag wil tap nie.

Hy kom orent uit sy stoel, teug eers lank aan die sigaar. "Ons eerste prioriteit is om die horings in die Kaap te kry. Netnou sing Freedom-hulle . . . hoewel ek twyfel. Maar ons moet veilig speel."

"Ons kan dit tog nie in ons stoor wil wegsteek nie," sê West. "Dit sal . . . sal te gevaarlik wees."

Montgomery gluur hom aan. "Het ek gesê ons moet dit in die stoor wegsteek?"

West skud sy kop.

"Moet dan nie fokken afleidings maak nie. Ons steek dit in die huis op die hoewe weg. Niemand onder die son weet van daardie plek nie."

"Maar . . . hoe gaan ons die horings hier kry? Nolte is nog op pad met die ander vrag . . ."

"Ek fokken weet, Graeme! Ons kan in elk geval nie African Curio se vragmotor gebruik nie, dalk weet Deep Throat daarvan ook. En ek wil nie hê Nolte moet betrokke wees nie. Theodore kan nie nou Kaap toe kom nie, hy moet daar wees om seker te maak Freedom-hulle is oukei." Montgomery wys na West. "Jy sal moet gaan."

"E . . . ek?" West se adamsappel spring op en af soos hy sluk.

"Ja, jý. Vat die eerste vlug Joburg toe. Daar huur jy 'n klein vliegtuigie om op Musina te kom. Ek sal met Theodore reël om 'n vragmotor te huur en dan bring jy die horings hiernatoe. Dit moet nou fokken vinnig gebeur, ek wil hê jy moet oor twee uur in die lug wees."

"Maar . . . ek het jare laas 'n groot vragmotor bestuur . . ." kla West.

"Jy sal gou weer in die ding kom," knip Montgomery hom kort. "Jy het mos 'n swaarvoertuiglisensie."

"Ek gee nie om om te ry nie," sê Wolf.

"Wie dink jy moet na die visse kyk?" snou Montgomery. "Graeme kan nie. Die goed sal op 'n hoop vrek as ek vir hom die taak moet gee."

"Wat van . . . 'n prokureur vir Freedom-hulle?" vra West. "Ek het gedink ek moet . . ."

"Ek sal met Riley in Pretoria reël. Sorg jy net dat jy op die bleddie pad kom."

Toe die twee uit is, gaan sit Montgomery agter sy lessenaar. Hy laat sak sy kop in sy hande. Dis 'n krisis in Musina, maar hy kan Annie nie uit sy gedagtes kry nie. Sedert die nuus van haar ontvoering het hy nog nie 'n oog toegemaak nie. Dit voel vir hom of niks anders meer saak maak nie, solank sy net nie iets oorkom nie!

Meteens raak alles te veel vir hom. Hy begin huil. Sy skouers ruk en hy moet sy snikke met moeite onderdruk sodat Petronella dit nie in die slaapkamer hoor nie.

32

Divan draai die laaste skroefie los van die diefwering voor die klein venstertjie bo die toilet. Hy't hom vrek gesukkel om dié een los te kry. Hy draai dit weer liggies vas, kyk dan tevrede na sy handewerk. Niemand sal kan sien daar is met die skroefies gepeuter nie.

Hy beskou die venstertjie weer. Dis klein, maar hy behoort deur te kom.

Hy sit die mes terug op die bord. Nou moet hy net die regte tyd kies. Hulle gaan sy middagete binnekort bring. Hy sal wag tot dit skemer raak. Dalk ná aandete. Daar's 'n taxi-staanplek oorkant die veld wat hy deur die venstertjie kan sien en hy sal vir die taxi-bestuurder sê sy pa sal hom duisend rand betaal as hy hom huis toe vat.

Die vooruitsig om te ontsnap maak hom glad nie bang nie, al kan dit seker gevaarlik wees. Daarvoor het *Diablo 3: Reaper of Souls* hom goed voorberei. Jy moet balls van staal hê om daai game te speel. Dit wat nou sy plan is, is kinderspeletjies daarteen.

Hoe hy vir sy pa-hulle gaan verduidelik waarom hy in dié gemors beland het, maak hom baie meer senuweeagtig. Sy ma gaan 'n fit vang as die waarheid moet uitkom. Hy sal sê hy kon nie slaap nie en toe het hy gaan draf. Toe sien hy hoe die girl ontvoer word en hy probeer haar help, maar die oormag was te groot.

Hy sug. Hulle sal weet hy praat kak, hy't nog nooit in sy lewe gaan draf nie. En sy pa weet hy's geen groot fighter nie. Hy sal later aan 'n beter storie moet dink. Nou moet hy eers fokus op sy ontsnapping.

En hy sal sorg dat hy die taxi se roete van hier af memoriseer. Dalk kan hy nog as die groot hero uit die hele ding kom as hy die polisie kan help om die girl te red.

* * *

Natasha se goeie bui is verongeluk deur die oproep wat sy 'n half-uur gelede van kaptein Nkozana van die Musina-polisiestasie gekry het. Dít nadat sy van gistermiddag af op die wolke gesweef het.

Sy't Werner vanoggend vroeg gebel en hom vertel dat hulle die Silencers vasgetrek het. Selfs hy was uit sy kassie van opge-wondenheid. In opdrag van hom het sy toe 'n drie bladsy lange verslag geskryf wat hy aan Tim, die ander donateurs en die hoof van Sanparke gaan stuur. Sy het lanklaas so lekker aan 'n verslag geskryf. Uiteindelik het die deurbraak gekom waarvoor sy so hard gewerk het.

Toe Gert haar gistermiddag vra hoe sy dit regkry om so passie-vol oor haar werk te bly, en dit terwyl sy omtrent peanuts betaal word, was haar antwoord eenvoudig. Sy kon Gert vertel het van Ronnie, hul hans-renosterbulletjie, maar sy het haar antwoord bondig gehou: "Ek wil nie eendag vir my kleinkinders vertel daar was eens op 'n tyd wonderlike diere soos renosters nie, maar hulle het ongelukkig intussen uitgesterf." Eintlik sal sy vir haar klein-kinders wil sê: "Gelukkig bestaan daar nog diere soos renosters. En Ouma het gehelp om hulle vir julle te bewaar."

Dís hoe sy vanoggend gevoel het oor die deurbraak met Free-dom-hulle. Asof sy vrou-alleen verantwoordelik was vir die voort-bestaan van die renosters.

Toe kom Nkozana se oproep: Freedom en sy makkers se ver-skyning in die landdroshof sal met 'n dag of twee uitgestel moet word, want hulle prokureur van Pretoria is op pad hierheen.

Verbeel jou! Van wanneer af het Zimbabwiese stropers 'n pro-kureur in Pretoria?

Die res van die gesprek was 'n nog groter skok. Die prokureur het daarop aangedring om met Freedom oor die foon te praat, en daarna het hy vir Nkozana gesê hy kan nie glo sy kliënte word aangehou nie, want daar's nie 'n kat se kans dat 'n staatsaanklaer so 'n swak saak sal aanvat nie. Freedom-hulle is nooit by dooie renosters betrap nie en daar is geen bewyse dat hulle stropers is nie. Hulle hou die gewere aan om soms in Zimbabwe te gaan jag, iets waarvoor hulle permitte het. Die gewere behoort aan 'n gerekende Zimbabwiese sakeman, Kevin Tzabiri, soos die reeksnommers sal bevestig, en die prokureur sal dié stawende dokumente aan die hof voorlê.

Natasha sug diep. Hulle het te doen met 'n goed georganiseerde sindikaat, 'n spul gewetenlose skurke wat heel moontlik ongeskonde gaan wegkom met die slagting van honderde renosters.

En vir die soveelste keer vermoed sy die krisis is veel groter as wat enigiemand al besef het.

* * *

Dit het my amper 'n leeftyd geneem om my planne agtermekaar te kry, maar dit was absoluut die moeite werd. Die tyd is nou ryp om Montgomery aan die kaak te stel.

Maar eers wil ek hom my foltering laat ken, die hel waardeur hy my gesit het, hom soveel pyn en lyding as moontlik laat ervaar. Ek weet ek moet met groot omsigtigheid te werk gaan, want jy kan Montgomery nooit onderskat nie, dit weet ek uit ondervinding. Daarom het ek eers net anonieme oproepe na sleutelrolspelers gemaak en misleidende boodskappe versprei. Die doel was om 'n naam by hom uit te kry: Deep Throat.

Sodat hy moet weet dis één spesifieke persoon wat sy ondergang beplan.

* * *

Jackal sit in 'n panic regop op sy kateltjie. Hy't gaan lê om net 'n uurtjie in te dut en nou het iets hom wakker gemaak. Hy luister, maar als is stil. Dis al skemer en dit reën liggies buite.

Hy gaap en gaan lê weer. Hy gaan nog 'n stukkie slaap; sy PR plan het hom gisternag wide awake gehou. Dis Dampies se turn om vanaand kos te maak. Die detainees sal seker maar net sandwiches kry, want dis al wat die poephol kan opdish.

Dan hoor hy die gil. Klink soos 'n siren wat afgaan. Hy val amper op sy gat toe sy kaal voete op die sementvloer gly, maar hy behou sy balance net-net. Dis die chick wat so skree!

Hy gryp sy balaklawa en trek dit oor sy kop terwyl hy na haar kamer hardloop. No sign of Dampies. Haar kamersleutel is nie oppie tafel voor die deur nie.

Sy gil weer.

Die deur is nie gesluit nie en hy maak dit versigtig oop.

Die scene voor hom laat hom amper kots. Die girl staan met haar rug teen die oorkantste muur, haar T-shirt geskeur. Sy't 'n blou bra aan. Dampies staan 'n tree weg, balaklawa oppie kop, maar sonner sy hemp en besig om sy fly te unzip.

Jackal storm in. "Is jy jillemal befok in jou kop, man!"

Dampies swaai om. Hy gee dadelik 'n tree weg vannie chick. "Wou ma' net bietjie met ha' speel," mompel hy. "Sy't my gebeg daarvoor."

"Hy lieg!" skree die chick. "Hy wou my rape!"

"Sjarrap, bitch!" skree Dampies. Hy tel sy hemp op en loop brom-brom uit.

Jackal staan nader om die chick te kalmeer, maar sy gil: "Loop! Los my uit!"

Hy loop uit en sluit die deur, trek die balaklawa van sy kop af. Sy hande bewe skoon. Die fokken Dampies se jagsgeit het nou amper vir groot kak gesorg. At the same time het dit 'n moerse dent in Jackal se PR plan gemaak.

Dampies staan by die rusbank, die balaklawa nog oor sy kop, besig om sy hemp aan te trek. "Jy sallie laaitie moet oppas, ek wil gou 'n dump vang," sê hy asof fokkol onner die son gebeur het.

Jackal trek die balaklawa weer oor sy kop. Hy sal later met die bleddie aap praat.

Dalk moet hy vir Kwaai sê hy soek 'n anner partner, want Dampies gaan nie by die rules hou nie. Maar hy's bietjie bang vir Dampies. Die possibility van revenge van 'n gunman af kan hy nie ook nog stomach nie.

Dampies sluit die bathroom oop en stap in. Dan begin hy te vloek. Hy ryg die swear words in, begin by sy ma se private parts en gaan draai hoog innie wolke.

"Die fokken laaitie is gone!" skree hy. "Hy't escape deur die window!"

33

Dis Daniels se ou laai, dink Kassie. Hy maak die ander speurders die moer in vir hom en Rooi, al is hulle heeltemal onskuldig in die ding. Toe die kolonel vanmiddag kort voor vyf in die speurders se kantoor instorm, was dit weer sulke tyd.

Hy het die ander twee senior speurders, Daan Nolte en Cliffie Arendse, na Kassie se lessenaar geroep. "Julle manne is nie nou baie besig nie. Daarom wil ek hê julle moet al Kassie en Rooi se kleiner sakies oorneem sodat hulle kan konsentreer op die drie vermistes in ons polisiëringsgebied. Ons is onder baie druk oor dié sake."

Kassie kon op sy kollegas se gesigte sien hulle spring nie op en af van blydskap oor dié vooruitsig nie. Behalwe dat hulle oorlaai gaan word met 'n klomp lastige sakies, gaan dit Kassie en Rooi ure vat om al die besonderhede aan hulle oor te dra. Want Daniels het daarop aangedring dat Kassie-hulle reeds môreoggend "skoon begin".

Nou, drie uur later, is hulle besig met die laaste dossier. Daan en Cliffie is reeds opgesaal met vier ekstra sake elk en hulle het loot-jies getrek oor wie die laaste dossier moet vat. Cliffie was gelukkig om die lang vuurhoutjie te trek. Daan het toe vir Rooi beskuldig dat hy Cliffie bevoordeel het deur die vuurhoutjies só vas te hou dat Cliffie die lange kon sien. Die daaropvolgende stryery en ver-skeie vuurhoutjie-demonstrasies deur Rooi het 'n verdere twintig minute opgevreet.

Kassie se selfoon lui net toe hy oor die moontlike verdagtes in die diefstalsaak wil begin praat. Die naam op die skerm laat hom dadelik antwoord.

"Divan is by die huis!" sê 'n uitgelate Piet Marais. "Hier afgelaai deur 'n taxi. Hy en die Smith-meisie is in 'n huis in Mitchells Plain aangehou, maar hy't ontsnap. Hy't die adres en padaanwysings neergeskryf en hy sê as julle gou spring, kan julle die ontvoerders dalk nog vastrap."

Piet gee die besonderhede en Kassie skryf. "Ons sal later met Divan kom praat," sê hy voor hy aflui.

Hy lig Rooi vlugtig in. "Ons sal onmiddellik Mitchells Plain toe moet ry. Hier's die padaanwysings, bel gou die stasie dat hulle 'n paar uniforms soontoe kan stuur. Ek gaan kry solank die poelkar."

"Wat nou van hierdie?" vra Daan en hou die diefstaldossier omhoog.

Maar Kassie is klaar by die deur uit.

⋆ ⋆ ⋆

Toe die laaste horings in die vragmotor gelaai is, gooi Theodore en West dit toe met seile. Hulle pak die beelde en skilde wat Theodore nog by hom gehad het daarop, maak die skag toe en verberg die deksel onder 'n hoop hout.

Theodore kyk na West. "Wil jy nie eers 'n uur of wat slaap nie?" Sy pa se handlanger is nie meer vandag se kind nie en hy lyk bleek en afgerem.

West skud sy kop. "Jou pa . . . het gesê ek moet onmiddellik ry . . . sodra ons gelaai het. Ek is self maar bekommerd om so in die donker te ry . . . my nagsig is nie wonderlik nie. En . . . ek het lanklaas 'n groot vragmotor bestuur."

Theodore kry die patetiese West jammer. Sy pa hanteer hom nog al die jare soos 'n vloerlap.

"Ek gaan my pa nou bel en sê jy ry eers môreoggend," sê hy beslis.

"Nee, nee . . . ek sal regkom."

"Dis miljoene der miljoene rande se voorraad, Graeme. Ons

kan nie kanse waag nie," sê Theodore en haal sy selfoon uit sy sak.

"Nee, ek ry nou!" sê West heftig. "Moenie jou pa verder ontstel nie."

Hy stap met krom skouers na die vragmotor en klim in.

"Laat weet my hoe jy vorder!" skree Theodore agterna.

Hy gaap lank toe die vragmotor agter die bome verdwyn. Hy is self vrek moeg. Nadat hy vanoggend die vragmotor op Musina gehuur het, moes hy nog oor die grens na Kevin Tzabiri in Zim gaan om die jagpermitte vir Freedom-hulle te reël. Tzabiri het 'n buitensporige prys vir die vervalste permitte gevra, maar daar was nie tyd vir kibbel nie, want Riley wil dit oormôre by die hof indien.

Theodore is effens bekommerd omdat hulle Riley weer as prokureur moet inspan, maar hy's al een wat nou beskikbaar is. Die donner het 'n groot drankprobleem en sy eenman-firmatjie is lankal op wankelende bene as gevolg daarvan. Maar soos sy pa tereg sê, Riley is nou so hard-up vir geld dat hy enigiets sal doen, tot sy eie ma verkoop.

Theodore glimlag wrang. Riley is in elk geval die soort mens wat sy pa op sy payroll aanhou. 'n Swakkeling wat hy kan manipuleer. Dieselfde geld vir mense soos West en Wolf Breede.

Sy selfoon lui. Dis sy pa. Wil seker weet of West al op pad is.

"Theodore!" Sy pa se stem klink uitbundig, vol emosie. "Die polisie het my nou net gebel. Hulle het Annie gekry!"

* * *

Kassie is verbaas dat Annie Smith so kalm is vir iemand wat soveel trauma beleef het. Sy sit op die bed in die kamer waar sy aangehou is en vertel bedaard wat die afgelope paar dae met haar gebeur het.

Die hele storie maak eenvoudig nie sin vir Kassie nie. Hoekom het hulle haar hier aangehou, kos gegee, selfs vir haar klere gaan

172

koop? En haar boonop belowe dat hulle haar weer veilig by die huis sal besorg, sonder om haar pa vir geld af te pers. Hulle is duidelik ook nie mensehandelaars nie. Wat was die doel van die ontvoering dan? Dalk het hulle gelieg?

En wie sou die Deep Throat-karakter wees wat kwansuis die ontvoering beveel het? As hy só bekend is in hierdie geweste, sal Mitchells Plain se polisie beslis van sy bestaan weet. Dalk kan dit die deurslaggewende leidraad wees . . .

Terwyl Rooi seker maak dat hy Annie se verklaring reg afgeneem het, stap Kassie na die klein sitkamertjie waar die twee uniforms wag.

"Het julle enigiets gekry wat ons nader aan die ontvoerders kan bring?" vra hy.

Die lang sersant skud sy kop. "Hulle moes vinnig gat skoongemaak het toe hulle agterkom die seun het ontsnap. Al hulle persoonlike goed is nog hier, klere en so aan, maar niks waaraan ons hulle kan identifiseer nie. Daar's ook nog 'n hoop groceries in die kombuis."

Kassie vryf ingedagte oor sy gesig. "Snaaks dat hulle die meisie net hier gelos het."

"Dit verstaan ek ook nie," sê die sersant.

"Kon julle al uitvind aan wie die huis behoort?"

"Ek't by die neighbour gaan vra," sê die konstabel. "Dis glo Kwaai Koeries se plek. Hy't Kwaai in die laaste tyd 'n keer of wat hier gesien. Dit het gelyk of hulle renovations doen, hier was 'n werkery."

"Wie's Kwaai Koeries?" vra Kassie.

Die sersant skud sy kop moedeloos. "'n Bleddie uitgeslape criminal, so glad soos 'n paling. Almal weet hy deal in drugs, maar ons kon die donner nog nooit vastrap nie. Hy sorg dat hy uit die firing line bly."

"Staan hy ook bekend as Deep Throat?"

"Dit weet ek nie," sê die konstabel. "Maar ek't nog nooit daai naam gehoor nie."

"Ons sal hom vir ondervraging moet inbring," sê Kassie. "As hierdie sy plek is, het hy baie om te verduidelik."

34

Jackal is gerattle. In sy hele lifetime was hy nog nooit só gerattle gewees nie. Hier waar hy in antie Katie se spare room lê, lyk sy future vir hom depressingly dark.

Operation Kidnap was een groot fokkop. En Kwaai gaan hom en Dampies soek tot hy hulle kry . . . dis nou as die cops hulle nie eerste kry nie. Nie een van daai possibilities is reassuring nie.

Die lewe het finally sy poepholkant vir hom gegooi, daai's ma' al.

Toe hy en Dampies laas nag agterkom die laaitie is uit, het hulle na sy Ford Sierra gehardloop om hom te gaan soek. Hulle het amper twee uur lank innie Plain se strate rondgejaag, gestop en mense gevra of hulle die laaitie gesien het.

Maar hy was gone. Toe jaag hulle terug huis toe, net om te sien die cops is kla' daar.

Ge-fokken-screw for life, het Jackal immediately geweet.

Op pad om vir Dampies te gaan aflaai, wil hy weet wat hulle vir Kwaai gaan sê.

"Is jy bedonnerd om iets vi' hom te wil ga' sê! Ek ga' nooit weer iets vi' Kwaai sê nie, want ek ga' disappear. As jy jou Creator nou al wil ontmoet, feel welcome. Ma' Joseph Dampies is nog lief vi' sy lewe. Ek ga' nou baie lank laag lê. My dae as gunman by Kwaai is veby."

Jackal kon nie stry nie, want Dampies is reg. Kwaai gaan nie daarvan laaik om fifty K te verloor oor húlle fokkop nie. Riempie Februarie het daai keer 'n bullet deur die kop gekry omdat hy 'n drug deal van net ten K opgefok het.

Na sy eie flatjie kon Jackal nie teruggaan nie, ook nie na sy ma of Vytjie se pozzies nie. Kwaai sal hom daar gaan uitsleep. Antie

Katie se plek was al option. Gelukkig vra sy nie vrae nie. Sy ken van gangster kak van lank voor uncle Tommie Pollsmoor sy permanent home gemaak het.

Een ding weet Jackal: sy tydjie by antie Katie gaan nie 'n relaxing een wees nie. Want behalwe vir sy worries oor Kwaai en die cops, weet die chick ok nog hoe hy lyk.

★ ★ ★

Mitchells Plain se polisie laat nie gras onder hulle voete groei nie. Vroegoggend al kry Kassie 'n oproep van die sersant dat hulle Kwaai Koeries ingebring het vir ondervraging.

"Hou hom daar tot ek en sersant Els kom, ons moet net gou 'n ander draai ry. Enige sukses met die vingerafdrukke?"

"Daar's 'n duisternis van die goed," sê die sersant. "Dit gaan tyd vat om daardeur te werk. En ons het nog 'n helse backlog van ander sake ook."

Nie alle stasies het die voordeel van 'n forensiese man soos Da Silva nie, dink Kassie toe hy die foon neersit.

Hy en Rooi ry na Piet Marais se huis om met Divan te praat. Dié kan hulle nie veel meer as Annie Smith vertel nie. Hy sê hy't die aand van die ontvoering gaan draf, wat vir Kassie na 'n kak storie klink. Hy't glo op die toneel afgekom waar die ontvoerders die meisie in 'n Ford Sierra laai, en hulle het hom gesien, gevang en saamgevat.

Divan ontken sy vriend Frikkie se aantygings ten sterkste en Piet Marais verklaar plegtig dat die outjie se verbeelding met hom op loop geraak het met die storie wat hy vir die polisie vertel het.

Toe hulle uitstap, sê Rooi: "Dis bullshit. Hoekom sal Frikkie sulke stories uit sy duim suig?"

Kassie lag. "Laat hy maar die ding plooi soos hy wil, hy't ons 'n moerse guns gedoen deur te ontsnap."

In Mitchells Plain-stasie se ondervragingkamer lig die sersant hulle vlugtig in oor wat hulle van Kwaai Koeries te wagte kan wees.

"Ons het by die municipality gaan seker maak, dit ís sy huis, maar die bliksem lieg weer deur sy tanne, sê hy's geheel en al onskuldig. Hy't nogal surprised gelyk toe ons hom vertel ons het die meisie gekry, maar hy's 'n master of deceit." Hy lag. "Koeries het heeltyd daarop aangedring om sy attorney by te hê, maar ek't vir hom gesê as hy onskuldig is, is dit mos nie nodig nie. Hy moet net 'n paar roetinevragies beantwoord."

Kassie knik en hy en Rooi gaan sit by die tafel. "Julle kan hom maar inbring," sê hy.

Kwaai Koeries is 'n groot man, geklee in 'n blou sweetpak wat styf span om sy allemintige pens binne te hou. Hy kyk Kassie en Rooi met yskoue oë aan toe hy steunend oorkant hulle gaan sit.

Nie die vriendelike soort nie, dink Kassie.

"Volgens die munisipaliteit is jy die eienaar van die huis waarin twee mense die afgelope paar dae wederregtelik aangehou is," begin hy.

Koeries knik net.

"Iets met jou stembande verkeerd?" vra Rooi.

"Dis een van my properties, ja," sê Koeries nors. "Ek't baie properties innie Plain."

"Was jy bewus daarvan dat die twee mense daar aangehou word?" vra Kassie.

Koeries skud sy kop. "Ek vra my tenants nie uit oor wat hulle doen nie. Solank hulle betaal, is ek happy."

"So wie was die huurder?"

Koeries haal sy skouers op. "Ek weet nie. Ek's vooruit in cash betaal. Nie nodig om sy naam te vra nie."

"Dis mos 'n fokken bullshit storie!" sê Rooi. "Mens verhuur nie 'n huis aan iemand wie se naam jy nie eers ken nie."

177

'n Meewarige glimlag verskyn op Koeries se breë gesig. "Hier innie Plain doen ons business anders as daar waar jy bly."

"En hoe lyk die huurder nogal? Kan jy hom vir ons beskryf?" vra Kassie.

"Nei, dit was 'n telephonic transaction."

Rooi slaan met sy vuis op die tafel. "Jy praat mos nou suiwer kak, man! Hoe't jy dan die geld by hom gekry?"

"Hy't dit met die courier gedeliver."

"Die buurman sê hy't jou onlangs daar gesien," probeer Kassie weer. "Julle het glo renovations gedoen."

Koeries knik. "Die tenant het 'n request gehad . . . bars voorrie een venster."

"En dit het jou nie laat wonder nie?" vra Rooi.

"Ek wonder nie oor requests nie. As die geld reg is, doen ek soos die tenant vra."

"Wie's Deep Throat?" gebruik Kassie hulle troefkaart.

Koeries se gesig verstar. Dis duidelik hy't nie dié vraag verwag nie.

"Staan jy bekend as Deep Throat?" vra Rooi.

Koeries skud sy kop heftig. "Waar kom . . . kom julle aan daai naam?"

"Ons is nie hier om jou vrae te beantwoord nie," sê Kassie. "Vertel jy ons eerder meer oor Deep Throat. Ons weet vir 'n feit hy was betrokke."

Koeries bly lank stil voor hy antwoord. "Dis die naam wat die tenant gebruik het. Hy wou nie sy regte naam gee nie."

"Het jy die twee manne wat die mense ontvoer het ook aan Deep Throat uitgehuur?" vra Rooi.

"Ek huur nie mense uit nie. Ek weet ook niks van die kidnapping nie, het dit eers vanoggend by die cops gehoor. As julle my verder wil incriminate, wil ek my attorney hier hê. Ek gaan nie nog vrae beantwoord nie."

Kassie besef hulle gaan nie vorder nie. Hy gee nie om nie. Koeries kan nou dink hy sal met sy liegstories wegkom, maar daar's 'n baie beter manier om agter die waarheid te kom.

"Reg, dankie vir jou samewerking," sê hy. "Jy kan maar gaan."

Vir 'n oomblik staar Koeries hom ongelowig aan.

Hulle begelei hom uit die ondervragingkamer tot in die gang waar die sersant wag.

"Hy kan maar gaan," sê Kassie. "Hy't my oortuig hy't niks met die ontvoering te doen gehad nie."

Koeries verdwyn so vinnig soos sy logge lyf hom toelaat by die deur uit.

"Kaptein, hoe kan jy die donner laat loop?" vra die sersant ontsteld. "Uiteindelik het ons iets om sy gat mee vas te trap en nou sê jy hy kan gaan!"

Kassie glimlag. "Hoe graag wil julle vir Kwaai Koeries agter tralies sien?"

"Meer as enige anner criminal hier."

"Raait. Ons wil hom ook graag in die tjoekie sien. Maar só gaan ons hom nie vastrap nie. Hy gaan net sy prokureur betrek en dan gaan die hele storie maande lank op ys gehou word voordat die oorvol hof sy saak kan hanteer. Teen daai tyd het hy alle leidrade uitgewis wat na hom kan lei."

"Jy's seker reg, kaptein," gee die sersant toe. "Maar hoe gaan ons hom dan kry?"

"Ek gaan nou met julle bevelvoerder praat," sê Kassie. "As julle Koeries so graag wil vang, moet julle 'n taakspan opsy sit om sy huis vir die volgende week of twee 24/7 dop te hou. Monitor almal wat hom besoek. As die ontvoerders nie onder hulle is nie, sal een van Koeries se besoekers julle wel na hulle toe lei. Ná twee weke keer julle die hele spul aan wat met Koeries in aanraking was en ons hou 'n uitkenningsparade. Annie Smith weet hoe die een ontvoerder lyk en sy kan in detail beskryf hoe die tatoes van die ander een lyk. Van daar af sal dit maklik gaan. Die ontvoerders gaan die waarheid in duet sing as hulle besef hulle gaan donners lank sit. Ontvoering is 'n ernstige crime."

Die sersant glimlag breed. "Aan daai angle het ek nog nie gedink nie. Kaptein moet sommer nou met ons kolonel praat."

Op pad na die bevelvoerder se kantoor lui Kassie se selfoon. Montgomery Smith.

"Kaptein, ek wil net weet wat julle al uitgevind het," sê hy. "Is my dogter se ontvoerders al gevang?"

Kassie vertel hom vlugtig van Kwaai Koeries se ondervraging en wat hulle beplan om verder te doen.

35

Die onheil broei soos 'n storm in Montgomery se gemoed. Ie-mand is besig om sy derms stuk vir stuk uit te ryg, met as enig-ste doel die ergste moontlike leed wat hy Montgomery kan aan-doen. Toe Annie hom vertel dat die ontvoerder se naam Deep Throat is, was alles skielik glashelder. Dit het nooit oor 'n los-prys gegaan nie, die bliksem het die spul gehuur om haar te laat verdwyn.

Montgomery se aanvanklike vermoede dat Phan Can Dung en Freedom net rondgepraat het, het heeltemal verdwyn. Met wat Kasselman pas oor die telefoon bevestig het, is dit duidelik dat Deep Throat 'n persoonlike vendetta teen hom voer.

Dit gaan ook nie oor renosterstroping nie – Deep Throat kon met 'n enkele oproep na die Valke lankal sy doppie geklink het. Maar hy't verkies om hulle net een leidraad te voer, wat hy ge-weet het hulle mettertyd na Montgomery sou lei. Dis alles 'n kat-en-muis-speletjie, met net een doelwit: om hom emosioneel af te kraak. As dit nie vir die seun was en die feit dat hy boonop ontsnap het nie, sou Deep Throat Annie twee weke lank aangehou het en hom daarmee tot die uiterste gemartel het.

Van gisteraand af dink hy sonder ophou oor Deep Throat, wie dit kan wees. Die man móét hom ken. Ongelukkig het hy deur die jare baie vyande gemaak – hy't vanoggend 'n lys opgestel van die dosyne mense wat hy al in sy lewe verontreg het. Keer op keer duik dieselfde naam op. En hoe meer Montgomery daaroor dink, hoe sekerder is hy dis dié man.

Van almal op die lys is dit moontlik die persoon wat die grootste wrok teen hom koester. Hy is ook een van baie min mense wat kon vermoed dat Montgomery betrokke is by renosterstroping.

Hy moes African Curio die afgelope jare fyn dopgehou het. Dit sou maklik wees om Montgomery se ontmoetings met Phan Can Dung te monitor. Hy sou Wolf ook by African Curio gesien het. Met Theodore voltyds in die noorde, het hy twee en twee bymekaar gesit. Dalk selfs op Theodore gaan spioeneer en só van Freedom bewus geword.

Nou maak dit ook sin hoekom die donner vyf jaar gelede hier in Montgomery se omgewing kom bly het. Montgomery was destyds verbaas toe hy hoor wie nou ook in Rondebosch bly. Hy't die man net een keer vlugtig in die kafee gesien, maar hulle het mekaar nie gegroet nie. Wolf het hom op 'n keer in 'n sentrum raakgeloop, maar hy't vinnig weggekyk toe hy Wolf sien.

Dit is nou so duidelik soos daglig. Dit kan net hý wees: Norman Bell.

Montgomery lag grimmig. Nou het die donner te ver gegaan. Sy lewetjie op aarde het pas verstryk. Hy sal dadelik moet optree, voor Bell die volgende inkriminerende oproep maak.

Hy staan op van agter sy lessenaar en gaan sluit die studeerkamer se deur. Dan bel hy vir Wolf.

Hy verduidelik die situasie en sluit af: "Sorg net dat jy die wetter in die hande kry. Graeme behoort oor so drie ure by die hoewe te wees. Ek sal hom help om die horings af te laai en dan sal ons daar vir julle wag. En moenie nou die visse kos gee nie. Ek wil hê hulle moet lekker uitgehonger wees."

* * *

Natasha se beswaardheid oor die Silencers wat skotvry kan uitstap, het taamlik gelig.

Theodore het haar vanmiddag gebel en genooi om by hom te kom eet. Skaapskenkelpot. Buiten braaivleis is dit die enigste dis wat hy met sy beperkte kampgeriewe met vertroue kan voorsit, het hy verleë gesê. Hy't aangebied om haar te kom oplaai, wat sy aanvaar het.

Nou, terwyl hy gebukkend oor die pot staan en sy die eerste slukkie van haar tweede glas yskoue witwyn neem, wyk haar laaste tikkie swaarmoedigheid. Sedert hy haar opgelaai het, het hulle land en sand gesels. Dit was gou vir haar duidelik hy wil vanaand werkstories vermy. Haar verwysings na die hofsaak het hy slim gepypkan en die gesprek in 'n ander rigting gestuur. Dit pas haar. Sy wil ook eerder vanaand vir 'n wyle van haar werk vergeet en net op hóm konsentreer.

"Nog so 'n uur en 'n bietjie." Hy sit die deksel terug op die pot. "Weet nie of jy al doodgaan van die honger nie, maar ons wil darem nie aan taai skenkels kou nie."

Sy lag. "Ek sal kan uithou, dankie." Sy beduie na die groot tent agter hulle. "Ek's beïndruk met hoe jy jouself hier ingerig het."

"Dit het maar so met verloop van tyd gebeur."

"Vang die afsondering jou nie soms nie?"

"Partykeer. Mens raak daaraan gewoond. Maar ek sal seker een of ander tyd in 'n meer beskaafde omgewing gaan nesskop."

"En wanneer sal dit wees?"

Hy glimlag. "Wanneer ek die regte vrou ontmoet."

Sy blik spreek boekdele en laat haar maag fladder.

Hy tree nader, trek haar uit die stoel op en hou haar liggies om die middel vas. Dan leun hy vorentoe en hulle lippe ontmoet.

Uiteindelik! juig dit in haar. Waarom het dit hom so lank gevat?

Sy sit haar arms om sy nek en trek hom styf teen haar vas.

*　*　*

Kassie skoffel op maat van "Tant Jakoba se Tolbospolka" terwyl hy 'n blikkie tuna oopsny. Vurk in die hand eet hy sommer sy aandete uit die blikkie in die kombuis. Só hoef hy nie 'n bord vuil te maak nie. Hy sluk die tuna elke nou en dan met Creme Soda af. Hy's nog honger toe hy die leë blikkie in die asblik gooi, vat die laaste stukkie Pick n Pay-beskuit, doop dit sommer in die koeldrank en loop kouend na die sitkamer.

Vanoggend se sessie met Kwaai Koeries bly in sy gedagtes vassteek. Hy's doodseker Koeries lieg, maar daar's tog iets wat hom hinder. Koeries is 'n dwelmsmous, hoekom sal hy hom met ontvoering besig hou? En as hy dit inderdaad in opdrag van Deep Throat gedoen het, wat was Deep Throat se motief? Hoekom laat ontvoer jy iemand as jy in geen losprys belangstel nie?

Hy steek 'n Lucky aan en staar peinsend voor hom uit. As die Mitchells Plain-polisie gelukkig genoeg is om die twee ontvoerders te vang en Annie kan hulle uitken, sal dit wel Koeries se betrokkenheid bevestig, daarvan is hy seker. Maar dis te betwyfel of die polisie meer gaan uitvind oor die ware redes vir die ontvoering.

Op pad studeerkamer toe om op *Weather International* in te skakel, wonder hy of hy Montgomery Smith moet vra of daar iemand is wat hom en sy gesin persoonlik leed sou wou aandoen. Dis 'n hoek waaraan hy en Rooi nog nie gedink het nie.

36

Dis elfuur, maar daar brand nog lig in Norman Bell se huis.

Op pad hierheen het Wolf lank gewik en geweeg oor hoe hy die man gaan oorrompel. Sal hy wag tot Bell slaap, dan inbreek en hom in die bed verras?

Maar die hortjies voor die vensters het hom van daardie plan laat afsien. Hy kan nie bekostig om te sukkel om by die huis in te kom nie. Soos hy Bell ken, sal daar iewers 'n jaggeweer naby sy bed wees, en jy weet nooit hoe trigger-happy hy kan raak nie.

Toegang tot die erf was maklik; 'n paar planke in die lendelam houtheining het meegegee toe Wolf dit die tweede keer skouer. Gelukkig lyk dit of Bell nie honde het nie.

Met sy hand om die pistool in sy baadjiesak geklem stap Wolf na die voordeur. Hy's nou bly hy't 'n rukkie gelede 'n paar skote met sy ou weermagpistool op die hoewe geskiet. Die Star 9 mm-Parabellum werk nog net so goed soos toe hy dit jare gelede weggepak het.

As Bell nie vir hom oopmaak nie, skiet hy die slot oop. Hy sal op hom wees voor Bell na 'n geweer kan gryp. Die bure kan die skoot dalk hoor, maar dit pla Wolf nie. Die erwe hier is groot en boomryk; uit sy weermagdae weet hy dit sal moeilik wees om te bepaal presies waar die skoot vandaan kom. Dit sal hom in elk geval genoeg tyd gee om Bell te oorrompel en ongesiens in die kar te kry.

Hy druk die voordeurklokkie. Hy's bly daar's nie 'n loergaatjie in die deur nie – Bell sal beslis nie oopmaak as hy sien dis Wolf nie. Hy hoor voetstappe nader kom en 'n sleutel wat in die slot draai. Die deur gaan oop.

Bell dra net 'n pajamabroek. Stomme verbasing staan oor sy gesig geskryf.

"Wat maak . . . wat maak jy hier?" stotter hy.

Wolf druk die deur groter oop en stap in. Bell is wasbleek. Hy begin onseker retireer.

"Montgomery wil met jou praat," sê Wolf.

"Hy . . . hy kan mos 'n afspraak maak."

Wolf haal die pistool uit sy baadjiesak. "Hy wil nóú met jou praat. Ek moet jou na hom toe vat."

Bell vervies hom. "Met watse speletjies is julle nou weer besig? Ek gaan beslis nie hierdie tyd van die nag met Montgomery gesels nie."

Wolf lag. "Speletjies? Jý is die een wat speletjies speel."

"Ek weet nie waarvan jy praat nie," sê Bell bot.

Wolf rig die pistool op hom. "Jy mors nou net my fokken tyd. Jy sal saam met my kom, of jy nou wil of nie."

Bell se gesig raak rooi. "Is jy heeltemal bedonnerd? Ek sal môre met Montgomery gaan praat as hy dan so 'n brandende behoefte het om my te sien! Ek bly al vyf jaar hier, hoekom juis vanáánd?"

Wolf tree nader en stamp die pistool teen Bell se bors vas. "Ek het gesê nóú."

Bell se mond val oop. "Jissis," prewel hy.

Hy beduie na sy pajamabroek. "Ek kan nie só uitgaan nie. Gee my net kans om iets aan te trek."

"Toe dan. Maar ek loop saam met jou. En moenie iets probeer nie."

Bell draai om en stap in die gang af, Wolf kort op sy hakke.

In 'n groot slaapkamer beduie Bell na een van verskeie hang-kaste. "Ek wil net eers 'n broek kry."

"Jy hoef nie verslag te doen nie, trek net fokken aan!" beveel Wolf. Hy grinnik – klink nou vir homself nes Montgomery.

Bell maak die deur oop en vroetel in die kas.

Wolf sien die Smith & Wesson te laat raak. Die knal van die rewolwerskoot weergalm in sy ore en die steekpyn in sy linkerboarm laat hom sy balans verloor. Hy steier na die bed se kant toe.

Bell rig die rewolwer sekuur op hom. "Mens mag jou seker teen gewapende inbrekers beskerm," sê hy met 'n grynslag.

Wolf trek die Star se sneller instinktief. Die koeël deurboor Bell se skedel net bo sy regteroog. Die impak van die skoot ruk hom agteroor en slinger hom teen die hangkas vas. Die Smith & Wesson maak 'n bollemakiesie in die lug voor dit kletterend op die plankvloer val.

* * *

Theodore voel in twee geskeur. Aan die een kant sweef hy 'n kilometer bo die wolke oor sy aand saam met Natasha. Hy't haar eers in die vroeë oggendure by haar woonstel gaan aflaai.

Hulle kon gisternag nie genoeg van mekaar kry nie, en dit het groot selfbeheersing geverg om haar nie bed toe te vat nie. As hy wou, kon hy, dit weet hy. Maar dis nie hoe hy sy verhouding met haar wil benader nie. 'n Werklik ernstige verhouding moenie op seks gebou word nie. Daar moet eers baie ander boustene gelê word om by daardie punt te kom.

Hy het nou wel die eerste een gelê, maar hy sal mooi moet dink oor sy lewe voor hy dit kan waag om verder te gaan. Hy voel heeltyd soos 'n bedrieër, wat hy in werklikheid is. Voordat hy nie sy bande met sy pa en African Curio geknip het nie, sal hy nooit van daardie gevoel ontslae kan raak nie. En sal sy verhouding met Natasha nie kan blom nie.

Freedom-hulle se hofsaak begin vandag en dit plaas verdere spanning op hom. Hy sal nie kan waag om die hofsaak by te woon nie, want Natasha sal daar wees. Boonop het hy sleg opgeslip met die reël van die vals jagdokumente.

Riley het vroegoggend gebel en gesê 'n handlanger van Tzabiri het die jagpermitte by sy hotel afgelewer, soos Theodore gereël het. "Die permitte lyk fine, maar waar's die papierwerk van die Suid-Afrikaanse doeane wat Freedom-hulle toestemming moes gee om die gewere oor die grens te bring?"

Theodore kon homself skop. Die dolle gejaag om die jagpermitte en die vragmotor vir West te reël het sy aandag verdeel.

"Watse implikasies het dit vir Freedom-hulle?" het hy gevra.

"Dit bedonner ons saak effens," was Riley se antwoord. "Maar ek sal kyk hoe ek dit kan pypkan."

Wat nie veel van 'n troos vir Theodore is nie. As Freedom-hulle nie vandag borgtog kry nie, kan hulle kriewelrig raak. En hoewel hy vir Freedom vertrou om nie uit te praat nie, is hy nie so seker van sy makkers nie.

Theodore klim uit die bed en stap na die tafel waar die ketel staan. Hy het nou dringend kafeïen nodig.

Sy selfoon lui. Carina Vosloo.

Moet hy nou nog deur haar ook geteister word!

Hy laat die foon lui en sit die ketel aan.

*　*　*

Jackal spy deurie skrefie in die gordyne. Dis Adnaan Mentor se babyshit-yellow Golf wat in die straat staan, daai is positive. Adnaan is een van Kwaai se gunmen.

En die feit dat Adnaan al va' vroegoggend af hier in sy kar sit, beteken net een ding: Kwaai weet waar Jackal wegkruip. Of hy dínk hy weet, wat in any case net so terrifying is.

Hoe het Kwaai dit uitgefigure?

Dan slaat die thought vir Jackal vol oppie bek: Derra en uncle Tommie was gangster buddies innie ou dae, family friends, mekaar se "brother from another mother". Kwaai wéét.

Jackal voel om te kots. Nou het hy major kak. En dit net wat hy sulke mooi resolutions oor sy future het. Hy't besluit om die gangster-dinge te los en 'n fresh start saam met Vytjie te maak. Hy't gescheme hy kan Derra se caravan vat en die legacy van Doctor Know op 'n anner plek gaan voortsit. Sy outop het hom alles geleer vannie fine art of palm reading. En hy sal uit personal experience virrie customers kan advice gee oor bad luck, evil spirits en manhood problems.

Ma' oorrie straat hou Adnaan hom dop. Sy future as Doctor Know 2 sal eers moet wag.

37

Kassie bekyk die huis met gekrulde gewels, versierde kroonlyste en houtluike voor die vensters. Dis 'n gebou uit die verre verlede van die Kaap, moet beslis een van die oudstes in die omgewing wees. By die groot voordeur wag Pollie hom en Rooi in.

"Die lyk is in die agterste slaapkamer," sê Pollie. "Koeël in bo die regteroog. Sy naam is Norman Bell. Geen teken dat hier ingebreek is nie, ook nie dat iets gesteel is nie. Hy moes die moordenaar by die voordeur laat inkom het." Hy beduie na die tuin. "My twee konstabels kyk solank in die erf rond."

"Hoe het julle van die moord te hore gekom?" vra Kassie.

"Die oorledene se huiswerker het hier aangekom. Die agterdeur was nie soos gewoonlik oopgesluit nie, toe gaan probeer sy by die voordeur. Dit was oop. Sy't op die lyk afgekom en na die buurvrou gehardloop, wat die stasie gebel het."

Kassie skud sy kop. Nou sit hulle nog met 'n verdomde moord ook. Hy en Rooi was op pad Mitchells Plain toe om te gaan kyk hoe die taakspan daar vorder toe Daniels hom bel. Dié het geklink of hy uitsaai by 'n perdewedren.

"Julle moet onmiddellik terugdraai! Daar was 'n moord in Rondebosch. Cliffie en Daan sit met julle sake, so ek kan hulle nie nou inspan nie."

Dis nie waar nie. Daniels sit hom en Rooi altyd op die moordsake. Die ander speurders brom klaar dat Kassie al die "groot" sake kry.

Hy en Rooi trek beskermende skoene en handskoene aan voor hulle ingaan. Hulle stap in die lang gang af in die rigting waar die stemme vandaan kom. 'n Lint wat die gang aan die regterkant afsper, bevestig dat forensies al op die toneel is. Daar is donker kolle op die plankvloer wat soos bloed lyk.

Da Silva wag hulle by die deur van die slaapkamer in. Hy maak 'n buiging en beduie hulle moet ingaan. "All yours!" En sê agtertoe vir Erasmus, die kameraman: "Sherlock Holmes en James Bond het gearriveer."

"Fok jou, Da Silva," sê Rooi. "Doen eerder jou werk en hou op om altyd kak te pik."

Kassie weet Rooi haat dit as Da Silva hom James Bond noem. Dis na aanleiding van Rooi se beheptheid met Bond-flieks. Hy't juis nou die dag die fout gemaak om met Da Silva te stry oor een of ander toneel in *From Russia with Love*. Toe hy sê hy't die fliek al nege keer gesien, was dit net weer olie op Da Silva se vuur.

Hulle stap die ruim slaapkamer binne. Die man lê langs 'n hangkas, die witgeverfde hout oortrek met bloedspatsels. Sy mond hang effe oop, tongpunt steek by een mondhoek uit. Sy oë is wasig soos dooies s'n is – die sprankel verdof met die laaste hart-klop. Van die vyfrand-grootte wond in sy oogbank kronkel 'n droë bloedspoor langs sy gesig en nek af tot by die gestolde plas bloed op die vloer. Die grys hare aan sy slaap is rooi gekoek rondom die gapende wond waar die koeël uit is.

"Hoe oud skat jy hom?" vra Rooi.

Kassie kyk na die bolyf vol plooie en voue, dig bevolk met grys hare, borste en maag uitgesak, bene dun en knopperig, met 'n ou letsel aan die regterbobeen. Toonnaels onversorg.

"Moeilik om te sê, maar beslis ouer as sestig."

'n Ent van die man af lê 'n Smith & Wesson. Teen die oorkant-ste muur is 'n plakkertjie langs 'n gat in 'n kasdeur.

"Hy't met die Smith & Wesson na die moordenaar geskiet," sê Da Silva. "Ons het die koeël in daai kas gekry."

"Wie sê vir jou dis hy wat geskiet het?" vra Rooi. "Dit kon die moordenaar gewees het."

Da Silva skud sy kop. "Daar's 'n 9 mm-koeël deur die vermoorde se kop – ons het die doppie teen die muur gekry. Dit behoort beslis nie aan die Smith & Wesson nie, ballistics sal dit kan bevestig. Daar's ook bloeddruppels in die gang, wat beteken hy moes die moordenaar gewond het. Selfs James Bond sou dít kon uitfigure."

"Hoor hier, Da Silva . . ."

"Basta met julle twee se stront," keer Kassie. "Rooi, kom ons kyk eers als ordentlik deur en maak dán afleidings." Hy draai na Da Silva. "Begin met die vingerafdrukke, dis 'n groot huis."

Da Silva sug. "Ja, dit gaan 'n donnerse lang dag word."

* * *

"Ons het deur die nag gewerk aan 'n groot besending, Petronella," sê Montgomery geïrriteerd. "Jammer ek het jou nie laat weet nie. Ek sal wel netnou huis toe kom."

Hy druk die selfoon dood. "Vrouens kerm ook oor alles," brom hy.

Hy draai na Wolf en West. Wolf sit kaal bolyf op die enigste stoel in die stowwerige sitkamertjie, sy linkerboarm beplak met gaasverband en pleisters. Uiteindelik het West se noodhulp-opleiding handig te pas gekom. Dié moroon staan beteuterd langs Wolf en lyk soos 'n bekommerde geneesheer.

"Dis net 'n vleiswondjie," sê Montgomery. "Jy sal oorleef. Te danke aan Moeder Teresa daar langs jou."

"Dit het baie gebloei," sê Wolf.

"Alle fokken skietwonde bloei, Wolf! Jou wondjie bekommer my die minste. Wat my wel die moer in het, is dat jy nie vir Norman Bell hiernatoe gebring het nie. Dit was 'n eenvoudige takie, maar nee, Wolf Breede skiet die bliksem dood. Dit was nie nodig dat die man eers sy aandpak vir die geleentheid aantrek nie. Ons sou hom tog kaalgat in die dam gegooi het!"

Wolf antwoord nie, staar net voor hom uit.

"Is jy seker niemand het jou gesien nie?" vra Montgomery.

Wolk knik. "Doodseker. Ek het jou mos al 'n paar keer gesê."

"Ek het nie jou kommentaar gevra nie, beantwoord jy net my vrae. Hoe het hy gereageer toe hy jou sien?"

"Hy was verbaas, maar verder het hy sy pokergesig gehou. Jy weet mos sy gevreet wys niks."

Montgomery snork. "Ek sou emosie uit daai gevreet van hom gekry het. Ek sou die waarheid uit hom gewurg het. Ek wou hom agterna hoor pleit het . . . hoor sméék het." Hy skud sy kop. "Nou het jy my fun bederf. En die arme visse moet iets vir brunch kry, hulle moet al vrek honger wees."

"Gelukkig is Deep Throat nou iets van die verlede," sê West onverwags.

Montgomery knik. "Maar dalk ruik die Valke al aan ons gatte . . . Hoe ons hierdie vrag horings in die Ooste gaan kry, is nog 'n hoofpyn wat wag. Die goed kan nie onbepaald hier gestoor word nie."

Skielik val iets hom by. "Wolf, het jy handskoene gedra by Bell se plek?"

"Nee . . . ek wou nie. Dit sou Bell net meer senuweeagtig maak. Maar ek dink nie ek het aan iets geraak nie. Dalk aan die voordeur en die handvatsel van die deur." Hy grinnik selfvoldaan. "Moenie daaroor worry nie, my prints of bloed-sample is nêrens op 'n data-basis van die polisie nie."

"En jy't onthou om sy selfoon te vat?"

Wolf knik. "Ek't op pad hierheen afgetrek, dit met 'n klip stuk-kend gekap en in die veld gegooi."

"Goed so," sê Montgomery. "'n Mens weet nooit of die donner dalk ons telefoonnommers daarop gehad het nie."

* * *

Die hofsaak was 'n gemors. Die hoogs geïrriteerde en sigbaar oorwerkte landdros en die onvoorbereide staatsaanklaer het veroorsaak dat Freedom-hulle op borgtog van tweeduisend rand elk vrygelaat is, op voorwaarde dat hulle hul paspoorte moet inhandig en daagliks by die Musina-polisiestasie moet aanmeld.

Die saak – vir die onwettige besit van vuurwapens en poging tot die stroping van renosters – is vir twee weke uitgestel. In die woorde van die landdros: "Omdat die aanklaer sy huiswerk eers beter sal moet doen." Die feit dat die aangeklaagdes nie by dooie renosters betrap is nie en die indiening van hul Zim-jagpermitte het bygedra tot die hof se spoedige bevinding. Die twee gewere word wel gekonfiskeer "totdat die nodige papierwerk voorsien word wat wys dis wettig die land in gebring".

"Dis 'n bullshit storie!" sê Natasha vir Petrus toe hulle uit die hof stap. "Waarom sal ons mense by die grens Zimbabwiërs toelaat om jaggewere met knaldempers die land in te bring?"

"Wel, ek kan jou verseker Freedom se prokureur gaan met daai dokumentasie vorendag kom," sê Petrus. "As jy my vra, is hulle klaar besig om 'n doeanebeampte om te koop. Daar's nie 'n manier hoe ons gaan wen nie. Vandat renosterhoring meer werd is as goud en kokaïen, het die stroperbase genoeg geld om enigiemand om te koop."

Natasha knik. "Jy's reg. Maar ek gaan nogtans alles in my vermoë doen om die bliksems te laat sit."

Terug in die kantoor stuur sy vir Werner 'n SMS om hom in te lig oor die teleurstellende verloop van die hofsaak. Sy's nie nou lus om met hom te praat nie. Sy voel in 'n mate aandadig daaraan dat Freedom-hulle gaan loskom. Sy moes Petrus opdrag gegee het om eers toe te slaan wanneer hulle hul wapens uitgehaal het. En sy's nie nou in die stemming dat Werner daardie onnosel fout aan haar uitwys nie.

Sy sug. Haar emosies ry deesdae lelik wipplank. Die een oomblik is sy eufories oor Theodore en die moontlikhede wat dit inhou, en die volgende oomblik is sy platgeslaan oor die eise van haar werk.

"Help nie jy bejammer jouself nie," sê sy hardop.

Sy trek haar onderste laai oop en grawe vir die telefoonboekie wat sy jare laas gebruik het. Sy moes eintlik lankal die oproep gemaak het, maar sy het eers met vanoggend se gebeure in die hof daaraan gedink. Hopelik het die nommer nie intussen verander nie.

"Die Valke se wildverwante ondersoekeenheid," antwoord die stem aan die ander kant.

38

Norman Bell se buurvrou is 'n aanvallige blondekop. Vroeë veertigs, skat Kassie.

Sy stel haarself voor as Tertia Knoetze en nooi hom en Rooi in. Hulle gaan sit in die sitkamer. Haar huis is kleiner as dié van Bell, ook meer modern, met groot vensters en 'n mooi uitsig op die berg.

"Ek ly nog erg aan skok," sê sy. "Ek kan Norman se dood eenvoudig nie verwerk nie. Ek het gistermiddag nog met hom gesels." Sy glimlag weemoedig. "Vandat ek en my man 'n jaar gelede geskei is, het Norman hom tog so oor my ontferm."

As dit sy geskeide buurvrou was, sou hy hom ook oor haar wou ontferm, dink Kassie. Sy's eintlik vrek mooi.

"Het jy gisternag iets gehoor?" vra hy. "Daar's minstens twee skote afgevuur."

Sy knik. "Ek het hier teen twaalfuur wakker geskrik. Ek kon sweer ek het skote gehoor, maar ek kon nie uitmaak waar dit vandaan kom nie. Toe dink ek dis seker maar net 'n kar wat gebackfire het. Ek het eers weer daaraan gedink toe die huiswerker my vanoggend kom opklop."

"Niks anders verdag opgemerk of gehoor nie?" vra Rooi.

"Hoegenaamd niks."

"Hoe goed het jy meneer Bell geken?" vra Kassie.

"Soos 'n mens maar 'n buurman ken. Ons was nooit regtig huisvriende nie, maar ons het die afgelope tyd baie meer gesels, sommer oor die heining. Hy't maar 'n alleenbestaan gevoer, so sonder kind of kraai."

"Hoe lank bly hy al hier?" vra Rooi.

"Amper vyf jaar. Hy't lank in Amerika gewoon, het hy my vertel. Maar hy wou altyd terugkom Suid-Afrika toe."

"Wat presies het hy vir 'n lewe gedoen?" vra Kassie.

"Afgetree. Ek dink nie hy't 'n gebrek aan geld gehad nie. Hy was blykbaar 'n grootwildjagter, het baie oorsese groepe hier op jagtogte geneem. Maar verder weet ek nie veel nie. Net dat hy in Amerika vir 'n kort rukkie getroud was, maar die huwelik het nie uitgewerk nie."

Die jagstorie maak sin, dink Kassie. In die groot studeerkamer hang talle trofeefoto's waarop 'n baie jonger Bell pryk. Die boeke in sy boekrak handel ook merendeels oor jag en gewere.

"Jy weet nie hoe ons sy gewese vrou kan opspoor nie?" vra Rooi.

Sy skud haar kop. "Norman het geen kontak met haar gehad nie. Hy't gesê dit was een van die grootste foute van sy lewe om vir 'n jong poppie te val . . . Die vroumens was seker net agter sy geld aan."

"Was hy voorheen hier in Suid-Afrika getroud?" vra Rooi.

"Hy't nooit iets gesê nie. Dit het nie so geklink nie."

"Weet jy van enige familie of vriende wat hy in die Kaap het?" vra Kassie.

"Nee, dit weet ek nie. Ek het nooit besoekers by hom gesien nie. Hy't ook nooit na enige familie verwys nie."

"Hoekom sou hy so 'n groot huis gekoop het as hy vingeralleen daarin sou bly?" vra Rooi.

"Sy plan was om die huis te verkoop," sê Tertia Knoetze. "Al het hy destyds agt miljoen daarvoor betaal, was die plek maar verwaarloos. Hy't hom besig gehou deur die huis te restoureer sodat hy dit weer kon verkoop."

Kassie staan op. "Baie dankie vir jou tyd, mevrou. Ons sal dalk later weer met jou kom gesels."

Sy frons. "Was dit 'n inbreker?"

Kassie skud sy kop. "In hierdie stadium lyk dit nie so nie, meneer Bell moes die voordeur vir die moordenaar oopgemaak het. Ons raai nog maar oor wat hier gebeur het."

* * *

Natasha se woonstel is ruim, die sitkamer vrolik met blou en geel kussings op die wit rusbank en stoele, twee helderrooi lampskerms en 'n paar veelkleurige kunsafdrukke teen die mure.

Theodore gaan sit op die rusbank terwyl sy vir hulle drinkgoed in die kombuis gaan haal. Dié verhouding galop nou te vinnig, dink hy. Hy's nog nie reg om alles te gee nie, en tog kon hy nie haar eteuitnodiging bedank nie.

Sy't hom 'n uur gelede gebel. "Vanaand is dit my beurt om vir jou kos te maak. Ek het iets interessants om jou te vertel."

Hy vermoed dit gaan oor Freedom-hulle se hofsaak. Riley het hom volledig ingelig oor die verloop en het bygevoeg dat die bewaringsmense sigbaar ontsteld was toe hulle borgtog kry. "Die staatsaanklaer is in any case 'n pampoen, en nog nat agter die ore," het Riley met 'n effense sleeptong gesê. Hy't natuurlik uit die hotelkroeg gebel.

Theodore het sy pa gebel om hom in te lig, maar was onmiddellik spyt daaroor. "Jy sal 'n doeanebeampte moet omkoop om die nodige dokumentasie vir die gewere te kry," was sy pa se opdrag.

Hy't ingestem om dit te doen, maar het geweet hy gaan nie. Hoekom sal hy nou sy nek op die spel plaas deur so iets te waag? Buitendien is die doeanebeampte wat hulle altyd gehelp het intussen afgedank oor korrupsieklagte.

Die enigste oplossing is dat Freedom-hulle in Zim gaan skuil tot die stof gaan lê het. Hulle het nog nooit in die verlede gesukkel om sonder paspoorte oor die grens te kom nie. Vir sy pa sal hy bloot sê hulle is landuit sonder om hom te laat weet. Met Freedom-hulle en die hofsaak uit die pad, het hy een bekommernis minder en is hy 'n stap nader aan sy uiteindelike doelwit: om sy bande met African Curio finaal te knip.

Hy staan op toe Natasha met sy bier inkom, en 'n glas witwyn vir haar.

Sy kom sit langs hom op die rusbank. "Hou jy van pasta?"

Hy glimlag. "Mal daaroor."

"Hoop nie jy's te honger nie. Ek gaan netnou eers met die kos begin."

"Ek sal jou help," sê hy.

Sy vertel hom van die hofsaak, wat nie veel verskil van Riley se weergawe nie.

"Die wetters gaan uiteindelik loskom," sê sy met 'n sug. "Maar daar's eintlik iets anders wat ek jou wil vertel. Ek het vanmiddag iemand by die Valke gebel om hulle te laat weet dat dieselfde Deep Throat wat vir hulle die tip oor die Viëtnamese diplomaat gegee het, vir my die tip oor die stroperbende gegee het. Dalk kan dit hulle in hul ondersoek help, en vir my inligting gee wat in die hofsaak gebruik kan word."

Theodore voel hoe sy maag op 'n knop trek.

"En weet jy wat sê die majoor daar?" gaan sy voort. "Hulle het nooit so 'n oproep gekry nie! Hy sê dis bloot 'n rumour wat ek gehoor het."

"Gaan hulle nou daaraan aandag gee?"

"Nee, hy sê hulle is te besig om nog 'rumours' ook op te volg. Vandat Jackie Selebi in 2001 die polisie se spesialiseenhede gesluit het, trek hulle swaar. Pleks van 'n hoogs opgeleide span van dertig of veertig lede sit hulle nou met vyf mense wat álle wildverwante misdade in die land moet ondersoek."

"By wie het jy die storie van die diplomaat gehoor?"

"Karel Koster, 'n plaaslike koerantman. Hy doen baie om IESA se saak te bevorder en is elke nou en dan by my om artikels daaroor te skryf. Ek het hom gebel en van my gesprek met die majoor vertel, toe bel hy die ou wat die storie oorspronklik vir hóm vertel het. Dié was verstom. Hy sê hy't dit vir die waarheid gehoor, maar dit kan wees dat sy pel by die Valke vir hom gelieg het, want hy is maar 'n bietjie van 'n grootprater."

Sy sug. "Ek weet nie wat ek daarvan moet maak nie. Hoekom sal die naam Deep Throat opduik in twee afsonderlike gesprekke oor renosterstroping?"

39

Vanoggend doen die Kaap van Storms sy naam gestand. Kassie ry teen twintig kilometer per uur werk toe, sy nek vorentoe gestrek om beter te kan sien. Die afgelope week se onnatuurlike warm winterweer is gisternag deur die noordwester verwilder, en nou kan sy skedonk se ruitveërs nie byhou by die gietende wateraanslag nie. Soos gewoonlik syfer reën by die roesplek op die dak in. Dit drup in die plastiekskotteltjie op die voorste passasiersitplek wat hy permanent vir dié doel daar laat staan.

Ondanks die gure weer is hy in 'n buitengewoon goeie stemming. Vanoggend se oproep van Trevor Hansen dat sy Kaapse driehoeke op pad terug Suid-Afrika toe is, het daarvoor gesorg. Hy glimlag. Dis soos verlore kinders wat terugkeer na hulle verlangende pa.

Hy parkeer die Toyota onder die personeelafdak, gooi eers die water uit die skotteltjie en moet die deur drie keer hard slaan voor dit ordentlik toemaak. Hy hardloop koes-koes stasie toe en stap sommer reguit na Daniels se kantoor.

Rooi wag hom met 'n groot glimlag in. Hulle moet vanoggend verslag doen oor die Bell-moordsaak nadat hulle tot middernag op die toneel besig was.

"En as jy so happy lyk?" vra Kassie.

Rooi beduie na sy windjekker. "Ek dink jy't dit vanoggend verkeerdom aangetrek."

Kassie kyk af en sien die windjekker se ligbruin binnekant. Hy trek dit vervaard uit, dop die moue om en trek dit reg aan. So dís hoekom ou mevrou Kannemeyer so gesmile het toe hy by die woonstel saam met haar in die hysbak klim. Vir wat het die ou vrou hom nie reggehelp nie?

Sy selfoon lui. Maria Wolhuter. Sy groet nie eers nie, val net weg.

"Kassie, hoekom is julle skielik so stil oor Barnie? Maak julle darem vordering?"

"Dit bly 'n topprioriteit, Maria, maar ons . . . ons is nou effe toegegooi met ander sake. Jy weet mos hoe dit gaan . . ."

"Solank julle net nie van Barnie vergeet nie," sê sy kil. "Fransie verseg nog steeds om skool toe te gaan."

Toe hy die verbinding verbreek, kyk hy kopskuddend na Rooi. "Ons skeep die Barnie-saak nou sleg af. Ons sal moet tyd maak daarvoor."

"Ons kan ook net soveel op een slag doen," sê Rooi met 'n sug.

"Maria sê die seun weier nog steeds om skool toe te gaan."

"Gelukkige klein donner! My ma sou my gat by die huis aan die brand geslaan het en my op pad skool toe ook nog gewetter het," sê Rooi.

"Julle kan maar ingaan," sê Felicity en beduie na Daniels se deur. "Die kolonel wag vir julle."

"Klink onheilspellend," brom Rooi toe hulle instap.

Daniels is amper onsigbaar agter die berge papier, boeke en dossiere op sy lessenaar.

"Kom sit, manne," sê hy en skuif vir hom 'n loergat oop. "Vertel my alles van Klok."

"Klok?" vra Kassie.

"Bell, man!" sê Daniels verbasend gemoedelik.

Kassie doen verslag. "Dit lyk nie heeltemal soos 'n gewone inbraak nie," sluit hy af. "Da Silva sal ongelukkig nog 'n tydjie besig wees met die vingerafdrukke. Dalk is ons dié keer gelukkig."

"Kon julle geen vriende of familie van Bell opspoor nie?"

"Die buurvrou kon ons nie help nie," sê Kassie. "Ons kon ook nie 'n selfoon in sy huis kry nie. Loubser is nog besig op sy laptop, dalk is daar iets in sy e-pos wat ons op 'n spoor kan sit."

Daniels frons. "Hy't 'n laptop, maar nie 'n selfoon nie? Maak nie sin nie."

"Ja, dis nogal vreemd. Maar Rooi het weer met die buurvrou gaan praat. Sy kan nie onthou dat sy hom ooit met 'n selfoon gesien het nie." Kassie haal sy skouers op. "Dalk wás dit 'n gewone inbreker . . . wat net die foon gesteel en toe padgegee het omdat hy gewond was."

"En julle het boggherol anders van belang gekry?"

Daniels se gemoedstoestand is besig om soos die Kaapse weer te verander, sien Kassie.

"Ek en Rooi het deur al sy papierwerk in die studeerkamer gegaan. Niks behalwe rekeninge en sulke onbenullige goed nie. Ons het gehoop op bankstate, maar deesdae stuur die banke mos nie meer papierstate uit nie."

Daniels slaan met sy vuis op die lessenaar. Die noordwester het begin waai, besef Kassie. "Hoe gebeur dit dat elke saak waaraan julle twee werk net mooi fokkol leidrade oplewer!"

Kassie kan net sy kop skud te midde van die reën wat in hernieude vlae op die stasie se sinkdak val.

* * *

It's raining in the Plain, maar Adnaan Mentor se babyshit-yellow Golf staan steeds oppie selle plek gepark asof die ding 'n breakdown het. Gaan die donner nooit weer innie nagte by sy huis slaap nie?

Jackal het gister getjek hoe Bruno Isaacs vir Adnaan 'n bucket KFC bring. It means dissie games wat Kwaai speel as hulle nog vir Adnaan vet voer ook nie. Bruno het even langs die kar gaan staan sodat Adnaan sy toilet business in die oop erf kon gaan doen. Die bliksems gaan antie Katie se huis nie vir 'n oomblik uit hulle sight verloor nie, daais dydlik.

Sy plan om uit te slip en sy kar by die flêtse langs Pick n Pay te gaan haal en te laat waai, gaan nie afkom nie.

Hy sug diep. "Jackal Williams, die expiry date van jou happy times het officially gearrive."

★ ★ ★

"Ek het dit geweet!" sê Montgomery toe hy sy selfoon dooddruk. "Bell het net die rumour oor Phan Can Dung versprei om my senuweeagtig te maak. Die Valke weet niks daarvan af nie!"

"Hoe . . . hoe het Theodore dit uitgevind?" vra West.

"Die vrou van IESA het hom vertel. Sy't dit weer by 'n koerantman gehoor." Montgomery skud sy kop. "Ek moet sê, Bell het sy huiswerk baie goed gedoen om te sorg dat die Deep Throat-stories deur Theodore by my uitkom. En om my toe die maksimum pyn en lyding te besorg, het hy boonop daai bende omgekoop om Annie te ontvoer. Alles pas nou soos 'n legkaart inmekaar."

Hy grynslag. "Sy plannetjies het natuurlik skeefgeloop toe daai ontvoerder met Annie praat en toe die seun ontsnap het . . . Maar Bell was 'n uitgeslape bliksem, dit moet ek hom toegee."

"Ek het hom nooit geken nie," sê West.

"Wel, jy't niks in die lewe gemis nie. Maar jy weet seker wat ons nou kan doen?"

"E . . . wat?" vra West onseker.

'n Mens moet die bliksem ook heeltyd met 'n lepel voer, dink Montgomery.

"Ons kan Phan Can Dung nou sonder enige risiko gebruik om die horings in Hanoi te kry, soos ons oorspronklike plan was." Hy leun terug in sy stoel en steek 'n sigaar aan. "Kontak hom vandag nog en reël 'n meeting met hom . . . sommer by die hoewe, dan kan hy sien hoeveel horings daar is."

40

Die oproep op Kassie se landlynnommer is van kolonel Ruyter van die Mitchells Plain-stasie.

"Kaptein, gedink ek laat weet jou net: jou plan werk uitstekend. My mense tail nou vyf van Kwaai Koeries se gangsters wat die afgelope paar dae by sy huis was. Hulle soek duidelik na die twee ontvoerders, wat moes gat skoongemaak het nadat hulle die job so opgemors het."

"Wanneer gaan julle toeslaan?" vra Kassie.

"Ons gee dit nog 'n dag of twee. My manne is nou amper dood-seker hulle weet waar die ontvoerders wegkruip. Twee huise, nog-al nie te ver van mekaar nie, word voltyds deur Kwaai se manne dopgehou. Ons hoop Kwaai kom self uit sy huis en gaan saam met hulle na die wegkruipplekke toe. Die manier waarop die gangsters werk, is dat die grootbaas die voorreg het om die sneller te trek as iemand tereggestel word. Ons vermoed hulle gaan eers die twee ontvoerders uit hulle gate jaag en hulle dan na 'n afgesonderde plek toe vat."

"Solank julle net betyds op die toneel is," sê Kassie bekommerd. "Onthou, ons wil die ontvoerders hê vir die uitkenningsparade. Twee dooies gaan ons nie help nie."

"Moenie worry nie, kaptein, ons hou hulle fyn dop. Ons sal op die regte tyd toeslaan. My manne was lanklaas so geesdriftig om 'n job ordentlik te doen. Almal wil vir Kwaai Koeries agter tralies sien."

Kassie lui af en vertel vir Rooi van sy gesprek met Ruyter.

"Ek hoop nie my plan boemerang nie. Daai manne van Mit-chells Plain is eintlik agter Koeries aan. As hulle hom op heterdaad kan betrap waar hy twee mense doodgeskiet het, is dit soveel beter vir hulle saak om hom opgesluit te kry. Hulle worry nie regtig oor die ontvoerders nie."

"Ek sien wat jy bedoel," sê Rooi. "Dalk moet ons met Daniels daaroor praat. Dit sal beter wees as daar van ons uniforms ook by is."

Kassie sug. "As ons uniforms kan afstaan. Hulle is ook maar toegegooi. Maar jy's reg, kom ons gaan sommer nou na Daniels toe."

Op pad uit kom Da Silva op hulle afgestorm. Kassie weet hy werk nog heeltyd aan die vingerafdrukke, maar teen middagete was daar nog nie nuus nie. Nou lyk sy glimlag belowend.

"Jy kan 'n goeie man nooit onder hou nie," sê Da Silva selfvoldaan.

Rooi snork. "Verwys jy nou na jouself?"

"Einste, James, einste. Sonder my sou julle twee nie ver in die lewe gekom het nie."

"Hou op om te brag en vertel ons wat jy het," sê Kassie.

Da Silva glimlag breed. "Eerstens wys ons vermoorde se prints hy't 'n kriminele rekord. Hy's in 1985 uitgelewer aan Amerika, waar hy vyf jaar in die tjoekie gesit het."

"Waarvoor?" vra Kassie.

"Onwettige handel in renosterhoring en ivoor. Maar dis nie al nie. Twee prints, een op Bell se voordeur en een aan die handvatsel, stem ooreen met daai print wat ons op die bril gekry het in die Barnie Wolhuter-saak!"

"Hoe't jy dit uitgevind?" vra Kassie verbaas. "Daai prints is mos nie op die databasis nie."

Da Silva tik met sy voorvinger op sy borskas. "Mario da Silva voer maar altyd alle prints ook op sy persoonlike databasis in. Net om alle hoeke te cover."

"En jy's seker die prints aan Bell se voordeur stem ooreen met dié op die bril?"

"One hundred percent, kaptein."

"Bliksis," sê Rooi, "jy's nogals nie te bad vir 'n Porra nie."

* * *

Natasha kan hoor Werner Erwee is buite homself van opgewon-
denheid.

"Ek's so bly ek kry jou op kantoor!" sê hy oor die landlyn. "Te-
ken gerus maar vandag, 12 Augustus 2014, in jou dagboek aan as
'n historiese mylpaal vir natuurbewaring in hierdie land."

Sy glimlag. "Dan moet dit buitengewone nuus wees."

"Dit is. Ek was pas by 'n nuuskonferensie in Johannesburg, die
minister van omgewingsake het my spesiaal uitgenooi. Sy en die
nasionale polisiehoof was daar."

"Praat, Werner, die spanning maak my dood."

Hy lag verleë. "In kort: die regering gaan aanstaande jaar be-
gin om vyfhonderd van die Kruger se renosters in veiliger plek-
ke te hervestig. Dit sal in kleiner natuurreservate in Suid-Afrika,
Botswana en Zambië wees, waar dit makliker sal wees om die
renosters te monitor. Soos ek kan aflei, is die plan om dit daarna
elke winter te doen."

"Maar wat gaan dit help? Daar's na raming negeduisend renos-
ters in die Kruger. Teen volgende jaar wanneer hulle die vyfhon-
derd renosters verskuif, is daar klaar weer 'n duisend doodge-
maak!"

"Wel, dis darem al 'n stap in die regte rigting . . ."

Sy sug moedeloos. "Ek twyfel. Hoekom moet ons renosters uit
die Kruger verwyder om hulle sogenaamd te beskerm? Waarom
beskerm ons hulle nie eerder ordentlik in die Kruger nie? Dis waar
hulle spesifiek aangehou word en waar derduisende toeriste hulle
jaarliks besigtig. En wat gaan gebeur as die regering uiteindelik
die renosters hervestig het? Dan gaan die stropers se fokus na die
olifante verskuif. Gaan die regering hulle dan ook hervestig? Uit-
eindelik sal ons met 'n wildtuin sonder wild sit!"

"Daar's darem nog ander nuus," sê Werner afgehaal. "Die polisiehoof het aangekondig 'n span speurders gaan in die Kruger ontplooi word. Hulle sal ondersteun word deur polisielede wat opgelei is in die ondersoek na omgewingsmisdade, forensiese kundiges, die lugvleuel, die blitspatrollie en 'n honde-eenheid."

"Dis goeie nuus . . . in teorie. Maar hoeveel van hulle planne het al tot uitvoering gekom? En dié ondersteuning gaan nie veel help as die stropers nog steeds sonder moeite oor die grens Mosambiek toe vlug nie."

"A, dis juis die beste nuus wat ek vir laaste gehou het! Die hele storie gaan as Operasie Hakkejag bekend staan, wat polisielede in staat sal stel om stropers oor die grens te agtervolg en te ondersoek."

"Werner, ek wil nie soos 'n doemprofeet klink nie, maar dit gaan ook nie veel help nie. Dan is ons polisie maar weer uitgelewer aan die korrupte Mosambiekse regstelsel. Die stropers sal daar in die hof moet verskyn om aan Suid-Afrika uitgelewer te word, en dis bekend dat die Mosambiekse stroperbase die landdroste omkoop. Word hulle wel uitgelewer, gaan die sindikate net weer nuwe rekrute kry. Die kern van die probleem lê juis by die sindikaatbase wat veilig in Mosambiek sit."

"Wel, die polisiehoof het gesê daar's 'n moontlikheid dat die sindikaatbase in die toekoms aan Suid-Afrika uitgelewer kan word."

Sy lag amper oor sy naïwiteit, maar bedwing haar. "'n Móóntlikheid? Voordat dit nie 'n werklikheid word nie, sal niks verander nie. En selfs húlle is vervangbaar. Die Oosterse horingmafia is nie neusoptrekkerig oor hulle middelmanne nie."

Toe sy die gehoorbuis neersit, wonder sy hoe vinnig die polisietaakspan hier ontplooi gaan word. As dit wel gebeur, sal dit 'n reusestap in die regte rigting wees, maar sy twyfel of die belofte nagekom gaan word. Sal IESA nog enigsins kan voortbestaan as die Amerikaanse donateurs van hierdie verwikkeling hoor? Sal dit nie die rede wees waarvoor hulle gewag het om al hulle skenker-geld eerder in die Amasone aan te wend nie?

Haar selfoon lui. Dis Gert.

"Slegte nuus. Vier renosters is naby Shingwedzi gestroop, drie is dood. Lyk uit die lug of een nog lewe, maar hy's erg vermink. Hier's niemand van Sanparke in die omgewing nie. Kan jy kom?"

Toe sy agter haar lessenaar opstaan, wens sy die minister en die polisiehoof kon nou saam met haar ry – sodat hulle die wrede werklikheid van die krisis in die Kruger eerstehands kan ervaar.

41

Kassie tel die Unie-seël van 1914 versigtig met 'n haartangetjie op. Hy beskou dit in die lig van die staanlamp op sy lessenaar. Dit was sy beste aankoop by die veiling in Woodstock. Die ander seëls is minder seldsaam, maar vul tog sy versameling van die laat 1950's aan.

Hy beskou die Unie-seël noukeurig, verwonder hom aan die pragtige klein kunswerk. Dan sit hy dit versigtig terug in die boks seëls wat nog gekatalogiseer moet word, bêre die boks in die groot staankluis in sy studeerkamer en sluit dit.

Hy trek sy latekshandskoene uit en gaap. Dit was 'n vermoeiende dag. Ná Da Silva se groot nuus het hy en Rooi tot amper seweuur beraadslaag oor wat hulle nou te doen staan. Kassie moet met Rooi saamstem dat die saak nou "met 'n man se breins smokkel".

Volgens Da Silva het hy net vier verskillende mense se vingerafdrukke in die huis gekry. Bell en die huiswerker s'n was volop, en op die agterdeur was daar twee stelle van Bell se tuinman. Laastens die afdrukke op die voordeur en handvatsel wat ooreenstem met die afdruk op die bril.

Dit beteken daar kan moontlik 'n verband tussen Barnie se ontvoering en die moord op Bell wees, maar dit maak geen sin vir Kassie en Rooi nie. Hulle neem ook maar aan die enkele afdruk op die bril behoort aan die eienaar daarvan: W. Breede. Maar hoekom beland Breede se vingerafdruk op Bell se voordeur?

Kassie het Maria gebel, maar die naam Norman Bell lui geen klokkie by haar nie.

Die inligting op die rekenaar oor Bell se kriminele rekord is ook baie vaag. Die saak dateer reeds van 1985 en die inligting sou eers

jare later op die polisie se moderne sentrale databasis ingevoer ge-
wees het. In die proses moes daar data verlore gegaan het. Dat Bell
vir die onwettige handel in renosterhoring en ivoor vasgetrek is,
strook met sy buurvrou se inligting dat hy 'n grootwildjagter was.
Maar hoekom is hy juis aan Amerika uitgelewer? En waar kom
Breede in die prentjie?

Kassie en Rooi het uiteindelik besluit die beste beginpunt vir
die ondersoek sal wees om meer inligting oor Bell se saak te be-
kom. Hy sal Magrieta môre vra om in die Kaapse Argief deur
1985 se koerante te soek. Die kans is goed dat daar iets oor die saak
in die pers sou verskyn het.

Hy sug. Niemand het gesê 'n speurder se job is maklik nie.

Hy stap kombuis toe en stel die Manie Bodenstein-CD harder
sodat hy dit tot in die stort kan hoor. Dan begin hy uittrek en laat
val sy klere op 'n streep op pad badkamer toe.

* * *

Die minister se nuusverklaring het Musina aan die gons, het Theo-
dore agtergekom toe hy vanmiddag 'n paar inkopies in die dorp
gaan doen het. Vir hom persoonlik is die nuus van monumentale
belang. Hy wil graag glo die regering is dié keer ernstig om strope-
ry stop te sit.

Dit kon nie op 'n beter tyd in sy lewe gekom het nie. Uiteindelik
het hy 'n geldige rede om sy bande met African Curio te verbreek.
Selfs sy pa behoort te besef hulle geldfontein gaan nou vinnig op-
droog. Hoewel hulle vroeër ook in die buurlande gestroop het,
was die Kruger altyd hulle belangrikste bron. Met die nuwe ver-
wikkelinge sal hulle dit eenvoudig nie meer daar kan waag nie,
veral noudat Freedom 'n gemerkte man is.

Sy pa behoort te kan insien dat Theodore nou sy eie koers wil
inslaan. Hy het hom die afgelope nege jaar onder groot spanning

afgesloof hier in die boendoe. Hy is wel buitensporig goed betaal vir sy opoffering, soos sy pa hom gereeld teregwys, maar hy't sy pa in die proses stinkryk gemaak.

Tog weet hy dit sal nie maklik gaan nie. Sy pa sien hom nog as daardie snotkopseuntjie wat hy destyds op jagtogte saamgesleep het. Sy pa het toe 'n taamlik suksesvolle toerismebesigheid in die Kaap bedryf, maar gedurende skoolvakansies het hy oorsese jag-groepe na die noorde geneem vir trofeejag.

Op sy pa se aandrang het Theodore van jongs af saam geskiet. Nie dat hy dit juis geniet het nie, maar volgens sy pa sou hy nooit 'n ware man word as hy nie weet hoe om 'n jaggeweer te hanteer nie. Hy't sy eerste springbok op sewe geskiet, sy eerste eland op agt en sy eerste leeu op elf.

Ná nog so 'n jagtog het sy pa een aand by die braaivuur gesê hy wil ernstig met hom praat. "Jy's nou sewentien, oud genoeg om 'n skuimkop saam met jou outop te geniet," het hy gesê en 'n bier aan Theodore oorhandig.

"Kyk, ek is moeg vir die toerismebesigheid. Mens werk jou dood vir kleingeld," het sy pa begin. "Van volgende jaar af, wan-neer jy klaarmaak met skool, wil ek my hand aan 'n ander be-sigheid waag: Afrika-kurio's. Maskers, skilde, potte en sulke tipe goed. Daar's 'n lekker binnelandse én buitelandse mark daarvoor. Maar ek het iemand nodig om die goed in die noorde te versamel. Dit moet iemand wees wat ek kan vertrou – iemand soos jy."

Theodore was erg gevlei oor sy pa se vertroue in hom. Om da-rem die sleutelman in die nuwe besigheid te wees, so ver weg van die huis! Daarby is hy lief vir die buitelewe en het die hele storie na 'n groot avontuur geklink.

Gou het hy uitgevind dat African Curio net 'n frontonder-neming is vir sy pa se ware besigheid: om miljoene rande uit on-wettige horinghandel te verdien.

Sy besware daaroor het sy pa gou weggepraat. "Net 'n paar jaar, dan kan ek en jy skatryk aftree. Dan lê die wêreld vir jou oop om te doen wat jy wil. Buitendien weet ek baie van renosters af. Voor jou geboorte het ek uitstekende ondervinding opgedoen, wat ons nou goed te pas gaan kom."

Theodore het liewer nie uitgevra oor sy pa se vorige ondervinding nie, en sy pa het nooit weer daarna verwys nie.

Hy was nie opgewasse teen sy pa se indoktrinasie nie, onder meer dat renosters vinniger aanteel as wat hulle doodgaan en dat hulle eintlik "die ekosisteem 'n guns bewys" deur die renosters te verminder. Hy het ingestem om "dié deel van die besigheid" nooit met sy ma of Annie te bespreek nie. Daarby was die vooruitsig van soveel geld 'n lekker geelwortel vir 'n laaitie wat nog nie eers sy eie kar kon bekostig nie.

Hy het aanvanklik hard gewerk om betroubare verskaffers vir die kurio's te kry. Sy pa het hom twee jaar gegee vir die taak en toe moes hy uit sy huurhuis in Musina trek en kom tent opslaan op hierdie lappie grond wat sy pa van 'n ou vriend huur. "Die enigste manier om die risiko te verminder, is om onder die mense se oë uit te kom," het sy pa gesê.

Hy, sy pa en Wolf Breede het die skag gegrawe, vir Freedom-hulle gewerf en begin met die stropingsoperasies. Aanvanklik het hulle soms vir Freedom-hulle vergesel, maar mettertyd het sy pa hom onttrek om African Curio se binnelandse winkels en die uitvoerbesigheid as dekmantel in Kaapstad te vestig. Wolf het 'n jaar later Kaap toe verhuis om sy pa daar "met veelvuldige takies" te ondersteun. In dieselfde tyd is West aangestel as "skakelman" en personeelbestuurder.

Nou, nege jaar later, het Theodore amper een-en-twintig miljoen rand in 'n Switserse bankrekening. En hy het sy trouvrou ontmoet. Die tyd het aangebreek om te doen wat hy wil, soos sy pa hom 'n dekade terug so plegtig belowe het.

Gisternag het Freedom-hulle hom besoek. Hy het hulle opdrag

gegee om oor die grens te verdwyn en het van sy eie geld gebruik om vir elkeen 'n vet bonus te gee omdat hulle hom nie verklap het nie. Hulle is met breë glimlagte hier weg.

Nou is hy oor die eerste hindernis om African Curio agter te laat en sy eie lewe te lei.

42

Toe Kassie kolonel Ruyter bel met die nuus dat kaptein Paulse
en twee van die Nuweland-stasie se konstabels by die taakspan
in Mitchells Plain gaan aansluit, protesteer Ruyter dat alles onder
beheer is en dat hulle nie versterkings nodig het nie. Uiteindelik
moet brigadier Filander ingryp en daarop aandring dat die Kwaai
Koeries-saak 'n gesamentlike operasie van Nuweland en Mitchells
Plain word.

"Dit sê net vir my die donners het hulle eie agenda," sê Kassie
vir Rooi.

Rooi knik. "Met Pollie daar behoort ons darem nou die ont-
voerders in lewende lywe te kry."

Kassie kyk vir die soveelste keer ongeduldig op sy horlosie.
"Wonder wanneer kom Magrieta?"

Sy is al die hele oggend by die Kaapse Argief. Sy't vroeër gebel
en 'n boodskap gelos dat sy al iets oor Bell se hofsaak gekry het,
maar dis net 'n enkele berig, sy sal verder soek.

Kassie het intussen Bell se buurvrou gebel en haar die oogkun-
dige se beskrywing van W. Breede gegee, maar sy het nooit so 'n
man by Norman Bell gesien nie. Uit desperaatheid het Kassie toe
ook haar eksman gebel om te hoor of hy dalk iets meer van Bell
weet. "Nooit regtig met hom gesels nie," het die man botweg gesê.

Die bure aan Bell se ander kant het nie eers sy naam geken nie,
en volgens die huiseienaar sou hy Bell nie herken het as hy hom
in die straat raakgeloop het nie. "Klink na 'n regte ou kluisenaar,"
het Rooi opgemerk.

Intussen het luitenant Loubser laat weet dat hy toegang tot Bell
se skootrekenaar gekry het, maar dat dié nie baie aktief met e-pos-
se was nie. "Net 'n paar navrae aan verskaffers van houtolie en 'n

paar restourasieplekke, maar geen persoonlike boodskappe nie. Verder het hy op geweer-websites geboer, en hier en daar sekssites met kaal girls besoek."

Die patoloog se voorlopige verslag het ook geen nuwe insigte gebring nie.

Kassie stoot die dossier terug en staan op. "Ek gaan gou 'n dampie slaan," sê hy vir Rooi, maar steek viervoet vas toe Magrieta op hulle afpyl.

"Bly om jou te sien!" sê hy.

Daar's 'n ligte blos op haar wange, wat gewoonlik goeie dinge beteken.

"Jong, Kas, ek kon nie die wêreld se inligting kry nie, maar in die enkele berig wat ek kon opspoor, is daar twee name wat julle opgewonde behoort te maak." Sy trek 'n vel papier uit haar tas. "Ons meneer W. Breede feature daarin, en ook die ou wie se dogter nou die dag ontvoer is . . . Montgomery . . ."

"Montgomery Smith!" sê Kassie.

"Bliksis!" sê Rooi.

Magrieta oorhandig die fotostaat met 'n breë glimlag.

Die Burger, 14 April 1985

SA man aan VSA uitgelewer oor renosters

Deur ons hofverslaggewer

KAAPSTAD. – Die hooggeregshof hier het vandag beslis dat Norman Bell, 'n Suid-Afrikaanse burger, aan die Verenigde State van Amerika uitgelewer sal word sodat hy daar verhoor kan word.

Dit volg op 'n dringende aansoek van die FBI vir die onmiddellike uitlewering van Bell nadat hy vroeër deur die Suid-Afrikaanse owerhede geïdentifiseer is as die baasbrein van 'n sindikaat wat met renosterhoring en ivoor smokkelhandel dryf. Twee Amerikaanse burgers is reeds in verband met dié bedrywighede in Chinatown, New York in hegtenis geneem. Volgens die FBI kom die onwettige horings en ivoor van Suid-Afrika.

Vroeër vanjaar het die FBI beweer dat die Suid-Afrikaanse Weermag ook by die smokkelaktiwiteite betrokke was. Die Verwey-kommissie onder voorsitterskap van regter Attie Verwey het egter bevind daar steek geen waarheid in die bewerings nie.

Aantygings wat Montgomery Smith, 'n Kaapse sakeman in die toerismebedryf en 'n kolonel in die reservewemag van die SAW, en Wolvaardt Breede, 'n staandemaglid van die SAW, by die saak betrek, is deur die kommissie weerlê. Die kommissie het bevind dat hulle "bloot pionne in die hande van Bell" was.

In die pas afgelope hofsaak het dit duidelik uit Smith en Breede se getuienis geblyk dat hulle geen kennis dra van die smokkelbedrywighede nie. Volgens Smith het Bell se optrede wel verdag voorgekom tydens 'n wettige jagekspedisie wat deur Smith se maatskappy gereël is.

Bell sal môre aan FBI-agente in Kaapstad oorhandig word. Hy is 34 jaar oud, ongetroud en is 'n bekende grootwildjagter. Hy het verskeie oorsese en plaaslike jaggeselskappe in Noord- en Oos-Transvaal gelei.

* * *

Montgomery stoot die deur na die hoewehuis se tweede slaapkamer oop. Oorkant teen die muur lê ses-en-tagtig renosterhorings opgestapel.

Phan Can Dung se oë rek groot. "It's velly, velly many," prewel hy en lek oor sy lippe soos 'n hond wat 'n been sien.

"Yes, velly many." Montgomery draai na West en Wolf. "Sort julle die details met Phan Can Dung uit van hoe, waar en wanneer ons die goed in sy kratte kan verpak."

Hy stap uit en gaan sit op die enkele stoel in die sitkamer. Steek 'n sigaar aan en trek die rook diep in. Dis moeilik om op belangrike sake te konsentreer as hy ontsteld is. En ná vanoggend se telefoongesprek met Theodore is hy fókken ontsteld.

Hy't nie geweet sy seun is so ruggraatloos nie. Theodore was sy een spanlid wat nog altyd vir homself kon dink, wat groot deursettingsvermoë aan die dag gelê het om sy job ordentlik te doen ondanks druk en volgehoue spanning.

En nou skielik begin hy hom gedra soos die lamsakkige Graeme West.

"Jy skrik vir koue pampoen, Theodore!" het hy hom vanoggend toegesnou. "Van wanneer af het 'n regeringsverklaring enigiets beteken? Die bliksems sal oor 'n jaar of twee eers georganiseerd genoeg wees om enigsins 'n bedreiging vir stropers te wees. Dink jy hulle gaan met 'n vingerklap skielik 'n formidabele taakspan in die Kruger ontplooi? In their fokken dreams, ja! Intussen gaan daar 'n helse geleentheid vir ons verlore. Ons moet juis nou hard en aanhoudend slaan terwyl hulle nog 'n taakspan bymekaar skraap."

Toe kom Theodore met die storie dat Freedom-hulle oor die grens verkas het en dat hulle buitendien nou gemerkte manne is.

"Dis bullshit en jy weet dit! Al wat dit beteken, is dat hulle nie meer onder die dekmantel van houtvoorsieners kan opereer nie. Maar niks en niemand keer hulle om soos voorheen via die Mosambiekse grens die Kruger binne te kom en hulle werk te doen nie."

Maar dit was eers toe Theodore sy laaste troefkaart speel dat Montgomery besef het hy het ernstige probleme.

"Pa, ek is moeg vir hierdie job. Ek het my kant die afgelope nege jaar gebring. Nou is dit tyd om halt te roep. Ons is albei skatryk, ons het nie nodig om nog kanse te waag nie. Ek wil nou my eie lewe begin lei."

"Jy verspeel 'n gulde geleentheid, Theodore! Ek sal jou cut groter maak. Hou nog net vir die volgende jaar uit."

"Ek stel nie belang nie, Pa. Ek het buitendien iemand ontmoet saam met wie ek 'n toekoms wil bou. En hoe vinniger ek daarmee begin, hoe beter gaan dit vir my wees."

En dít, weet Montgomery, is die kruks van die hele saak. Dis die donnerse bewaringsvrou wat sy seun die pad byster laat raak het.

Hy teug lank aan die sigaar, blaas die rook peinsend in 'n dun strepie voor hom uit. Hy sal iets daaraan moet doen. 'n Verdomde vrou gaan nie sy onderneming laat ontspoor nie.

43

"Wat maak jy van hierdie storie, Kassie?" vra Rooi.

"Ek dink nog . . ." Kassie lees die koerantberig weer. "'n Mens kan maklik wilde afleidings maak. Ons sal moet koelkop bly en die storie eers deeglik deurdink."

"Wel, ons weet moontlik nou wie W. Breede is . . . Wolvaardt. Wat 'n naam!" Rooi lag. "Klink amper of iets skeefgeloop het met sy dooppapiere."

"Ek wonder of Breede en Smith nog met mekaar kontak het," sê Kassie. "Indien dit die geval is, het ons minstens 'n beginpunt."

"Ek kan vir Torretjie bel. Dalk sal haar bestuurder weet of hulle tjomme is."

Kassie sug. "Die kans is maar skraal. Die bestuurder kon ons nie help met Barnie nie, maar probeer tog maar. Sê net vir Torretjie sy moet subtiel uitvis. Ons wil nie nou vir Breede op sy hoede stel nie."

Rooi haal sy selfoon uit en bel.

Kassie glimlag toe hy hoor hoe Rooi sy opdrag gee.

"Tor, sê vir jou bestuurder 'n man het by jou in die winkel na-vraag gedoen oor ene Wolvaardt Breede. Hulle is ou kennisse en hy wil weet waar Breede deesdae bly. Die man weet Breede en Montgomery Smith is goeie vriende, dis hoekom hy by African Curio navraag doen."

Nie 'n baie waterdigte navraag nie, dink Kassie. Hoekom sou die man nie sommer by Smith self oor Breede uitgevind het nie? Maar hy laat dit gaan.

"Raait, Torretjie sal hom sommer nou vra," sê Rooi tevrede toe hy die verbinding verbreek.

Kassie knik. "Jy weet, hoe meer ek aan die hele storie dink, hoe meer vrae ontstaan. Ons weet nou Breede en Smith het mekaar destyds geken. Ons weet ook Breede was betrokke by Barnie se verdwyning én hy was by die vermoorde Bell se huis. Barnie het vir Smith gewerk, en Smith en Breede was getuies in die hofsaak wat Bell se doppie geklink het. Is daar dalk 'n verband tussen Barnie en Bell?"

Rooi frons. "En is daar 'n verband tussen dié twee voorvalle en die ontvoering van Smith se dogter? Dalk was Breede ook daarby betrokke."

"Ja, ek het self daaraan gedink. Dalk is Breede niemand anders as Deep Throat nie. Dalk wou hy wraak neem op Smith oor iets wat tussen hulle gebeur het. Ontvoerings is blykbaar sy ding, hy't Barnie immers ontvoer."

Rooi se selfoon lui. "Torretjie," sê hy.

Hy luister aandagtig. 'n Verbaasde uitdrukking verskyn op sy gesig. "Is jy seker? . . . Dankie, Tor, jy't ons 'n helse favour gedoen!"

Rooi glimlag van oor tot oor toe hy die selfoon dooddruk. "Die bestuurder sê daar werk al jare 'n Wolf Breede by African Curio se hoofkantoor, maar hy weet nie waar Breede bly nie. Hy sê die paar keer wat hy met Breede gesels het, het dit nie geklink of hy en Montgomery Smith juis groot pelle is nie. Smith is skynbaar maar 'n ongeskikte bliksem met sy werknemers."

"Fokkit!" sê Kassie verstom. "Dis 'n interessante wending dat hy by African Curio werk!"

"Dit beteken Breede kon agter die ontvoering van Smith se dogter gesit het."

"Ja . . . maar dit bly net 'n raaiskoot."

"Bliksis, Kassie, Torretjie werk dalk saam met 'n gewetenlose kroek! Ons sal nóú met Smith moet gaan praat oor Breede."

"Nee, dis heeltemal te vroeg daarvoor. Dis net vermoedens, en ons maak nog net afleidings. Smith kan self ook betrokke wees by Barnie en Bell se sake."

"Hy't nie na die tipe ou gelyk wat hom met sulke onheilighede besig hou nie. Ek't nogals van hom gehou toe ons met hom gaan gesels het."

Kassie knik. "Ek ook. Maar hy was erg onbeskof met my toe sy dogter ontvoer is . . . hoewel, in die omstandighede kan mens dit seker begryp."

"Nou wat is ons volgende stap?" vra Rooi.

Kassie tik op die fotostaat in sy hand. "Ons gaan begin deur met regter Attie Verwey te gaan praat. Dalk gee dit ons 'n beter insig van hoe Smith, Breede en Bell by mekaar inpas."

"En as die regter al dood is? Dis gewoonlik oudregters wat sulke kommissies lei, en ons praat nou van dertig jaar gelede."

"Dan kry ons iemand anders wat in die kommissie gedien het. En hulle verslag behoort iewers beskikbaar te wees. Magrieta sal dit gou vir ons in die hande kan kry."

"Jy's seker reg . . ." Rooi lyk bedruk. "Maar ek's eintlik meer bekommerd oor Torretjie se veiligheid. Agter elke fokken draai in hierdie land skuil daar ook deesdae 'n kroek."

"Onthou, jy kan niks oor ons vermoedens vir Torretjie sê nie," maan Kassie. "Dit gaan in haar beste belang wees om niks te weet nie. Bel haar weer en maak 'n storie op oor hoekom jy navraag gedoen het oor Breede . . . sê ons het intussen agtergekom dis nie die Breede na wie ons soek nie."

Rooi se wenkbroue lig. "Wil jy hê ek moet vir haar lieg? Ons het belowe ons gaan nooit vir mekaar lieg nie."

Kassie onderdruk 'n sug. "Jy wil tog nie hê sy moet nou se-nuweeagtig raak oor iemand wat by hulle hoofkantoor werk nie. Onthou, senuweeagtige mense maak foute, hulle tree nie normaal op nie. Ons weet ook nie presies wat die verhouding tussen Torre-tjie se bestuurder en Breede is nie. Dalk kom die storie van haar navraag by Breede uit en dan dink hy sy's 'n polisie-informant."

"Bliksis, ja. Maar onthou, daai leuen kom op jou rekening."

* * *

Vandag konsentreer Natasha vir die eerste keer in vier jaar moeilik op haar werk.

Nie eers die berig op *News24* dat die minister van omgewingsake in die parlement gesê het Sanparke het sedert 2010 meer as driehonderd-en-vyftig renosters aan privaat entiteite verkoop, ontstel haar nie. Sanparke het daarvoor een-en-tagtig miljoen rand verdien, wat glo gebruik word om meer grond vir bewaring aan te koop en vir navorsingsprojekte en gemeenskapsontwikkeling. Normaalweg sou sy 'n bohaai daaroor opgeskop en druk op Werner geplaas het om uit te vind waarom die geld nie eerder vir renosterbewaring gebruik word nie.

Maar vandag het sy nie lus daarvoor nie. Dis asof die afgelope tyd se gebeure haar veggees geblus het. Eers die nuus dat IESA se begroting gehalveer gaan word, toe die hele kabaal oor haar uitlating wat betref die Mosambiekse stroperbase. En nou die nuus dat Freedom en sy makkers nie vanoggend volgens hulle borgtogvoorwaardes by die polisiekantoor aangemeld het nie. Dis net 'n finale bevestiging dat sy die stryd verloor, want hulle is sekerlik oor die grens Zim toe.

Sy skud haar kop, glimlag dan. Of moontlik het haar gebrek aan veggees te doen met die oproep wat sy vanoggend van Theodore gekry het. As sy eerlik met haarself is, moet sy erken daardie oproep oorheers haar gedagtes.

"Wil jy nie dié naweek 'n bietjie saam met my weggaan nie?" het hy met die deur in die huis geval. "Dit sal ons albei goed doen om uit die Musina-omgewing te kom. Jy's buitendien oorwerk, 'n brekie is net die ding om jou batterye weer te laai."

Haar hart het wild begin klop en sy kon nie gou genoeg ja sê nie.

"Afgespreek! Ons gaan sommer na die Safari Lodge daar anderkant Lephalale." En toe sê hy met 'n laggie: "Ons hoef nie na diere te gaan kyk nie, daarvan sien ons genoeg. Maar ek het 'n branden- de begeerte om na jóú te kyk. Een naweek het amper te min ure daarvoor."

44

Kassie is bly Daniels is die volgende twee dae met verlof. Dit verlig die druk op hom en Rooi effens. Soos hy vir Daniels ken, sou dié nou al daarop aangedring het dat hulle Wolf Breede by African Curio in boeie slaan.

Maar daar ontbreek nog hopeloos te veel legkaartstukke. "Niks is ooit so eenvoudig as wat dit lyk nie," het 'n vorige bevelvoerder van hom altyd gesê. Die feit dat Breede se vingerafdrukke op die voordeur van Bell se huis gekry is, is nog geen bewys dat hy die moordenaar is nie. Die bloedspatsels in die gang kan Breede wel met die moordtoneel verbind as dit sou ooreenstem met 'n bloed-monster van hom, maar die motief ontbreek nog. En dís waarna Kassie soek.

Selfde storie met Barnie se saak. Maarman se getuienis gaan in 'n hof maar aan die dun kant wees – dat Breede Barnie in die kar geboender het, beteken nie hulle kan bewys hy was vir Barnie se verdwyning verantwoordelik nie. Kassie moet eers 'n motief soek waarom Breede Barnie sou laat verdwyn. En verkieslik vir Barnie opspoor as hy nog lewe.

Kassie sug. "Ons sal dieper moet krap . . ."

"Wat brom jy?" vra Rooi langs hom.

"Sommer net hardop gedink."

Magrieta se aankoms onderbreek sy somber gedagtes.

"Jong, Kas, ons het probleme," sê sy. "Die drie Verwey-kom-missielede is almal in hul grafte. Regter Verwey is in 1995 oorlede, advokaat Maas in 2001 en generaal Liebenberg verlede jaar."

Rooi kyk op van die dossier voor hom. "Ek sê mos! Dis gewoon-lik ouballies wat in sulke kommissies dien."

"En om alles te kroon is die regter van destyds ook nie meer met ons nie," gaan Magrieta voort. "Hy's kort ná die hofsaak in 'n motorongeluk oorlede."

"Kon jy darem regkom met die verslag?" vra Kassie hoopvol.

Sy skud haar kop. "Ná 'n helse lot navrae vanoggend het ek by die departement van verdediging uitgekom, wat veronderstel is om die verslag by hulle te hê. Ek ken die ou goed wat by hulle argief werk, hy't my al voorheen met navrae gehelp. Hy't nou net teruggebel en gesê die verslag het spoorloos verdwyn. Hy weet nie hoe dit gebeur het nie. Volgens sy rekord is die Verwey-verslag op 2 Junie 1985 by die argief ingeboek, maar daar's nou geen spoor van nie. Die lêer waarin die verslag veronderstel is om te wees is leeg. Hy sê die hele storie slaan hom dronk. Sulke verslae verdwyn nie net nie."

"Skaak-bleddie-mat," sê Rooi. "Wat doen ons nou, Kassie?"

"Ons sal die ou hofrekords moet opspoor."

Magrieta knik. "Maak so."

Net toe sy omdraai, roep Kassie haar terug. "Kyk ook of jy *Die Burger* se hofverslaggewer van destyds kan opspoor, dalk kan dié ons meer agtergrond gee. Verslaggewers is mos van nature snuffelaars."

Die landlyn op sy lessenaar lui.

"Kassie, julle moet Mitchells Plain toe kom," sê Pollie uitasem. "Ons het Koeries en vier van sy manne so pas vasgetrap. Hulle was op die punt om twee van die ouens te skiet. Die uniforms hier voel positief dis die twee ontvoerders. As julle gou spring en die Smith-meisie hier kan kry, kan ons laatmiddag 'n uitkenningsparade hou."

* * *

Montgomery maak sy kantoordeur agter hom toe en bel Riley op sy selfoon. Hopelik is die vent nie gesuip nie, want die Boeing is lankal oor.

"Is jy nog in Musina?" vra hy toe Riley antwoord.

"Ja, maar ek wil vanmiddag nog terugry Pretoria toe. Met Freedom-hulle oor die grens is daar seker niks meer vir my hier te doen nie."

"Jy sal maar nog vir 'n paar dae moet vasbyt. Ek wil hê jy moet jou lyf privaat speurder hou. Ek sal jou natuurlik vergoed vir jou tyd."

Riley huiwer. "Wat . . . wat moet ek doen?"

"Jy moet vir my 'n deeglike verslag opstel oor Theodore."

"Oor Theodore!"

"Jy't reg gehoor. Ek wil hê jy moet onopsigtelik navraag doen by almal daar met wie Theodore kontak het . . . verskaffers, vriende, kennisse. Ek wil 'n volledige verslag hê van sy doen en late. Ook 'n lys van almal met wie hy die afgelope maand kontak gehad het, waar hy in die dorp gesien is, ensovoorts."

"Ek verstaan nie . . . wat is die doel . . ." stamel Riley.

Montgomery vertel hom presies waarna hy soek. "Enigiets, hoe gering ook al, kan help. Die enigste mens met wie jy nié moet praat nie, is die vrou wat by IESA werk."

* * *

The end is near, weet Jackal. Hy's verlig hy lewe nog, maar hy besef dis op borrowed time.

Toe Kwaai se manne hom vanoggend by antie Katie se huis kom uitpluk en met hom en Dampies quarry toe ry, het hy geweet wat kom. Hy was destyds by toe Riempie Februarie 'n bullet deur die kop gekry het by die einste quarry.

Kwaai het hom en Dampies eers sleg uitgekak, tot die see hulle nie kon afwas nie. Toe vat hy die gun by Dada. Jackal het sy oë toegemaak en gebid die Here moet hom al sy sondes vergewe terwyl hy voel hoe sy pis teen sy bene afloop.

En toe kom die geskree. Toe hy sy oë oopmaak, was die cops all over the place, hulle guns op Kwaai geaim. Hulle het hom en Dampies in een vangwa gebliksem en Kwaai-hulle in 'n ander een.

Nou staan hy hier in die Plain se cop shop opgeline vir die identification parade en wag virrie doodskoot. Hy't gesien toe die chick in die gang verbyloop, sy't ewe vir die cops gesê sy sal hulle eye to eye uittjek, sy nodig nie die venster nie. Sodra die chick hom gespot het, gaan Pollsmoor sy voorland wees. En dis waar Kwaai sy revenge gaan vat. Die authorities kan nou maar al sy death certificate uitskryf.

Jackal kyk vinnag teen die ry af. Hy's bly hy staan oppie verste punt. Dis eers Kwaai, dan Dampies, Adnaan Mentor, Dada, Bruno Isaacs en dan hy. 'n Konstabel skrou hulle moet hulle hemde uittrek.

Die chick kom saam met 'n sarge ingestap. Sy gaan staan voor Kwaai, skud die kop en loop na Dampies. Sy gee 'n evil smaail en stamp met haar voorvinger teen sy chest. "Beslis dié een," sê sy vir die sarge. "Ek onthou daai tatoe van die arend op sy bors. Ook die skedel op sy voorarm. Dis hy wat my wou verkrag."

By Adnaan, Dada en Bruno stop sy skaars, skud net die kop.

Jackal se bene rattle toe sy voor hom stop. Sy tjek hom goed uit. Hy kan in haar oë sien sy recognise hom.

"Beslis nie hy nie." Daar's 'n faint smaail op haar gesig.

"Dit wás hy," mompel Dampies.

"Sjarrap, jy!" skree die sarge. Hy kyk puzzled na die chick en beduie na Jackal. "Is jy doodseker dit was nie dié klong nie?"

Sy knik. "Doodseker. Ek het die ander een se gesig gesien, en dit was definitief nie hierdie ou nie."

Sy loop saam met die sarge uit.

"Hanne agter julle rûe!" skree die konstabel.

Jackal hoor hoe die boeie op die ry af toeklap om die wrists.

Die sarge kom terug. "Ons sal daai een moet laat gaan," sê hy vir die konstabel. "Ons het niks evidence om hom hier te hou nie."

Die sarge kyk kwaai na Jackal. "Toe, laat jy loop. Maar onthou, ons gaan jou van nou af uittjek. So lig trap, my tjommie."

Jackal voel hoe rattle sy hele lyf nog toe hy al way in die straat af is. Daai was mos nou 'n miracle! Hy sny by 'n kafee in en koop 'n Coke met die laaste pitte in sy gatsak. Hy nodig nou sugar om hom te stabilise.

Hy smyt die leë bottel weg en jog oor die straat om by Pick n Pay te kom waar sy kar staan. Op die hoek by die robot skrik hy sy gat af toe 'n cop car langs hom stop. Die chick sit langs die cop. Sy sien hom.

Toe die robot groen slaat en die cop wegtrek, knipoog sy vir hom.

45

Om 17:54 word Joseph Dampies deur 'n konstabel by Mitchells Plain se ondervragingskamer ingeboender. Kassie bekyk die groot, breedgeskouerde kêrel wat ongeërg in die stoel oorkant hom neerplof en sy bene luilekker voor hom uitstrek. Met só 'n gesig sal die man nogal goed werk in 'n rillerfliek, dink hy.

"Sit regop," beveel kolonel Ruyter, bevelvoerder van die Mitchells Plain-stasie.

Dampies ignoreer die opdrag, grou met 'n vinger in 'n neusgat, beskou die vonds aandagtig en smeer dit dan aan sy vuil jeans af. Hy kyk uitdagend na die kolonel.

"Kyk, ou Joseph, as jy saamwerk, sorg ek persoonlik dat jy baie korter as die ander sit," sê Ruyter gemoedeliker. "Ons is eintlik agter Kwaai aan. Hoe meer jy ons help om hom te nail, hoe korter sit jy."

Dit laat Dampies se houding verander. Hy knik instemmend en skuif regop. "Net virrie record," sê hy, "ek wou nie daai chick rape nie. Sy praat kak. Sy't ook gelieg oor Jackal. Hy was saam met my by die huis."

Die laaste stelling moet Kassie hom toegee. Hulle het die uitkenningsparade deur die eenrigting-glasvenster dopgehou en hy kon sweer Annie Smith het die maer enetjie op die punt herken. Hulle was almal verbaas toe sy haar kop skud. Ná die parade het hy vlugtig met haar gesels, maar sy't volgehou dit was nie die ander ontvoerder nie.

"Sy lieg vir ons, Kassie," het Pollie gefluister voor hy haar met die diensmotor huis toe geneem het. "Daai bossiekop is nie verniet saam met die grote gruisgat toe gevat om geskiet te word nie."

Kassie kon net sy skouers ophaal. "As sy sweer dis nie hy nie, is daar nie veel wat ons daaraan kan doen nie. Dis in any case nou Mitchells Plain se saak."

Kolonel Ruyter sit vorentoe op sy stoel. "Ons is nie hier om 'n rape case teen jou oop te maak nie, Dampies. Ons wil net weet of Kwaai jou opdrag gegee het om die girl te ontvoer."

"Hy het," sê Dampies. "Ek kon nie nee sê nie. Mens sê nie nee vir Kwaai nie."

"Wat weet jy van Deep Throat?" vra Kassie.

"Dis die ou wat vir Kwaai betaal het om die chick te kidnap."

"En jy't hom nooit gesien nie?"

"Nei. Hy't die hele ding met Kwaai oorrie phone georganise."

"Hoeveel het hy Kwaai betaal?" vra Ruyter.

"Ek weetie. Dit was 'n moerse klomp cash. Ek't dit nie gecount nie, maar Kwaai het gesê dis fifty K op 'n slag."

"Op 'n slag? Wat bedoel jy?" vra Kassie.

"Deep Throat het eers 'n deposit van fifty K neergesit en toe nog fifty K betaal toe ons die chick gekidnap het. Kwaai sou nog fifty K kry as ons haar two weeks later weer safely by haar huis gaan deposit het."

Kassie knik. Dit klop met wat die ander ontvoerder vir Annie Smith gesê het.

"Deep Throat se instructions was dat sy goed moet eet," voeg Dampies by. "Ons moes vi' haar drie meals 'n day maak."

Ook dit bevestig Kassie se vermoede dat dit nie 'n gewone ontvoering was nie. Deep Throat wou seker maak Annie word goed behandel. Die ontvoerders het selfs vir haar klere gekoop, en ontvoerders is nie gewoonlik so bedagsaam nie. Daar moes 'n heeltemal ander doel met die ontvoering gewees het . . . Om iemand anders te laat ly? Smith? Sy vrou? Kan Deep Throat Breede wees? wonder hy. Dalk selfs Norman Bell? Is dít die rede hoekom hy vermoor is? Dalk het Barnie vroeër vir Smith afgepers namens Bell? Of namens Breede?

Kassie skud sy kop. Hy hardloop dinge nou vooruit.

* * *

"Dis niks anders as dwarsboming van die gereg nie!" sê Petronella geskok. "Hoekom het jy dit gedoen?"

Annie lag. "Was dit nie vir daai outjie nie, sou ek verkrag gewees het. En ek kon sien hy't eintlik 'n goeie hart. Hy was altyd besorg oor my."

Montgomery vind die hele storie amusant. Tipies Annie om so iets aan te vang. Sy aard na hom. Het meer balls as wat Theodore ooit sal hê.

Petronella vererg haar toe sy sien hy lag. "Jy sal met die polisie daaroor moet praat. Annie kan nie vir hulle wil lieg nie!"

"Ag, los die hele storie, Petronella," paai hy. "Die polisie gaan niks wyser word as hulle hom ook vastrek nie. Hy't maar net die opdrag van een of ander skarminkel uitgevoer. Buitendien, hy't hom darem oor ons dogter ontferm."

"Dis op julle twee se gewete," sê Petronella stuurs en loop.

Annie kyk haar ma agterna en skud haar kop. "Altyd tog so korrek."

Montgomery glimlag tevrede. Dis duidelik die ontvoerders weet niks van Deep Throat nie – sy vinnige navraag vroeër by die polisie het dit bevestig. Daar moet hy vir Bell punte gee: niks kan na hom as opdraggewer teruggespoor word nie. En dit pas Montgomery soos 'n handskoen. Dinge kan lelik raak as Bell se dood met Annie se ontvoering verbind word.

Hy staan op en strek behaaglik. Gelukkig is die saak in die hande van daai versukkelde kapteintjie en sy koddige handlangertjie. Hy sal geen slaap verloor solank daai twee losers aan die stuur van sake is nie. Die verlaagde standaarde van die SAPD werk deesdae mooi in sy guns.

* * *

Riley stap teen skemer met 'n glimlag by die groot stoor uit. Hy't nou dringend 'n dop nodig om sy sukses te vier. Montgomery gaan in sy noppies wees.

Maar hy gaan Montgomery nie nou al inlig nie. Dit sal dom wees. So oor 'n dag of twee dalk. Hy word immers vir sy tyd betaal en hy gaan seker maak hy eis genoeg ure. Hy't die geld nodig. Om nou al te laat blyk dat hy die jackpot gestrike het, gaan net sy beursie knou.

Hy kan steeds nie sy geluk glo nie. Toe hy vanmiddag hier instap vir sy eerste afspraak as sogenaamde privaat speurder het hy nie veel hoop gehad nie. Carina Vosloo het bevestig dat sy maskers aan African Curio verskaf toe hy homself voorstel as 'n konsultant wat namens die maatskappy kwaliteitkontrole doen. "African Curio doen dit maar so van tyd tot tyd om 'n onafhanklike mening te kry oor die doeltreffendheid van hul werksaamhede."

Dit was dadelik duidelik dat die vrou nie tevrede is met African Curio nie.

"Ek hou nou al vir langer as 'n week honderd-en-vyftig unieke Afrika-maskers vir Theodore uit," het sy gekla, "maar hy't nog nie eers die moeite gedoen om te kom kyk nie. Ek het al 'n klomp boodskappe op sy foon gelos. Dit terwyl ander kopers my soebat vir die maskers. Ek ken Theodore nie só nie. Hy reageer altyd vinnig."

"Hy's ook maar besig," het Riley effens wal gegooi vir sy kliënt soos dit seker 'n konsultant betaam. "En deesdae is sy kop boonop vol muisneste."

Sy het verbaas na hom gekyk. "Wat bedoel jy? Oor die muisneste?"

Hy het verleë gelag. "Ek't gedink die hele dorp weet al daarvan. Hy's mos nou in 'n verhouding met die vrou wat by IESA werk."

Die skok op Carina Vosloo se gesig het gewys hy't 'n aar raakgeboor. "Het jy dit nie geweet nie? Die tweetjies boer blykbaar by mekaar," het hy bygevoeg.

"Dis . . . dis seker net stories," het sy wit in die gesig gesê. "Ek en Theodore was 'n week gelede nog in . . . in 'n soort verhouding."

Sy moes die ongeloof op sy gesig gesien het.

"Ek het al by hom in sy tent oornag," het sy verduidelik terwyl trane in haar oë opwel. "Ons ding het maar nog net begin . . ."

Hy het dadelik besef hier's 'n geleentheid wat selfs Montgomery nie kon voorsien het nie en sy brein het oortyd gewerk.

Hy het sy hand vaderlik op haar skouer gesit. "Kan ek jou iets baie vertroulik vertel? . . . Theodore se pa is vreeslik ontsteld oor dié verhouding, hy sê die IESA-vrou het baie geraamtes in die kas waarvan Theodore nie weet nie. Sy pa sal wát wil gee om hulle verhouding op die rotse te sien. Dalk kan jy ons daarmee help?"

Sy het haar trane afgevee en gretig geknik.

Riley glimlag toe hy agter sy kar se stuurwiel inskuif. Hy sal die beplanning van die operasie aan Montgomery oorlaat, maar hy's doodseker Carina Vosloo sal meer as 'n gewillige deelnemer wees. Die vrou is smoorverlief op Theodore.

46

Trevor Hansen het Kassie se Kaapse driehoeke, die grand prix-tro-
fee en 'n swierige sertifikaat met sy naam in goue sierskrif ná werk
persoonlik kom aflewer. Hy moet toegee: hy was beïndruk met
die deeglike verpakking.

Hy kon nie gou genoeg afskeid neem van Trevor nie. Toe het
hy die seëls een vir een onder die vergrootglas bestudeer. Tot sy
verligting kon hy geen skade bespeur nie. Hy't die seëls saam met
die trofee in die kluis gebêre. Die sertifikaat sal hy raam en in die
studeerkamer ophang. Nee, eerder in die sitkamer. Dis te wegge-
steek in die studeerkamer; sy besoekers kom nooit daar nie.

Hy gaap en stap slaapkamer toe. Hy's pootuit vanaand. Dit was
'n lang dag en 'n harde week.

Terug by die Nuweland-stasie van Mitchells Plain af, moes hy
Rooi eers kalmeer. Dié wou Breede summier in hegtenis neem.

"Ná ons onderhoud met daai ontvoerder is ek seker Breede was
die bleddie brein agter alles, Kassie. En ons het genoeg evidence
om sy gat oor Bell en Barnie ook vas te trap."

Kassie weet die feit dat Torretjie by African Curio werk, is die
eintlike rede vir Rooi se haas. Hy's bang sy kan Breede se volgende
slagoffer word.

"Moet nou nie die dam onder die gans se gat wil uitruk nie,
Rooi," het hy gemaan. "Ons het nog te min om op te gaan. Wie sê
Bell was nie dalk die brein agter die ontvoering nie? Dit sou bete-
ken Smith kon ook 'n vinger in die moordpaai gehad het."

"Bliksis, moenie dit sê nie!" was Rooi se reaksie. "Dit beteken
Torretjie werk vir 'n fokken klómp skurke!"

"Bedaar, man, Torretjie gaan niks oorkom nie. Ons het nou al-
bei 'n afnaweek. Kom ons oordink die hele ding rustig en bespreek

Maandag 'n strategie oor hoe ons die saak gaan tackle. Buitendien moet Magrieta nog vir ons die hofrekords kry en die verslaggewer van destyds probeer opspoor. Ek verseker jou, teen die einde van volgende week het ons almal wat daar hoort agter tralies."

Kassie hoop van harte hy's reg. Maar al sy instinkte sê vir hom hulle moenie nou oorhaastig optree nie.

Die oproep wat hy in Mitchells Plain gekry het van Montgomery Smith wat wou weet wat die ontvoerder sê . . . Was dit die natuurlike reaksie van 'n pa wat bekommerd is oor sy dogter of was dit 'n manier om uit te vind wat presies die polisie weet?

Kassie skud sy kop. Hy's al weer besig om wilde gevolgtrekkings te maak.

Hy raak ontslae van sy werksklere, trek sy turkoois sweetpak aan en klim in die bed. Sit die bedliggie af, draai op sy sy en tuur die donkerte in. Al is hy doodmoeg, gaan hy vanaand moeilik slaap.

Ná 'n paar minute sit hy die bedliggie aan en staan op.

Hy stap studeerkamer toe. Hy wil net gou weer na die sertifikaat kyk.

* * *

Sy naweek saam met Natasha oortref Theodore se verwagtings. Hy kon die verbasing op haar gesig sien toe hulle gisteraand by die lodge aankom en sy besef hy't afsonderlike rondawels vir hulle bespreek.

Hulle was albei moeg en ná 'n lang soen voor haar rondawel het hy afskeid geneem en na sy eie rondawel gestap. Dit het ysere selfbeheersing geverg. Sy hele wese het daarna gesmag om die nag saam met haar deur te bring, maar sy gesonde verstand het geseëvier. Hy wil hierdie verhouding op 'n eerbare manier begin en hy wil vir haar wys hy's ernstig. Sy moet nooit dink hy't haar hierheen gebring om net saam met haar in die bed te spring nie.

Vandag het hulle langs die swembad gechill. Oor ditjies en datjies gesels. Haar bikini-lyf het wilde begeertes in hom wakker gemaak. Toe sy hom vra om haar rug en bene met sonbrandolie te smeer en sy hande oor haar ferm vel gly, was dit bitter moeilik om haar nie net daar na sy rondawel te neem nie.

Nou, terwyl hulle in die restaurantjie oorkant mekaar sit vir aandete, moet hy hom inhou om nie bedgedagtes te kry nie.

"Hoe sien jy jou toekoms?" Haar donker oë kyk ernstig na hom. "Jy't nou die aand gesê jy wil in 'n meer beskaafde omgewing gaan nesskop."

Hy knik. "Dalk 'n tydjie in Europa."

Sy trek 'n skewe mond. "Ek het daar gewerk, dis nie so wonderlik nie. Die glitz en die glamour verdof gou as jy daar bly. Niks sonskyn nie, massas mense in die stede, heeltyd 'n dolle gejaag na geld . . . Dit het my begin vang."

"'n Jaar of twee sal seker nie skade doen nie. Onthou, ek's die afgelope dekade al vasgevang tussen bosse met net 'n tent as woonplek. Ek het behoefte aan die liggies van 'n groot stad."

Sy glimlag. "En as ek mag vra: wat wil jy daar gaan doen vir 'n lewe?"

"Ek wil twee jaar lank vakansie hou. Dis iets wat ek myself skuld. Ek het genoeg geld gespaar om dit te kan bekostig."

"Sal jy Afrika kan afsterf? Dalk in Europa aanbly?"

Hy skud sy kop. "Nooit nie! Die bos is in my DNS, ek sal altyd terugkom . . . En ek's darem nie van plan om alleen te gaan vakansie hou nie. Ek sou graag iemand wou saamneem – verkieslik my vrou."

Sy sê niks, streel net met afgewende oë liggies oor sy hand.

"Sou jy jouself vir 'n jaar of twee kan wegskeur van jou werk?" vra hy.

Sy haal haar skouers op. "As jy my 'n tyd terug gevra het, sou my antwoord 'n besliste nee wees. Maar nou is ek onseker oor IESA se toekoms. Ek kan dalk binnekort sonder werk sit. 'n Mens weet nie hoe die Amerikaners gaan reageer ná die minister se aankondiging nie."

"En is dit die enigste rede waarom jy dit sou oorweeg om my aanbod te aanvaar?"

"Jou aanbod?"

Hy lag. "Om saam met my Europa toe te gaan."

Haar oë glinster in die kerslig. "Ek het nie besef dis 'n amptelike aanbod nie."

"Dit is."

"Ek sal daaroor moet dink," sê sy met 'n glimlag.

Ná ete stap hulle hand aan hand na haar rondawel. Sy sluit die deur oop en trek hom saam binnetoe.

Toe hy die deur agter hom toedruk, weet hy al sy goeie voornemens het so pas gesneuwel.

⋆ ⋆ ⋆

Werner Erwee swets toe die telefoon op sy bedkassie lui. Amper middernag. Kan net Tim of 'n donateur wees. Die Amerikaners vee hulle af aan die tydsverskil tussen die kontinente. Hy wil nie eers dink hoeveel keer hy al in die verlede wakker gebel is nie.

Hy's reg, dis Tim. Dié praat vinnig en dringend, gee hom nie veel kans om sy mening te lug nie. Hy sug toe hy die gehoorstuk ná 'n kwartier neersit.

Eintlik behoort hy verheug te wees. IESA was nog altyd net 'n bleddie lastige verpligting in sy lewe. Maar hy kan Natasha nie uit sy gedagtes kry nie. Hoe gaan sy reageer?

Hy staan op, stap kombuis toe en sit die ketel aan. Dit sal moeilik gaan om nou weer te slaap.

Volgens Tim is hy en die donateurs dit eens dat die minister van omgewingsake se aankondiging beteken IESA se rol in Suider-Afrika is uitgedien. Oor 'n jaar van nou af sal IESA sy bedrywighede hier amptelik staak en ten volle op bewaringskwessies in die Amasone fokus. Tim is bereid om Natasha 'n werksaanbod te maak, maar hy sal geen van die ander personeellede kan akkommodeer nie.

Werner skud sy kop. As Tim dink Natasha gaan haar stryd teen renosterstroping laat vaar om 'n klomp bedreigde ape in die Amasone te red, maak hy 'n moerse fout.

47

Daniels reageer presies soos Kassie verwag het.

"Hoekom wag julle nog? Ons het genoeg evidence om die bliksem nou in boeie te slaan!" roep hy uit toe Kassie hom die volle agtergrond oor Breede gegee het.

"Ek soek nog motiewe," sê Kassie. "As ons hom nou in hegtenis neem, gaan hy net sy swygreg uitoefen, 'n prokureur kry en slim redes aanvoer hoekom hy Barnie gekonfronteer het en sy vingerafdrukke en bloed in Bell se huis gekry is. En as hy dit in opdrag van iemand anders gedoen het, gee dit hulle kans om hulle spore dood te vee. Daar's soveel ander moontlikhede wat 'n mens nou moet oorweeg."

"Ek's net bang hy maak nog iemand dood . . . of laat nog 'n mens verdwyn," sê Rooi. "Ons vermoed juis hy kon agter die ontvoering van Smith se dogter gesit het."

"Exactly!" sê Daniels. "Die donner klink na 'n loose cannon. Kan ons regtig bekostig om te wag? Moet julle nie minstens met Smith oor Breede gaan praat nie?"

Kassie skud sy kop. "Smith kan dalk ook betrokke wees."

"Ag, bog, Kassie! Hy sal tog nie sy eie dogter laat ontvoer nie!"

"Ek besef dit, maar Barnie het by Smith gewerk, Breede werk al jare vir hom en Smith het saam met Breede teen Bell in die hof getuig. Sy naam duik net te veel op."

Daniels lyk nie oortuig nie.

"Gee my net agt-en-veertig uur, kolonel. As ons dan nog in die duister rondtas, is ek bereid om toe te gee. Dan kan ons hom in hegtenis neem."

Daniels trek sy oë op skrefies en tuur na die plafon. Ná wat soos 'n ewigheid voel, knik hy. "Oukei, julle het twee dae. Maar moenie met ander kakstorietjies na my toe kom as julle niks nuuts kry nie."

"Dis 'n deal, kolonel," sê Kassie.

Rooi se lip is lank, maar hy steur hom nie daaraan nie. Met Torretjie wat by African Curio werk, dink Rooi nie nou rasioneel nie.

Hulle loop in stilte na die speurders se kantoor.

Op pad na hulle lessenaars keer Da Silva hulle voor. "Julle moet 'n draai by Magrieta maak. Sy't die naam van die hofverslaggewer gekry."

Toe hulle by haar kantoortjie instap, staan Magrieta dadelik op agter haar lessenaar.

"Was dit nou 'n stryd!" sê sy. "Nie één van *Die Burger* se mense weet wie in 1985 die koerant se hofverslaggewer was nie. Gelukkig kon ek die assistent-redakteur van destyds in die hande kry, hy's afgetree en bly op Paternoster. Hy sê die hofverslaggewer was Martin Malan, hy werk nou vir Ads4Results hier in die Kaap. Ek het hulle gebel, maar Malan is nie nou daar nie. Ek het hom darem op sy sel opgespoor. Hy sê hy onthou die saak goed, julle kan môreoggend negeuur met hom by sy werkplek kom gesels."

"Kan hy ons nie vandag sien nie?" vra Kassie.

"Hy's in Johannesburg vir 'n voldag-vergadering. Hy's eers vanaand laat terug in die Kaap."

"En die hofrekords?"

"Daar het ek ook nie goeie nuus nie. Net die regter se uitspraak is beskikbaar, saam met 'n kort opsomming van die hofgebeure." Sy tel 'n vel papier op. "Hier's 'n afskrif soos dit in die hofverslag verskyn. Dit sê boggherol meer as die koerantberig."

"Word die verloop van die hele saak dan nie outomaties gerapporteer nie?"

"Nee, die regter besluit self wat in 'n strafsaak op papier verewig word. In hierdie geval is net die uitspraak gepubliseer. Sorry, ou Kas."

* * *

"Oor vier dae?" Montgomery druk die sigaar in die asbakkie op sy lessenaar dood.

West en Wolf beaam sy woorde soos een man.

"En? Hoe gaan ons dit hanteer?"

"E . . . ons het . . . ons het nog nie die detail heeltemal uitgewerk nie," stamel West.

Montgomery knik. Dit kon hy verwag het. Dit sou 'n donnerse mirakel wees as hulle nou skielik met inisiatief vorendag sou kom.

"Nou waaroor het julle twee poepholle nou die aand met Phan Can Dung gesels? Oor globale aardverwarming?"

West lyk verleë. "Dis . . . dis maar moeilik gewees om sinvol met hom te praat. Sy Engels is mos maar . . ."

"Ag, fok, Graeme, moet nou nie kom kak spin nie! Phan Can Dung praat dalk geradbraakte Engels, maar hy verstaan die taal perfek. Hy's nie verniet 'n diplomaat nie. Die idee was dat julle twee 'n plan aan hom voorlê, nie hy aan julle nie!"

"Ons . . . ons het . . ." begin West, maar Montgomery hou sy hand omhoog.

"Los jou patetiese verskonings en laat maar die dinkwerk aan my oor. Julle twee sal nie 'n fokken kinderpartytjie kan reël nie. Daar sal nie koek of 'n springkasteel wees nie."

Hy leun terug in sy stoel en dink 'n rukkie.

"Raait, hier's dit: oor drie dae sal ons 'n trok moet huur. Ons sal eers die leë kratte by Phan Can Dung moet gaan optel, dan hoewe toe ry, die horings pak en die kratte dadelik terugvat na Phan Can Dung se plek. Hy kan dit dan die volgende dag saam met sy ander kratte op die vragskip kry."

"Dit klink goed," sê Wolf.

Montgomery ignoreer hom. Hy kyk na West. "Ek wil hê jy moet die operasie hanteer. Jy moet die trok huur, saam met Wolf die horings laai en sorg dat dit veilig by Phan Can Dung afgelewer word."

"Reg so, Montgomery," sê West.

"Dis nie al nie. Ek wil hê jy moet saam Hanoi toe vlieg. Iemand moet daar 'n ogie oor Phan Can Dung hou. Onthou, hy kom nie weer terug Suid-Afrika toe nie, hy kan ons maklik bedonner. Jy sal daar moet bly tot al ons geld oorbetaal is."

West lyk benoud. Sy adamsappel spring op en af soos 'n yo-yo toe hy knik.

★ ★ ★

Maandagoggend sukkel Natasha opnuut om op haar werk te fokus. Die beeld van Theodore se lang, gespierde lyf kom elke keer voor haar op as sy na haar rekenaarskerm kyk.

Sy giggel. Hulle het gister nooit uit haar rondawel gekom nie. Dit was asof Theodore wou inhaal op dit wat hy die afgelope tyd misgeloop het. Sy het elke oomblik saam met hom gekoester. Hy is 'n teer minnaar, weet presies hoe om 'n vrou in die bed te hanteer. Gevoelvol, strelend . . . die ritme van hul liefdesdaad soos romantiese vioolmusiek. So anders as haar vorige sekservarings waar die mans haar soos uitgehongerde diere bespring het. Heavy Metal was nog nooit haar ding nie.

Haar gedagtes word onderbreek toe die kantoordeur oopgaan. Werner Erwee.

"Dis 'n verrassing!" groet sy. "Ek het nie geweet jy's op pad nie."

"Hallo, Natasha."

Hy gaan sit met 'n sug oorkant haar. Die diep kepe op sy breë voorkop voorspel niks goeds nie.

"Tim het my seker omtrent middernag gebel . . ." begin hy.

Sy luister stil terwyl hy haar van die gesprek vertel.

"Ek het dit verwag," sê sy toe hy stilbly. "Wat die Amerikaners nie besef nie, is dat dinge in hierdie land baie stadiger gebeur as waaraan hulle gewoond is. Ek het vanoggend weer gelees 'n groep Amerikaners het verlede jaar al aan Sanparke tegnologie beskikbaar gestel om stropers feitlik onmiddellik op te spoor. Die geld om bykomende tegnologie aan te skaf is ook aan Sanparke geskenk. Dis nou omtrent 'n jaar later en daar het nog niks gebeur nie – behalwe die meer as sewehonderd renosters wat dood is. Die minister en polisiehoof se beloftes gaan ook nie gou realiseer nie . . . indien bleddiewil ooit."

Hy knik. "Ek besef dit. Maar die feit van die saak is dat IESA oor twaalf maande sy deure hier gaan sluit. Dis die werklikheid wat ons in die oë moet kyk. Ons sal ons mense daarop moet voorberei sodat hulle kan begin uitkyk vir ander werk en . . ."

Sy hou haar hand op. "Werner, wag. Ek sal ons personeelsake hanteer, maar ek gaan nie nou al tou opgooi nie. Ek het nog twaalf maande oor om 'n verskil te maak en ek gaan elke uur daarvan gebruik."

Sy hoop Theodore sien kans om vir 'n jaar te wag voordat hy Europa toe gaan. Want sy kan nie nóú haar rug op die renosters keer nie. Dit sal 'n lafhartige keuse wees.

48

Kassie kyk om hom rond toe hulle voor Ads4Results se kantoor in Woodstock stop. Lyk of die plek vroeër 'n woonhuis was.

Die ontvangslokaal se liggeel mure hang vol geraamde sertifikate van die agentskap se prestasies. Daar is twee groen leerbanke vir besoekers, 'n glastafel waarop oorsese glanstydskrifte uitgestal is en 'n skelrooi woltapyt vir 'n moderne maar deftige indruk.

Die ontvangsdame lei hom en Rooi oor die blinkgepoetste houtvloer van 'n smal gang na die kantoor van Martin Malan. Op die deur onder sy naam staan *Creative Director*. By hom in die kantoor is 'n blondine met 'n uitsonderlik lae hals.

Malan beduie hulle moet inkom en sit. "Ek is nou hier klaar, dan kan ons gesels."

Kassie bekyk hom onderlangs. Die man moet in sy laat vyftigs wees, kaal kop wat onder die daklig glimmer, blou edelsteen in die regteroorlob, John Lennon-brilletjie laag op die neus en 'n grys spitsbokbaardjie wat op en af wip soos hy praat. Sy Madiba-hemp bevat al die kleure van die reënboog en hang los oor uitgewaste jeans met twee gate onder die een knie. Daar is prentjies van pienk blomme op sy leersandale. Hy wonder wat Daniels van dié kêrel se colour-coordination sou sê.

Kassie merk hoe Rooi nie sy oë van die blondine kan afhou nie. Sy staan langs Malan en leun met haar hande op die lessenaar. Haar borste dreig om uit die hals van die swart toppie te glip.

"Stunning, Kim, absolutely stunning!" sê Malan ingenome oor die ontwerp voor hom. "I'm sure the client will love this." Hy tik haar liggies op die boud. "And tell Roger I'm extremely impressed with his execution of the concept."

Sy knik met 'n glimlag, tel die groot vel papier op en stap uit.

Malan staan op, kom tot by Kassie en Rooi en skud blad. "Koffie?"
Hulle wys die aanbod van die hand.

Malan gaan sit weer agter sy lessenaar en kyk vraend na hulle.
"Hoe kan ek help?"

Kassie gee hom 'n vlugtige opsomming van die ondersoek.
"Die koerantberig van destyds oor die hofsaak was maar skraps.
Ons hoop jy kan ons meer agtergrond gee."

Malan vryf sy hande. "Wel, kaptein, julle het by die regte man
uitgekom. Daai was actually die vreemdste hofsaak in my loop-
baan van vier jaar as hofverslaggewer."

"Hoekom vreemd?" vra Rooi met 'n frons.

"Vreemd in die opsig dat ek voorgeskryf is hoe om oor die saak
verslag te doen. Onthou, dit was nog in die ou Suid-Afrika. Die
Groot Krokodil . . . PW Botha het oor die media gewaak, oor wat
geskryf en nie geskryf mag word nie. Slegs die media is by die
hofsaak toegelaat, niemand anders nie, en ons moes saans ons be-
rigte aan die regter voorlê. Al ons berigte oor die eerste week se
verrigtinge is in die geheel gesensor – glo te sensitief om gepubli-
seer te word." Hy gee 'n siniese laggie. "Alles natuurlik in landsbe-
lang . . . Uiteindelik is net die uitspraak goedgekeur vir publikasie,
met 'n kort opsomming van die getuienis. Die Engelse koerante
het gesê dis 'n flagrante skending van persvryheid en het uit pro-
tes geweier om die uitspraak te publiseer as die geldigheid van die
sensuur nie deur 'n persraad of kommissie beoordeel sou word
nie. Daarvan het natuurlik sweet blou boggherol gekom."

"Waar het die Verwey-kommissie in die storie gepas?" vra Kassie.

Malan snork. "Hulle moes kwansuis eers die FBI-bewerings on-
dersoek, maar hulle was eintlik maar net voetsoldaatjies van die
Groot Krokodil."

"Waaroor het die FBI-bewerings gegaan?" vra Rooi.

"In kort het hulle beweer die Suid-Afrikaanse Weermag was
agter die hele renoster- en olifantstroping. Ook dat die geld uit

die horing- en ivoorverkope aan Jonas Savimbi se Unita-rebelle geskenk is vir wapens in hul stryd teen die anti-Suid-Afrikaanse MPLA-magte in die Angolese bosoorlog."

"En was dit waar?" vra Kassie.

"Vir seker was dit waar! Die SAW-operasie het lelik gebackfire toe die FBI twee Amerikaanse burgers, albei Chinese, in China-town in New York vastrap met 'n hoop horings en ivoor. Hulle het soos canaries begin sing en die Suid-Afrikaanse owerhede het besef hulle gaan moeilik uit dié gat kom. Al oplossing was om 'n sondebok te kry."

"Norman Bell?" vra Rooi.

Malan knik. "Ja, die arme drommel."

"Hoe pas Montgomery Smith en Wolvaardt Breede in die sto-rie?" vra Kassie.

"Smith was hand om die blaas met elke belangrike generaal in die SAW. Hy was self 'n reserwemag-kolonel en ek dink die SAW het hom genader om Operasie Savimbi, soos dit blykbaar bekend gestaan het, te lei. As toeroperateur het Smith gereeld jaggeselskappe na die noorde van die land geneem. Daar het hy Bell, 'n bekende grootwildjagter en skynbaar 'n ou pel, as gids vir die jagtogte gehuur. Dis net vanselfsprekend dat Smith vir Bell by Operasie Savimbi sou betrek, want hy het nie die know-how ge-had om renosters en olifante af te maai nie. Ek vermoed hulle is al twee baie goed betaal."

Rooi se frons verdiep. "En Breede dan?"

"Hy was 'n stafsersant in die SAW en hulle het hom en 'n paar manskappe afgestaan om die vuilwerk vir Smith en Bell te doen. Seker om die horings en olifanttande af te saag en te verpak en sulke tipe shit joppies."

"Hoe het hulle dit reggekry om Bell die sondebok te maak?" vra Kassie.

Malan grinnik. "Smith is 'n uitgeslape skelm. Buiten sy pligte as jagter het hy Bell ook ingespan as kontakman met die twee Chinese in Amerika. Toe die bom daardie kant bars, het Smith net die vinger na Bell gewys. Hy't voor die Verwey-kommissie en in die hof getuig Bell het misbruik gemaak van die jagtogte deur agter sy rug renosters en olifante te skiet, en dat hy die horings en ivoor vir eie gewin na Amerika gesmokkel het. Breede het dit natuurlik in sy getuienis bevestig."

"En hoe het hulle verklaar dat Breede en die ander staandemaglede by die jaggeselskappe betrokke was?" vra Kassie.

Malan skud sy kop. "Maklik – alles in landsbelang. 'n Generaal het voor die Verwey-kommissie getuig hulle het 'n paar staandemaglede aan Smith afgestaan om sy meestal oorsese kliënte teen terroriste te beskerm wat moontlik oor die land se noordelike grens kon kom. Glo om te verhoed dat onsmaaklike internasionale insidente plaasvind. Wat absolute bullshit was, maar goed genoeg vir die Verwey-kommissie om te bevind die SAW is onskuldig."

"Hoe was Smith en Breede se verhouding gedurende die hofsaak?" vra Rooi.

"Hulle was die dikste van pelle. Hulle het gedurig tydens die hofpouses in die gange staan en konkel, ondanks die feit dat getuies nie veronderstel is om met mekaar te praat nie. Ek het later gehoor Breede werk by Smith se curio business en dit verbaas my glad nie. As julle my vra, is daai twee donners steeds met een of ander skelmstreek besig."

Rooi kyk bekommerd na Kassie.

"En wat was die verhouding tussen Bell en die twee getuies?" vra Kassie.

Malan fluit deur sy tande. "Nie goed nie. Jy kon die haat in Bell se oë sien toe Smith en Breede teen hom getuig het. Dit was natuurlik te verstane, want hulle het hom uitverkoop om hul eie gatte te red. Die arme drommel is aan Amerika uitgelewer en het lank daar in die tronk gesit."

Malan leun vorentoe en druk met sy handpalms op die lessenaar. "Laat ek nou vir julle één ding vertel: Smith en Breede is evil bliksems. Smith is so glibberig soos 'n paling en Breede is sy gewillige handlanger wat die strontstrepe agter sy baas se gat skoonvee. As julle enigsins vermoed hulle is betrokke by misdade wat julle nou ondersoek, is julle honderd persent in die kol."

* * *

Montgomery stap op en af in sy kantoor, sigaar in die hand. Riley se oproep het sy stoutste verwagtinge oortref. Hy weet Theodore is nie 'n engel wanneer dit by vroue kom nie, maar dat sy seun twee vroue in dieselfde tyd bed toe sleep, was selfs vir hom 'n verrassing.

Volgens Riley kan Theodore nie ernstig wees oor Carina Vosloo nie. Sy's baie ouer as hy, maar het 'n lyf wat skrik vir niks. Sy, daarenteen, is smoorverlief op Theodore, en sy was vreeslik geskok oor sy verhouding met die IESA-vrou. Die kans is dus goed dat dié ook nie van Carina Vosloo weet nie.

Hy bel die nommer wat Riley hom gegee het. Sy klink verras om te hoor dis Theodore se pa.

Hy verduidelik met 'n lang ompad wat hy van haar verwag. "Alles natuurlik om my seun uit die kloue van daai vroumens te kry."

Ná 'n paar besware, wat hy uiteindelik met 'n groot geelwortel besweer, stem sy in.

"Riley sal jou laat weet wanneer om te gaan," sluit hy af. "En ek betaal jou geld elektronies in jou rekening sodra jy my plan uitgevoer het."

Hy slaan 'n triomfantelike hou in die lug, bel dan vir Theodore. Hy's verlig toe dié dadelik antwoord.

"Is jy in die dorp? Die ontvangs klink goed."

"Ja, ek's by 'n kafee hier."

"Theodore, ek wil hê jy moet vir my 'n groot guns doen. Ons het 'n dringende behoefte aan nog skilde," lieg hy. "Ek het met 'n helse ompad by Utseya uitgekom en hy't twintig van daai groot krygerskilde wat so gewild in die Ooste is. Ek weet dis bleddie ver om te ry, maar kan jy dit môre vir my gaan haal? Jy kan dit sommer Kaap toe koerier. Ek wil nie vir Nolte van hier af laat ry vir twintig skilde nie."

"Ek sal dit seker maar moet doen," sê Theodore met min geesdrif. Hy huiwer 'n oomblik. "Ek wil binnekort Kaap toe kom om met Pa oor my toekomsplanne te praat."

"Ons kan later daaroor gesels," sê Montgomery kortaf. "Kry net eers môre daai skilde."

49

Vanoggend verstryk Daniels se spertyd van twee dae, maar Kassie is vol vertroue dat die kolonel sal saamstem hulle kan nie nou al op Breede toeslaan of Smith konfronteer nie. Selfs Rooi stem met Kassie saam.

Daniels lyk genadiglik ontspanne toe hulle by sy kantoor instap.

"Vertel my van julle gesprek met Malan," val hy met die deur in die huis.

Kassie gee hom 'n vlugtige oorsig.

"Donnerwetter!" sê Daniels verbaas. "En watse afleidings kan julle daarvan maak?"

"Dit bly nog alles raaiskote, maar dis duidelik Bell het rede gehad om wraak te neem op Smith. Ons vermoed hy was Deep Throat wat Smith se dogter laat ontvoer het. Geld was beslis nie sy motief nie, maar eerder om Smith sielkundig te pynig. Smith moes op 'n manier uitgevind het dis Bell se werk en hy't toe sy handlanger Breede gestuur om Bell te vermoor."

Daniels knik. "Dis 'n grondige afleiding. Maar waar pas jou vriend Barnie in die prentjie?"

"Ons glo Smith moet ook 'n aandeel in Barnie se verdwyning hê, Breede het net die vuilwerk vir sy baas gedoen. Kolonel sal onthou Maarman het ons vertel Barnie wou ouens afpers vir geld oor 'n sekere geheim. Hy't hulle gedreig hy sal met dié inligting polisie toe gaan as hulle hom nie betaal nie. Die feit dat Breede vir Barnie ontvoer het, sê net een ding: Smith-hulle is by African Curio besig met iets onderduims, iets waarmee Barnie hulle kon afpers. As jy my vra, is Barnie lankal iewers begrawe."

"Shit, dit klink ook geldig." Daniels se oë trek op skrefies. "En julle wil eers uitvind wat by African Curio aangaan voor julle op Smith en Breede toeslaan?"

"Ja, kolonel."

Daniels lag. "Fok, Kassie, ek ken jou ook soos 'n boek! Maar ek moet toegee, dis seker beter om die ding só aan te pak. Het julle enige idees oor wat by African Curio aangaan?"

"Ja," sê Rooi, "maar dis 'n moerse raaiskoot: renosterhoring en ivoor."

Daniels frons. "Net oor hulle in die tagtigs met renosters en olifante deurmekaar was? Dié afleiding klink nie so geloofwaardig soos die ander nie."

"Dis nie onmoontlik nie," sê Kassie. "Maria Wolhuter het ons vertel Barnie was konstant oorsee vir African Curio se uitvoerbesigheid, merendeels in die Verre Ooste. En dis 'n bekende feit dat die grootste aanvraag vir renosterhoring en ivoor daar is."

"Jy meen Barnie het dit saam met die klomp kurio's vir hulle Ooste toe gesmokkel?"

Kassie knik. "Dit kan wees. Dis ook hoekom Barnie volgens Maria 'n buitensporige salaris ontvang het. Die kurio's alleen kan tog nie só betalend wees nie."

"Maar waar kry hulle die horing en ivoor vandaan?" vra Daniels. "Hier in die Kaap is tog nie renosters en olifante om te stroop nie."

"Presies waar hulle die kurio's vandaan kry: iewers in die noorde van die land."

"Het hulle 'n kantoor in die noorde?"

"Ons is nie seker nie," sê Rooi. "Maar my vrou werk by African Curio se Waterfront-winkel en sy't al genoem dat die maatskappy se vragmotor gereeld voorraad van Musina af bring."

"Werk jou vrou daar?" vra Daniels verbaas.

Rooi knik met 'n beswaarde gesig.

"Maar dan kan sy ons mos met 'n klomp inligting voer," sê Daniels ingenome.

"Sy werk nie by hulle hoofkantoor nie," gryp Kassie in. "Ons wil haar ook nie blootstel aan gevaar nie. As sy begin navraag doen, kan hulle onraad ruik. Dis beter sy weet niks van die ondersoek nie."

"Ja, jy's seker reg. Maar wat is julle volgende stap?"

"Ek en Rooi gaan nou elkeen 'n ongemerkte poelmotor kry en African Curio se hoofkantoor vir die volgende paar dae dophou. Ek gaan Smith agtervolg en Rooi vir Breede. Dalk is ons gelukkig en kom op iets af. Intussen sal ek meer probeer uitvind oor hulle besigheid in die noorde."

★ ★ ★

Natasha staar onsiende na die rekenaarskerm voor haar, haar gedagtes 'n warboel. Sy kon gisteraand sien Theodore is nie ingenome met die nuus dat sy nog 'n jaar by IESA wil aanbly nie.

"Dis juis nou die geleentheid om jou bande met hulle te knip," het hy geprotesteer. "Die feit dat die Amerikaners julle begroting binnekort gaan halveer en oor 'n jaar IESA hier gaan toemaak, wys mos hulle is nie ernstig oor die saak óf oor die mense wat vir hulle werk nie. Hulle verdien jou in elk geval nie."

"Ek kan nie nou my rug op alles keer nie, Theodore. Ek glo ek kan nog tot op die laaste dag 'n verskil maak. As ek nou moet gaan, sal dit buitendien voel soos 'n kaptein wat die sinkende skip eerste verlaat."

"Ja, jy's seker reg . . ."

"Wat is jou haas om jou werk te los en Europa toe te gaan? Byt nog vir 'n jaar vas. Jy's meer as welkom om by my te kom intrek, dan hoef jy nie meer soos 'n grotman te lewe nie."

Hy't geglimlag, maar niks gesê nie. Hy wou ook nie oorslaap nie, want hy moes vroeg vanoggend ry om 'n klomp skilde iewers in Zim te gaan oplaai.

"Bel my wanneer jy veilig daar is," het sy gesê.

"Daar's nie selfoonontvangs nie. Maar ek sal jou bel as ek terug is. Dit kan bitter laat vanaand wees."

"Dis nooit te laat vir my om te weet jy's veilig nie," het sy traag van hom afskeid geneem.

Sy kyk op haar horlosie. Halfelf. Oor 'n halfuur kom Karel Koster haar sien oor die volgende artikel vir sy koerant. Sy't 'n vermoede dit sal gaan oor die minister van omgewingsake en die polisiehoof se aankondiging.

'n Dringende klop aan die voordeur laat haar opkyk. Sy staan agter die lessenaar op en loop soontoe. 'n Ouerige swart man staan voor die deur. Hy lyk senuweeagtig.

"Kan ek help?" vra sy.

"Is u Natasha van der Merwe?" vra hy hoflik.

Sy knik.

"Mevrou moet nou onmiddellik gaan by meneer Smith se plek. Hy's baie siek. Hulle het my gevra om vir mevrou te kom sê."

Sy frons. "Hy's vanoggend vroeg al Zimbabwe toe. Is jy seker dis die regte meneer Smith van wie jy praat?"

"Meneer Theodore Smith," sê hy.

Sy voel hoe sy koud word van skrik. "Wat makeer hom?"

"Ek weet nie, 'n ander man het my die message gegee. Hy't gesê dis urgent. Meneer Smith is baie, baie siek."

Hoekom het Theodore haar nie gebel nie? Sy gryp haar selfoon en skakel sy nommer. Geen antwoord nie.

Paniek klop in haar kop toe sy die Land Rover se sleutels van die lessenaar opraap.

"Wil jy saamry?" vra sy vir die man terwyl sy die kantoor sluit.

Hy skud sy kop.

Sy klim haastig in die Land Rover en trek met tollende wiele weg. In die ry stuur sy vir Karel Koster 'n SMS om hulle afspraak te kanselleer.

Haar gedagtes galop in alle rigtings. Voedselvergiftiging dalk? 'n Hartkwaal waarvan hy nie bewus was nie? Wat dit ook al is, dit moet ernstig wees!

Toe sy voor sy tent stop, sien sy 'n rooi Ford-bakkie onder die akasia ingetrek staan. Dis seker die man wat die boodskapper gestuur het, dink sy. Hopelik het hy al 'n dokter laat weet.

Sy stap die tent vervaard binne. Geen mense nie. Sy hardloop na die afgeskorte deel waar sy bed staan.

En steek vas.

'n Poedelnaakte vrou lê uitgestrek op sy bed. Natasha herken haar onmiddellik: dis die vrou wat Theodore so omhels het by die Sakekamer-byeenkoms. Die beddegoed is omgedolwe en een kussing lê op die grond.

Die vrou kom op haar elmboog orent en gee 'n lang gaap. "Ek neem aan jy soek na Theodore? Hy's vroegoggend al Zim toe."

Sy giggel en strek haar arms voor haar uit. "Dalk nie so vroeg as wat hy beplan het nie." Sy knipoog vir Natasha. "As 'n man soos hy in afsondering bly, is oggendseks verpligtend, sê hy altyd." Sy lag. "En dit nadat die stouterd my amper die hele nag uit die slaap gehou het."

50

Die melk is suur. Kassie het dit al vermoed toe hy sy opstaankoffie drink, maar saam met sy pap is die smaak oorweldigend. Hy skep die pap vies in die asdrom uit. Krap in die koskas, haal die laaste blikkie mielies uit, maak dit met die bliksnyer oop en begin langtand eet.

Voor hy by die kombuis uitloop, sluk hy sy cholesterolpil af met 'n teug uit die Creme Soda-bottel.

Hy steek 'n Lucky Strike aan op pad na die ongemerkte polisie-motor wat voor die woonstel in die straat geparkeer staan. Briga-dier Filander het 'n maand gelede al 'n groot nota op die stasie se kennisgewingbord gesit dat niemand meer onder geen omstandig-hede in polisievoertuie mag rook nie. Dit gaan Kassie vandag be-slis ignoreer. Om 'n hele dag sonder 'n sigaret in 'n kar vasgekeer te sit, sal hom tot raserny dryf.

Hy't klaar gistermiddag 'n voorsmakie gehad van dié sieldo-dende werk, iets wat hy gelukkig lanklaas moes doen. Genadiglik is Kenilworth se nywerheidsgebied 'n maklike terrein om 'n ge-bou onopsigtelik dop te hou; daar staan tientalle karre in die straat geparkeer. Teen halfses het hy gesien hoe Smith met sy BMW by African Curio se perseel uitry en hy't hom op 'n veilige afstand gevolg. Dit het niks opgelewer nie; Smith het reguit na sy huis in Rondebosch gery.

Kassie het 'n ent af in die straat geparkeer sodat hy 'n uitsig op die motorhek het. Teen negeuur het hy Rooi gebel. Dié was nog in Kenilworth.

"G'n teken van iemand wat soos Breede lyk nie, Kassie. Net ná ses het so 'n skraal, ouerige man uit die gebou gekom en gery, maar dit was beslis nie Breede nie."

Hulle het toe maar ooreengekom om uit te skei. Geduld is die sleutel tot sukses in dié game.

Teen tienuur het Rooi gebel en in 'n fluisterstem vertel hy't by Torretjie uitgevis hoe die ou lyk wat destyds die onderhoud met haar gevoer het by African Curio. "Dit klink soos die skraal ou wat ek gesien het. Sy van is West, maar Torretjie kan nie sy voornaam onthou nie."

Vanoggend het Kassie Magrieta al voor brekfis gebel en gevra sy moet begin navraag doen oor African Curio se bedrywighede in Musina. Hy swets. Hy't skoon vergeet om haar te vra om vir hom die nommer te kry van die Valke se wildverwante ondersoekeenheid. Die eenheid is lankal afgeskaal na net 'n hand vol beamptes, maar dit kan nie skade doen om by hulle navraag te doen nie. Dis maar 'n raaiskoot, maar dit kan net wees dat hulle al snuf in die neus het oor Smith. Kassie weet Daniels se geduldslont is bitter kort. Hy gaan binnekort aksie vereis, wat die ondersoek net kan bedonner.

★ ★ ★

Montgomery plaas die gehoorbuis met 'n glimlag terug op die mikkie. Theodore het laat weet hy't pas die skilde met die koerier Kaap toe gestuur. Hy't blykbaar eers tweeuur vanoggend by sy blyplek aangekom en gaan nou verlore slaap inhaal.

Montgomery grinnik ingenome. Dis duidelik dat sy seun nog onbewus is van die klein dramatjie wat gisteroggend by sy tent afgespeel het. Volgens Carina Vosloo was die IESA-vrou sprakeloos van skok toe sy haar kaal in Theodore se bed aantref. Sy's wit in die gesig en sonder 'n woord daar weg.

Hy tokkel selfvoldaan met sy vingers op die lessenaar. Dit sal Theodore 'n les leer! Hopelik sal die einde van sy verhouding met die IESA-vrou hom ook tot ander insigte bring oor sy toekoms.

* * *

Theodore kom voor dooiemansdeur aan. Die nota teen IESA se voordeur sê die kantoor is vandag gesluit weens veldoperasies in die Kruger. Dringende navrae kan gerig word aan Natasha, met haar selfoonnommer daarby.

Hy bel, maar weer antwoord sy nie haar foon nie.

Dis vreemd, dink hy toe hy in sy viertrek klim. Hy wou haar nie laas nag bel nie, maar hy't 'n SMS gestuur om te sê hy's veilig terug. Hoekom het sy nog nie van haar laat hoor nie? Is daar 'n krisis in die Kruger?

Sy sal wel binnekort bel, stel hy homself gerus.

Hy het gister op pad tyd gehad om na te dink oor haar plan om eers in Musina aan te bly en hy't besef hy kan haar nie kwalik neem nie. Buitendien het hy niks anders van haar verwag nie. Sy's 'n vasbeslote vrou met 'n buitengewone passie vir die saak. Hy kan dié ingesteldheid net respekteer.

Hy glimlag. Hy kan nie wag om haar te vertel van sy besluit nie. Haar aanbod om by haar in die woonstel in te trek, gaan hy aanvaar, op voorwaarde dat hulle so gou as moontlik trou. Hy gaan sy bande met African Curio onmiddellik verbreek, maar hy is bereid om sy opvolger persoonlik aan al die verskaffers voor te stel. Dit natuurlik as sy pa met die onderneming wil voortgaan, wat hy eintlik betwyfel. Die wins uit die kurio's is maar karig.

Met renosterstropery is hy finaal klaar. Trouens, hy gaan aanbied om vir die volgende jaar sonder vergoeding by IESA te werk. Natasha is natuurlik onbewus daarvan, maar hy weet meer van stroperbedrywighede as haar hele span saam. En hy's vasbeslote om saam met haar 'n verskil te maak. Dit sal nie vergoed vir sy aandeel in die afgelope dekade se renosterstroping nie, maar dis immers 'n begin om sy ereskuld te betaal.

Hy wil nie eers dink wat sy pa oor dié besluit gaan sê nie, maar dis 'n brug wat hy sal oorsteek wanneer hy Kaap toe gaan om met sy pa oor sy toekoms te praat.

Hy parkeer die viertrek in die skadu en strompel na sy tent toe. Hy kan sy oë beswaarlik oophou. Nou gaan hy 'n hond uit 'n bos slaap.

Toe hy in die bed wil klim, trek die flikkerende rooi liggie van die selfoon sy aandag – die een wat hy altyd gebruik het om met Freedom te praat. Hy tel dit van die bedkassie op en lees die SMS. Dit kom van 'n nuwe nommer van Freedom af en hy wil weet wanneer hulle weer kan begin werk.

Theodore skud sy kop. Die bliksem het natuurlik al klaar sy geld geblaas. Hy skryf terug dat dit nog heeltemal te gevaarlik is, hulle moet laag lê en op sy instruksies wag. Hy sug. Hoe hy van Freedom ontslae gaan raak, weet hy nog nie.

Hy strek hom op die bed uit en bel weer Natasha se nommer. Sy antwoord nie haar foon nie.

*　*　*

Dis 'n helse ver pad Kimberley toe, maar dis Jackal se long walk to freedom. Daarom mind hy nie om teen sixty k's per hour aan te kruie nie. Die Sierra trek maar swaar aan die caravan.

Hy smaail vir Vytjie langs hom. Sy's ook excited oor hulle nuwe future saam. Met haar antie wat in Kimberley bly, het hulle ook 'n dak oor die kop totdat hulle 'n flatjie aangeskaf het.

"Koebaai, Kwaai," prewel Jackal. "Hallo, Doctor Know 2."

"Wat brom jy so by jouselwers?" vra Vytjie met 'n frons.

"Ek brom nie, my darling. Ek dink net ha'dop oor die sunshine en happiness wat vir ons da' lê en wag by die Groot Kloof."

"Gat . . . die Groot Gat," sê Vytjie.

"Ek wiet, ma' dit klink net minder inviting as kloof."

51

Kassie maak die venster groter oop. Vandag gaan hy uitbraai in hierdie kar. Nog nie eers tienuur nie en hy sweet al.

Maar hy's tevrede met hulle vordering. Gister het twee deurbrake opgelewer. Eers het Magrieta laat weet sy het inligting gekry by die Sakekamer in Musina: Theodore Smith is African Curio se verteenwoordiger daar. Hy's die seun van die grootbaas van die onderneming in Kaapstad, wat onlangs 'n skenking van vyftigduisend rand aan 'n natuurbewaringsorganisasie in die omgewing gegee het.

Toe Rooi dit hoor, sê hy dadelik: "Dan het ons die kat aan die stert beetgehad, Kassie. Ons het Montgomery Smith al sommer klaar veroordeel, maar as die maatskappy soveel geld vir bewaring skenk, wys dit mos die ouens is nie sleg nie. Dalk is Breede die enigste vrot appel daar."

Kassie glimlag. Rooi wil nog steeds glo Torretjie werk vir 'n onkreukbare maatskappy, maar hy het sy tjank gou afgetrap.

"Onthou jy daai wapensmokkelaars wat ons vyf jaar terug vasgetrap het wat ook 'n moerse skenking aan die polisie gemaak het? Dit was 'n miljoen rand se mobiele polisiestasies, as ek reg onthou. Hulle het dit gedoen om die aandag af te lei van hul onwettige bedrywighede. Wie sê African Curio volg nie dieselfde strategie nie? Misdadigers se koppe werk baie keer dieselfde."

Kassie staar peinsend voor hom uit. Nou weet hulle ten minste African Curio is aktief bedrywig in Musina. Boonop in die persoon van Montgomery Smith se eie seun – iemand wat hy sekerlik kan vertrou met 'n onwettige onderneming.

Die grootste deurbraak het egter gistermiddag tweeuur gekom. 'n Afgeleefde swart Mercedes het by African Curio se perseel ingery en 'n man het uitgeklim wat honderd persent voldoen aan Maarman se beskrywing van Breede: fris, effe krom rug, swart baard, in sy middelvyftigs.

Rooi het dadelik gebel. "Het jy hom gesien, Kassie? Dis beslis Breede!"

"Ja," het Kassie saamgestem. "Hopelik lei die donner ons iewers heen."

Teen drieuur het Breede gery en Rooi het hom agtervolg. Bietjie meer as 'n uur en 'n half later het Rooi gebel.

"Maklik gewees om hom te agtervolg. Die N1 was bleddie besig, so daar was altyd 'n klomp karre tussen ons. Ook toe hy afdraai op die R44 Wellington toe was daar genoeg karre om veilig op sy gat te bly. Hy't net voor Wellington afgedraai op 'n smal grondpad. Ek staan nou hier op 'n bultjie 'n entjie anderkant die afdraai. Ek kan met die verkyker sy kar sien, dis geparkeer langs 'n ou huis. Die plek lyk maar verwaarloos. Dis meer soos 'n hoewe as 'n plaaswerf."

Teen vyfuur het Smith by African Curio gery. Kassie het hom op die N1 gevolg. Toe Smith op die R44 afdraai, het hy geweet sy vermoede is reg: Smith gaan ook na die plek waar Breede is.

Hy het by 'n padstalletjie stilgehou en Rooi gebel. "Smith is op pad. Kyk of jy iets kan sien."

Rooi het laat weet Smith het gearriveer en dat hy en Breede in 'n rigting weg van die huis gestap het. Hy kon egter nie sien wat hulle doen nie, want daar's groot bome in sy pad. 'n Halfuur later het Smith weer vertrek. Kassie het hom van die padstalletjie agtervolg tot by sy huis in Rondebosch.

Rooi het die hoewe tot laataand dopgehou, maar daar was geen verdere aksie of besoekers nie. Toe die huis se ligte teen tienuur uitgaan, het Rooi die aftog geblaas.

Hulle weet nou waar Breede woon, maar waaroor Kassie wonder, is wat Smith op die hoewe gaan doen het. Dit moet iets baie spesifiek wees as hy al die pad soontoe gery het nadat hy Breede tog vroeër by die werk gesien het.

Kassie vat 'n paar groot slukke van die Creme Soda wat hy ingepak het en steek 'n Lucky aan.

Kwart voor elf. Tyd om te bel. Gister toe hy die Valke se wildverwante ondersoekeenheid in Pretoria gebel het, het 'n junior beampte hom ingelig die bevelvoerder sal eers vandag ná halfelf op kantoor wees.

Hy bel. "Majoor Oosthuizen," antwoord 'n diep stem.

Kassie vertel hom wat die doel van sy navraag is en gee 'n opsomming van die Bell-saak van destyds, die huidige saak waaraan hulle werk en hul vermoede dat Smith en Breede betrokke kan wees by handel in renosterhoring en ivoor.

"Jong, kaptein, geen Smith of Breede is op ons lys van verdagtes nie. Bell is ook aan my onbekend," sê Oosthuizen met 'n sug. "Die groot oortreders in renoster- en ivoorstropery is die Viëtnamese, Thaise en Mosambiekse stropermafia . . . en ons kan nie ons hande op hulle lê nie. En al kon ons, is ons mannekrag te min om operasioneel op te tree of om leidrade na behore op te volg. Een van my mense is juis nou met verlof en 'n ander een is al vir 'n maand in die hospitaal. So dit gaan maar dol hier."

Kassie se moed sak in sy skoene.

"Maar die naam Deep Throat lui wel by my 'n klokkie," sê Oosthuizen. "Dalk wil jy dit sommer self opvolg, want ek gaan nie nou tyd kry nie."

* * *

Montgomery reik na die telefoon op sy lessenaar. "Smith," antwoord hy.

"Theodore sê hy kom volgende week vir ons in die Kaap kuier," sê Petronella opgewonde.

"O, dís nuus. Wanneer het jy met hom gepraat? Hy't vroeër vir my gesê hy gaan nou eers verlore slaap inhaal."

"Shame, hy sê hy sukkel om te slaap." Sy lag. "Klink vir my so al asof daar uiteindelik 'n vrou in sy lewe is oor wie hy ernstig is. Dalk hou sy hom wakker."

"Hy't mý niks gesê nie," sê Montgomery kortaf. "Theodore moet eerder begin fokus op sy werk. Hy's deesdae heeltemal te traag om dinge af te handel."

"Sies vir jou, Montgomery! Die arme kind sloof hom al wie weet hoe lank vir African Curio af. Gun hom die geleentheid om verlief te raak."

"Ek kan nie langer praat nie. Hier's mense by my," jok hy en groet.

Hy staan op agter sy lessenaar en steek 'n sigaar aan. Dat sy eie seun deesdae sy grootste kopseer is, is iets wat hy in sy ergste nagmerries nie kon voorsien het nie.

Hy kyk op sy horlosie. Tien voor elf.

Hy stap na West se kantoor. Dié sit en koerant lees.

"En as jy so fokken rustig op jou gat sit? Ek dag teen hierdie tyd laai jy al kratte by Phan Can Dung se plek."

West kom verskrik orent. "E . . . ek wag net . . . vir Wolf. Hy't gesê hy sal twaalfuur hier wees."

"Ek het jóú mos opdrag gegee om 'n vragmotor te kry, Graeme. Waarom wag jy vir Wolf?"

"Ek . . . ek het die vragmotor nou net gaan haal. Dit staan hier onder in die straat. Maar Wolf . . . moet my met die kratte help."

"Dis fokken leë kratte! Kan jy en Phan Can Dung die goed nie alleen oplaai nie? Buitendien, Wolf sit met 'n seer armpie."

"Phan Can Dung sê dis swaar . . . al is dit leeg. En Wolf sê die skietwond pla hom nie meer nie."

"O fok, behoede my!"

Montgomery kan net sy kop skud toe hy uitloop. Hy't hom deur die jare met 'n spul useless mense omring. En nou het Theodore hom ook nog by hulle aangesluit.

52

Natasha kyk in die badkamerspieël en hou nie van wat sy sien nie. Haar oë is rooi, ooglede dik geswel, gesig wasbleek. Sy kan nie onthou dat sy al ooit voorheen oor 'n man gehuil het nie.

In haar drie jaar by IESA het sy ook nog nooit 'n dag van die werk weggebly nie, maar sy het vanoggend 'n nota op die voordeur gaan plak om te sê die kantoor is gesluit vir die dag. Sy't nie eers die moeite gedoen om Werner te laat weet nie, net vinnig vir Gert ingelig sy het 'n persoonlike krisis. En hom gevra of sy vanaand in sy gastekamer kan oorslaap.

Sy sien nie kans om Theodore te sien nie, en hy sal beslis vanaand na haar woonstel toe kom. Hy't al verskeie kere gebel, natuurlik onbewus daarvan dat sy van die ander vrou weet. Of dalk het dié hom reeds vertel en wil hy haar met liegstories 'n rat voor die oë draai.

Sy spoel haar gesig af en trek haar nat vingers deur haar hare. Sy lyk soos 'n verskrikte spook.

Die trane sit meteens weer vlak en 'n snik stoot in haar keel op.

Sy was so seker sy kan hom ten volle vertrou. Hoe verkeerd was sy nie!

Terwyl hy hom so lank by haar kuis gehou het, moes hy daai vrou seker gereeld bygekom het. Wat seerder maak as enigiets anders, is dat hy dit steeds doen. Selfs ná hulle wonderlike naweek saam, waar hy haar indirek gevra het om te trou.

Sy skud haar kop. Mans is almal dieselfde – wolwe in skaapsklere. Gebore bedrieërs. Theodore verskil geensins van die gladde Romeo's van die modelwêreld wat sy so verag het nie. Sy was so bleddie naïef om te glo hy's anders!

Wie het vir haar die boodskap gestuur wat haar na sy kamp laat ry het? Iemand op die dorp moes geweet het hulle het 'n verhouding én dat hy haar met die ander vrou verneuk. Sy't al haar kop gebreek, maar sy kan aan niemand dink nie. Dalk Gert? Sy't hom vlugtig vertel sy sien Theodore gereeld. Nee, dit kan nie hy wees nie. Hy sou nie met 'n ompad die boodskap by haar probeer uitkry het nie.

In die slaapkamer begin haar selfoon lui. Seker weer Theodore. Sy is beslis nie van plan om te antwoord nie. Tog loop sy haastig slaapkamer toe.

Sy ken nie die nommer op die skerm nie. Dalk is dit iemand wat navraag doen oor die werk. Sy antwoord.

"Kaptein Kassie Kasselman wat praat," sê die stem aan die ander kant. "Ek is 'n speurder by die Nuweland-polisiestasie in Kaapstad. Ek het pas met die Valke se wildverwante eenheid in Pretoria gepraat en majoor Oosthuizen daar het my na jou verwys."

Sy frons. "Hoe kan ek help, kaptein?"

"Jy't skynbaar 'n ruk gelede by hom navraag gedoen oor 'n oproep van 'n inbeller met die skuilnaam Deep Throat."

"Ek het, ja."

"Hoekom het jy die Valke daaroor gebel?"

Sy vertel hom die storie van die Viëtnamese diplomaat en die oproep van Deep Throat wat haar op Freedom se spoor gesit het.

Sy antwoord vang haar heeltemal onkant.

"Was Theodore se suster ontvoer?" vra sy verbaas. "Hy't my dit nooit vertel nie!"

"Ken jy hom?" vra die speurder.

"Goed, ja . . . of . . . of redelik goed."

Wat die speurder volgende sê, skok haar.

"Nee, kaptein, dit kan nie waar wees nie! Theodore sal nooit by so iets betrokke wees nie. Hy't nog namens African Curio vyftigduisend rand aan ons organisasie geskenk om renosterstropery te beveg. Wat sy pa in die verre verlede gedoen het, kan tog nie . . ."

"Wel, hy't jou nie vertel van sy suster wat ontvoer is nie," sê Kasselman. "Dalk was hy bang jy vind uit Deep Throat was daarby ook betrokke."

Sy sluk, maar haar keel voel te droog om te praat.

"In elk geval," sê hy, "ek vra jou ernstig om ons gesprek vertroulik te hou. Dit kan ons ondersoek beïnvloed as jy nou daaroor rondpraat."

Toe sy die foon dooddruk, stoot 'n naarheid in haar keel op. Sy hardloop badkamer toe en hang oor die toilet. Haar liggaam ruk onbedaarlik terwyl sy opgooi.

Toe sy oplaas orent kom, bewe sy asof sy koud kry. Sy wéét sy sal nie rus voor sy seker is oor die speurder se bewerings nie. Aan die ander kant is sy vreesbevange vir die waarheid.

Sy trek uit en draai die stortkraan oop. Die warm water doen niks om haar spanning te laat bedaar nie. Die druppels kwes eerder soos haelkorrels.

Terwyl sy haar lyf koorsig afdroog, weet sy daar's net een oplossing: sy moet na Theodore toe gaan. Sy het 'n enkele troefkaart om te speel; dis haar enigste manier om uit te vind of hierdie nagmerrie 'n werklikheid is.

Anders gaan sy van haar kop af raak.

* * *

Wolf kyk geïrriteerd na West langs hom. "Kan jy nie bietjie vinniger ry nie?"

"Montgomery het gesê ons moet dit stadig vat in die stadsverkeer," sê West. "Ons wil nie afgetrek word vir spoed nie." Hy klem die vragmotor se stuurwiel vas asof sy lewe daarvan afhang.

"Teen fokken veertig kilometer per uur gaan ons tot môre toe ry! Montgomery wil hê die job moet vanmiddag vyfuur klaar wees. Dan kan ons veilig van die hoewe af terugry en tussen die laatmiddagverkeer insmelt."

West antwoord nie.

Wolf is nie in 'n goeie bui nie. Net voor hy by die hoewe weg is, het hy weer na die hope horings in die slaapkamer gaan kyk. Hy wil nie eers dink hoeveel miljarde rande daar lê nie.

En wat gaan hy en West vir hul moeite kry? Fokkol. Net 'n "goeie salaris", soos Montgomery die twintigduisend rand 'n maand beskryf. Dis kleingeld! Hy't Barnie destyds drie keer meer betaal, kwansuis om die "gevaarlike werk" te doen. Hulle sou Barnie frame as iets skeefloop, en toe backfire dit amper toe Barnie húlle afpers.

Wolf is siek en sat van Montgomery se beloftes wat nooit realiseer nie. Hy en West het 'n klompie jare terug darem elkeen honderdduisend gekry ná 'n groot transaksie, maar dis peanuts. Montgomery praat heeltyd van die "baie groot bonus" wat hulle nog sal kry, maar dit gebeur nooit. Of hul bonustyd met hierdie groot besending gaan aanbreek, betwyfel hy sterk.

Deur die jare moes hy en West soos knegte Montgomery se vuilwerk doen. En waar het dit hulle gebring? Hy sit vasgekluister in 'n bouvallige hoewehuis om na fokken visse te kyk en West sit in 'n woonstelletjie in 'n goor deel van die stad. Dit terwyl Montgomery en Theodore hul Switserse bankrekenings jaarliks met miljoene laai.

Wolf kan sy frustrasies nie eers met West bespreek nie. Hy vertrou hom nie. Die pateet aanbid die grond waarop Montgomery loop en hy sal gou gaan klik as Wolf iets te sê het oor hulle raw deal. Die man is niks anders as 'n gewoonte-gatkruiper nie.

Uiteindelik stop hulle voor Phan Can Dung se huis. Dié staan in die oprit en beduie West moet nader aan die motorhuis trek.

Die kratte is glad nie swaar nie; Wolf en West lig dit met gemak op die bak.

Wolf beduie vir Phan Can Dung om voor tussen hom en West te sit.

"As jy op die N1 kom, kan jy wragtig maar bietjie vetgee, Grae-me," sê hy.

West knik net.

"It's velly, velly hot today," sê Phan Can Dung toe hulle wegtrek.

Wolf draai sy gesig vies weg om die suur klank van die man se brandewynasem te ontduik.

Hy frons toe hy in die kantspieëltjie sien hoe 'n wit Golf 'n hele ent weg in die straat agter hulle aankruie. Hy kan sweer hy't die-selfde Golf met die skewe nommerplaat by African Curio gesien toe hy en West daar weg is met die vragmotor.

53

Die gedreun van 'n voertuig laat Theodore orent kom op sy bed. Kwart voor twee. Hy swets. Net toe hy uiteindelik aan die slaap raak, moet hier nou iemand aankom. Hy hoop van harte dis nie Carina Vosloo nie. Hy trek vinnig aan. 'n Kardeur klap buite.

Natasha staan in die tent se deur toe hy agter die slaapkamerskerm uitkom.

"Dis 'n lekker verrassing!" sê hy bly. "Ek het jou vandag al 'n paar keer probeer bel."

Onmiddellik sien hy iets is fout. Natasha lyk allesbehalwe bly om hom te sien. Daar's 'n diep frons op haar voorkop en haar oë is onnatuurlik donker in haar bleek gesig. Sy bly staan in die tentdeur, een hand in 'n baadjiesak en die ander op haar heup, asof sy nie van plan is om nader te kom nie.

Hy steek in sy spore vas. "Is . . . is iets verkeerd?"

"Dit moet die understatement van die jaar wees!" Haar stem klink effe hees. "Ja, Theodore, iets is verkeerd. Báie verkeerd."

"Wat het gebeur?"

"Hoekom vertel jý my nie eerder wat gebeur het nie?"

"Ek verstaan nie."

"O, dan het sy jou nog nie ingelig nie?"

"Van wie praat jy?"

"Ag, moet jou tog nie so onskuldig hou nie! Ek praat van daai vroumens wat so aan jou gehang het . . . die een wat jy eergisternag hier onthaal het. En wat ek gisteroggend in jou bed gekry het." Sy lag, maar haar oë is koud. "Hoe sê jy blykbaar altyd? Vir iemand wat so alleen bly, is oggendseks verpligtend."

"Praat jy nou van Carina Vosloo? Ek het haar weke laas gesien! Ek vermy haar juis waar ek kan."

Die selfoon op sy bedkassie begin lui, maar hy steur hom nie daaraan nie. Skielik draai Natasha om en stap uit.

Hy bly verlam staan, totaal verward oor wat nou gebeur. Dan hardloop hy, struikel eers oor 'n kampstoel voor hy die tentdeur bereik.

Natasha is reeds in haar Land Rover. Sy trek vinnig weg.

Hy kyk die voertuig verstom agterna. Die selfoon in die tent hou op lui.

Toe hy omdraai, is sy gedagtes in 'n warboel. Hy gaan sit op die bed, sien die rooi liggie op Freedom se foon flikker. Moes die bliksem juis nóú gebel het!

Dan is sy gedagtes terug by Natasha. Iewers is hier 'n moerse misverstand. Hy gaan gou stort, ordentlik aantrek en na haar woonstel toe ry, besluit hy.

Hy frons. Sou Carina Vosloo in sy tent kom rondkrap het terwyl hy weg was? En toe het Natasha op haar afgekom? Maar wat sou Natasha hier kom maak? Sy't tog geweet hy's Zim toe.

Meteens kliek hy: Carina moes die indruk geskep het dat sy hier geslaap het. Hy onthou nou dat hy hom gisternag verbeel het hy ruik parfuum aan sy lakens. Sy moes Natasha op 'n manier hierheen gelok het!

Hy gryp sy selfoon en bel. Carina antwoord nie.

Hy trek vervaard skoon klere aan. Hy gaan nou dadelik na haar toe ry en haar dwing om saam met hom na Natasha te gaan. Die bitch het baie om te verduidelik.

Hy soek sy vierwiel se sleutels, kry dit op die bedkassie. Onthou dan van Freedom se oproep en tel die selfoon op. *Missed call* staan op die skerm.

Hy word yskoud toe hy die trippeldrie in die nommer herken. So dís hoekom Natasha se hand heeltyd in haar baadjiesak was . . .

* * *

Rooi se oproep kom om vyf minute voor twee. Hy het die vrag-motor agtervolg waarin Breede en die ouer man vanoggend by African Curio weg is en Kassie is verlig om sy stem te hoor.

"Bliksis, Kassie, hier's iets fishy aan die gang!" sê Rooi met 'n fluisterstem. "Hulle het eers by 'n huis in Milnerton gestop en 'n klomp kratte opgelaai. Blykbaar leeg, want dit het vinnig gegaan. Toe het die Chinees wat hulle ingewag het, saam met hulle in die vragmotor . . ."

Kassie frons. "Watse Chinees?"

"Man, hy lyk soos 'n Chinees, so 'n kort mannetjie. Hy't die motorhuis vir hulle oopgesluit om die kratte te kry."

Kassie vertel hom van sy gesprek met die Valke en Natasha van der Merwe.

"Bliksis, dit kan die Viëtnamese diplomaat wees!" sê Rooi. "Daar wapper juis 'n vreemde vlag voor die huis."

"Waar presies is hulle nou?" vra Kassie.

"By die hoewe. Ek het op dieselfde plek as gister geparkeer en agter die bome langs nader gestap. Hier's 'n moerse hoë elektriese heining, maar hulle het snaaks genoeg die hek oopgelos."

"Kan jy iets van daar af sien?"

"Nie veel nie, die vragmotor staan voor die huis. Daar's 'n se-mentdam aan die agterkant, ek's lus en gaan soontoe. Van daar af sal ek 'n baie beter uitsig op die huis hê."

"Hel, Rooi, is jy seker dis veilig? Moet ek nie ook kom nie? Smith se kar staan nog steeds hier by African Curio geparkeer."

"Ek weet nie . . . Netnou kom hy ook hiernatoe en dan weet ons dit nie. Dalk is dit beter as jy daar bly."

"Jy's seker reg. Maar jy moet donners versigtig wees. 'n Mens wil hulle nie nou op hulle hoede stel nie."

"Moenie worry nie, hier's genoeg bome om my dekking te gee.

Van agter die damwal af sal ek presies kan sien wat by die huis aangaan."

"Raait, maar laat hoor elke vyf minute van jou. Al SMS jy net 'n x sodat ek kan weet jy's oukei. En onthou om jou foon op silent te sit."

"Ek maak so."

Kassie druk die foon dood. Moet hy nie maar 'n paar uniforms vir Rooi as backup stuur nie?

Hy skud sy kop. Nee, hy hardloop dinge al weer vooruit. Rooi sal hom wel laat weet as iets verdag lyk.

Hy sluk die laaste bietjie Creme Soda af, stel die karradio harder om na die middagstorie op RSG te luister en tuur na die vaalbruin gebou oorkant die pad.

54

"Theodore, bedaar!" sê Montgomery. "Praat in hemelsnaam stadiger. Jy klink donners histeries."

Hy luister aandagtig na wat sy seun vertel.

"En nou wil jy jou Ugandese paspoort gryp en gat skoonmaak? Jirre, is jy heeltemal van jou sinne beroof!"

"Dis nie Pa wat in die moeilikheid is nie. Ek gaan nie hier sit en wag totdat hulle my tronk toe sleep nie. Ek ry nóú oor die grens en kry op Harare 'n vliegtuig Entebbe toe. Gelukkig dat Pa altyd daarop aangedring het dat ek my Ugandese paspoort hernu . . . vir as die pawpaw die fan strike."

"Jy oorreageer!" kap Montgomery terug. "Die pawpaw het nog lank nie die fan gestrike nie. Daai vrou kan nie bewys dat Freedom jou op daardie spesifieke foon gekontak het nie. Raak nou net fokken vinnig van die ding ontslae."

"Sy's nie onder 'n kalkoen uitgebroei nie, Pa! Teen dié tyd het sy dalk al polisie toe gery en hulle vertel. En kort voor lank word nie net ek nie, maar African Curio in die Kaap ook ondersoek."

"En wat gaan hulle kry? Absoluut fokkol. Nie by jou plek nie en ook nie hier by African Curio nie. Die horings is klaar in kratte gepak en is binnekort op pad na Phan Can Dung se huis. En môre is dit op 'n vragskip vort Ooste toe."

"Wel, ek verkies om veilig te speel. Ek ry nóú. Ek kan altyd terugkom as niks hiervan kom nie, maar ek's nie bereid om 'n kans te waag nie. Natasha gaan dit nie net so los nie, sy's 'n verbete mens. En daar het boonop iets tussen ons gebeur wat maak dat sy nou ekstra moeite sal doen . . ."

Montgomery moet sy woede met inspanning beheer. "Jy . . . jy's niks anders as 'n fokken lafaard nie! Luister nou mooi na my: as jy vandag die pad vat, kry jy nie 'n enkele sent van hierdie moerse groot besending nie. En dis 'n belofte! Op ses-en-tagtig horings gaan jou cut 'n hele paar miljoen rand wees. Geld wat jy in die water gooi as jy nou loop."

"Hou maar my cut vir Pa, of gee dit vir Annie. Ek's klaar met African Curio . . . en met Pa."

Montgomery kyk verslae na die gehoorbuis in sy hand. Die oproep is afgesny.

★ ★ ★

Die digte bome en hoë onkruid maak dit vir Rooi maklik om ongemerk tot by die sementdam te sluip. Dis 'n moerse groot dam. Hy stap om en hurk agter die muur.

Van hier af het hy 'n uitstekende uitsig op die huis. Die plek is erg vervalle. Dit skreeu vir 'n laag verf. Stukke rou sement steek plek-plek uit waar die pleister afgeval het. Die voorste geut hang skeef en die houtvensterrame is uitgedor. Op die stoep groei onkruid uit die krake in die sementblad.

Daar hang 'n onheilspellende stilte oor die werf. Die vragmotor se agterklap is nog toe. Al staan die voordeur van die huis oop, hoor hy nie stemme nie.

Rooi is gespanne, maar hy's in sy element. Dís waaroor polisiewerk gaan, dís hoekom hy 'n speurder wou word. Alles dui daarop dat hulle 'n groot skelmnes gaan oopkrap. Die nuus oor die Viëtnamees het Kassie se raaiskoot oor renosterhoring en ivoor bevestig.

Vir Rooi sal die kersie op die koek wees as hy hulle nou op heterdaad kan betrap. Tot dusver het hy maar nog altyd in Kassie se skaduwee gewerk. Nie dat hy omgee nie; Kassie is die beste speurder én leermeester wat hy ken. En Kassie sal die eerste ou wees wat hom krediet gee as hy iets goed doen.

Maar die res van die stasie sien hom bloot as Kassie se agterryer. Die ander senior speurders soos Cliffie en Daan vra nooit sy mening oor enigiets nie. Wanneer hy en Kassie in die kolonel se kantoor vergader, praat Daniels net met Kassie. En hy luister gewoonlik net na Kassie se aanbevelings. Dis asof Rooi nie bestaan nie.

Hy sal wát wil gee om op sy eie 'n opspraakwekkende deurbraak te maak, iets wat die stasie aan die gons het. Met 'n foto en 'n voorbladstorie in die koerant en 'n medalje vir dapperheid van die minister. Torretjie sal uit haar nate bars van trots, om nie van sy pa en ma te praat nie! En dalk sal sy ou suurgat-skoonpa ook sy houding verander, hy dink mos sy enigste dogter kon beter gedoen het as om met 'n armgat-poeliesman te trou.

Rooi weet – as hy nou eerlik met homself moet wees – dat hy Kassie vandag doelbewus van die hoewe weggehou het. Dit sal net soveel indrukwekkender wees as hy die spul nou hier vastrek nadat hy hulle al die pad van African Curio af gevolg het. 'n Oneman show van begin tot einde.

Ná 'n kwartier waarin niks geroer het nie, staan hy versigtig uit sy skuilplek op. Hy trek sy Beretta uit die holster en hardloop gebukkend tussen die hoë onkruid deur na die stoortjie langs die huis. Van hier af sal hy 'n baie beter uitsig op die stoep hê. Hy hurk agter 'n vullisdrom, perfek geposisioneer om vinnig toe te slaan as hy enigiets onwettigs sien.

Skielik onthou hy van die SMS wat hy veronderstel was om vir Kassie te stuur. Hy't in sy moer in daarvan vergeet. Hy sit die Beretta op die grond neer en grawe in sy baadjiesak vir sy selfoon.

Hy hoor die geluid agter hom te laat. Iets druk hard teen sy agterkop.

"Hou jou arms in die lug en kom stadig regop," sê 'n growwe stem. "En ek blaas jou breins weg as jy iets probeer. Trust me on this one."

"Conrad, hoe kón jy? Ek het jou lief. En nou . . . nou dit!" kom die geskokte stem van Katinka Cloete, die beeldskone apteker op Akkerskroon, oor die karradio.

"Shit," sê Kassie toe die kenwysie van *'n Hart van klip* begin speel. Die ouens wat die radiostories skryf, weet ook net hoe om jou nuuskierig te hou. Elke episode sluit altyd op 'n moerse spannende noot af.

Hy't die storie in sy vorige vakansie begin luister en volg dit sedertdien gereeld by die kantoor op sy sakradio'tjie as hy die kans kry. Da Silva is ook 'n groot fan van die storie en vertel hom altyd wat gebeur het as hy 'n episode misloop.

Kassie moet toegee hy's so effens verslaaf aan radiostories. Dit het as klein seuntjie begin toe hy Springbokradio se stories saam met sy ma geluister het. 'n Radiostorie laat net soveel meer aan die verbeelding oor as die TV-sepies.

Dan onthou hy: hy't nog niks van Rooi gehoor nie! Dis al meer as 'n halfuur vandat hulle gepraat het en hy't nog geen SMS van Rooi gekry nie. Daar moet iets fout wees!

Hy tik vervaard op sy selfoon *Is jy OK?* en stuur die boodskap.

Ná vyf minute het Rooi nog nie geantwoord nie. Kassie bel Pollie op sy kantoornommer sodat hy dadelik 'n paar uniforms Wellington toe kan stuur, maar hy kom by Magrieta uit.

"Hier's nie 'n siel by die stasie nie," sê sy. "En die vrou by die skakelbord is ook nog afsiek. Ek hardloop my dinges af om die telefone te antwoord."

"Nou waar's almal dan?"

"Die hele boksemdaais, Daniels inkluis, is hier uit. Daar was 'n bankroof hier anderkant by Absa in Hoofweg. Die rowers kon nie wegkom nie, nou hou hulle 'n klomp mense hostage. Elke beskikbare polisieman in die suidelike voorstede is daar. Helse groot drama, ou Kasman, jy hoor net die geloei van sirenes in die strate."

"Kry gou vir my Wellington-stasie se nommer, Magriets."

Hy tik die nommer op sy selfoon in en bel.

"How may I help you?" teem 'n stem ná 'n lang gelui.

"Put me through to your commanding officer, please!"

"Sorry, sir, but our senior staff is on a team-building exercise today . . ."

Kassie druk die foon dood, sluit die kar aan en ry. Hy kan nie nou langer oor Montgomery Smith se bewegings worry nie.

55

Natasha is snaarstyf gespanne. Sy besef nou eers sy't ernstig drooggemaak. Theodore moes klaar alles uitgewerk het; hy sou haar nommer op die selfoon herken het.

Maar sy móés weet. En noudat sy weet, maak soveel ander dinge sin. Dis die rede waarom hy haar nooit van sy suster se ontvoering vertel het nie – dis tog onnatuurlik om stil te bly oor so iets. En dis hoekom hy wou weet hoe sy van die Viëtnamese diplomaat uitgevind het. Sy oproep toe sy by die polisiestasie was nadat Freedom-hulle gevang is, was ook allesbehalwe toevallig: hy wou uitvind wat sy en die polisie weet.

Haar gevoel vir hom het 'n skielike dood gesterf. Sy gee nie meer om oor die kaal vroumens in sy tent nie, al was sy verbasing oor haar aantyging só eg dat sy hom amper geglo het. Maar toe sy die belknoppie op haar selfoon druk en die foon in sy slaapkamer begin lui, het sy geweet hy's 'n bedrieër. 'n Opperste skurk wat haar nog heeltyd mislei het. Kamstig 'n verhouding met haar aangeknoop, maar hy wou net op hoogte bly van IESA se teenstroop-operasies. Daarvoor verdien hy 'n Oscar, want sy het pens en pootjies vir hom geval.

Maar die ergste is dat sy hom nou in haar voortvarendheid gewaarsku het. Hy sal weet sy gaan nie stilbly daaroor nie en dit kan die polisie se ondersoek verongeluk.

Sy bel kaptein Kasselman met bewerige hande, maar dis beset. 'n Minuut later probeer sy weer, maar die nommer bly beset.

Sy bel kaptein Nkozana by die Musina-stasie, maar word ingelig hy's nie beskikbaar nie. Sy word deurgesit na luitenant Coetzee, een van die speurders wat Freedom-hulle se hofsaak bygewoon het. Sy vertel hom vlugtig wat sy vermoed.

"Ek sal vinnig 'n paar manne bymekaar kry," sê hy. "Hulle is nou op patrollie in die dorp, maar ons behoort oor 'n halfuur by Theodore se plek te wees."

"Ek kry julle daar, luitenant. Ek wil baie graag sien hoe julle die baasbrein agter die Silencers in hegtenis neem."

⋆ ⋆ ⋆

Montgomery staan voor die venster en rook, sy gedagtes nog by Theodore, toe Wolf bel.

"Groot probleme," sê Wolf dringend. "'n Fokken polisieman het ons hierheen agtervolg."

"'n Polisieman!" Montgomery voel hoe sy bene lam word.

"Ja, ek het al in Milnerton agtergekom hy's op ons gatte. Toe ons na die hoewe toe afdraai, was hy nog steeds agter ons."

"Hoekom het julle hoewe toe gery toe julle sien julle word agtervolg!" skree Montgomery. Sy hand bewe só dat hy die sigaar laat val.

"Ek was nog nie honderd persent seker nie . . . Ek het die hek by die hoewe oopgelos en vir die ander twee gesê om in die huis te bly. Toe het ek . . ."

"Jissis, Wolf, kom by die donnerse punt uit!"

"Ek het hom dopgehou vandat hy ingekom het. Hy't eers agter die dam geskuil en is van daar af tot by die stoortjie. Ek het hom van agter af betrek. Hy lê nou vasgebind hier."

"Nou's die hele donnerse polisiediens seker op pad!"

"Ek het die hek toegemaak . . ."

"Dit gaan nie fokken help nie!"

"Dit lyk nie of hy backup het nie, ek hou die hek nog heeltyd van die huis af dop. Maar . . . ek weet nie wat om nou te doen nie."

"Fok, dis geen verrassing nie!"

Montgomery se gedagtes spring buite beheer rond. Hy tel die

sigaar op en vat 'n lang trek. Hy dwing homself om kalm te praat.

"Wolf, luister nou mooi na my. Pak die horings in die kratte en kry julle gatte onmiddellik op die pad. Sê vir Phan Can Dung hy moet organise dat julle die kratte by die konsulaat stoor. As dit eers daar is, kan die polisie nie daaraan raak nie."

"En wat doen ek met die polisieman?"

"Raak ontslae van die bliksem. Versuip hom in die dam as dit moet!"

Toe hy aflui, weet Montgomery sy uurglas het leeg geloop. Sy gesonde verstand sê vir hom dis onwaarskynlik dat Wolf-hulle die horings by die konsulaat gaan uitkry. Die polisie opereer nie een-een nie, daar sal backup wees.

Hulle weet van die hoewe en die vragmotor en hulle gaan vinnig van sý betrokkenheid uitvind as hulle Wolf, West en Phan Can Dung vastrap. Daai drie donners gaan nie sy rug cover nie, daaroor het hy geen illusies nie. Dit gaan net te gerieflik wees om die vinger na hom te wys as die meesterbrein agter alles.

Hy stap na die kluis, sluit dit oop en krap naarstig tussen die lêers en papiere rond tot hy kry wat hy soek. Hy sit die Ugandese paspoort in sy baadjie se binnesak en bel vir Theodore, maar kry nie antwoord nie.

By sy lessenaar maak hy 'n oproep op sy landlyn. "Are there any direct flights from Cape Town to Entebbe International Airport in the next few days? . . . Tomorrow evening? How many seats are available? . . . Twenty . . . Thanks, I'll book online."

Hy's gelukkig. Daar's gewoonlik net twee direkte vlugte per maand.

Op sy rekenaar bespreek hy 'n vliegkaartjie en betaal met die kredietkaart wat hy destyds saam met die paspoort gekry het. Dan sluit hy sy internetbankdiens aan en doen wat hy moet doen.

Hy bel vir Petronella.

"Jy klink skoon uitasem, Montgomery! Is daar fout?" vra sy.

"Ongelukkig, ja. Ek het nie nou tyd om vir jou die volle prentjie te gee nie, maar ek gaan vir 'n rukkie die land moet verlaat."

"Wat bedoel jy?" vra sy ontsteld. "Wat gaan aan?"

"Die hele Operasie Savimbi-ding het weer opgevlam," lieg hy. "Dis beter ek lê nou iewers laag."

"Maar . . . dis tog ou vergete stories! En jy was destyds onskuldig en . . ."

"Petronella, ek het nie nou tyd om alles te verduidelik nie. Ek het pas genoeg geld vir 'n klompie maande in jou bankrekening inbetaal. Ek sal later weer kontak maak. Vertrou my net. En onthou, wat mense ook al sê, ek is onskuldig in die hele ding."

"Waarheen gaan jy?"

"Dis vir jou eie beswil dat jy nie weet nie," sê hy en verbreek die verbinding.

Hy weet die lughawe gaan die eerste plek wees waar hulle hom gaan soek. Hy sal vir hom versekering moet inbou . . . tyd koop tot sy vliegtuig vertrek. Hy moet seker maak hulle kan nie 'n vinger op hom lê nie.

Hy haal diep asem om kalm te bly. Nou moet hy goed dink, want hy's nie van plan om vir die res van sy lewe agter tralies te sit nie.

Ná 'n rukkie het hy sy gedagtes agtermekaar. Hy trek sy lessenaar se onderste laai oop en haal die stel boeie uit. Gelukkig is die sleuteltjie nog daar, hy't dit lanklaas gebruik. Hy gooi die boeie in sy aktetas, sluit dit en stap uit die kantoor.

Hy sluit sy kar aan en ry. Dis 'n donners waaghalsige plan, maar dis al een wat nou werkbaar lyk.

★ ★ ★

Hy't vinnig spore gemaak. Die staankas se laaie is oop en klere lê oor die vloer gestrooi.

Die naarheid stoot in Natasha se keel op. As gevolg van haar onnosel optrede het Theodore tyd gehad om weg te kom.

"Ek het een van ons patrollievoertuie Beitbrug toe gestuur," sê luitenant Coetzee langs haar. "As ons te laat is om hom daar te kry, sal ons die Zim-polisie se hulp moet inroep. Dit kan nie so moeilik wees om 'n Suid-Afrikaanse burger met 'n viertrek daar vas te trap nie. Hy kon nog nie ver gevorder het nie."

Natasha knik, maar sy weet dit sal nie so maklik gaan nie. Theodore moet Zim se agterpaaie soos sy handpalm ken.

"Luitenant!" roep een van die polisiemanne van buite. "Kom tjek bietjie hier."

Natasha stap saam met Coetzee uit. Drie polisiemanne staan 'n entjie weg langs 'n hoop hout waaronder 'n stuk van 'n staaldeksel uitsteek.

"My magtig, dit lyk mos soos 'n ondergrondse bêreplek!" sê Coetzee. "Haal die res van die hout af en kry die slotte oop, al moet julle dit oopskiet."

Natasha skakel weer kaptein Kasselman se nommer. Dié keer lui sy foon, maar hy antwoord nie.

56

Kassie hou agter Rooi se kar op die padskouer stil. Met sy verkyker verken hy die omgewing. Dan sien hy die neus van 'n vragmotor langs 'n huis uitsteek. Dit moet die plek wees.

Hy kyk op sy selfoon of Rooi nie intussen geSMS het nie, maar sien net die missed calls van 'n nommer wat hy nie herken nie. Hy't op pad al sy foon se klank afgeskakel – dis iets waaroor hy 'n obsessie het nadat hy eenkeer amper 'n operasie verongeluk het toe sy foon in sy sak lui.

Bekommernis laat sy maag op 'n knop trek. Waar is Rooi?

Hy draf tussen die bome deur in die rigting van die huis. By 'n hoë draadheining steek hy vas. Van hier af kan hy nie veel van die huis sien nie, net die sementdam waarvan Rooi gepraat het. Hy kyk teen die heining af. Die hek is nou toe. Dit kan net een ding beteken: Rooi is in groot marakkas.

Hy bekyk die heining. Te hoog om oor te klim. Hy loop 'n entjie langs die heining af en steek by 'n boom vas. Een van die takke hang ver oor en die boom lyk klimbaar, maar hy sal beslis van daai tak af op die heining moet klim om die naaste boom aan die binnekant te bereik. En daar's drie rye elektriese draad bo-op die heining.

Sal die rubbersole van sy skoene hom genoeg beskerming gee? Nee, te gevaarlik, besluit hy.

Hy draf na die Golf en haal die groot rubbermat uit die kattebak. Met die opgerolde mat onder sy arm draf hy terug na die heining. Hy sukkel om teen die boom uit te klim met die mat onder sy arm vasgeknyp, maar ná 'n helse geswoeg, aangedryf deur sy angs oor Rooi, kom hy by die oorhangende tak uit.

Hy rol die mat oop en gooi dit oor die elektriese drade. Terwyl hy met een hand aan 'n sytak vashou, klim hy op die heining. Dit bewe gevaarlik onder sy gewig en hy moet hurk en met albei hande op die mat druk om sy balans te behou. Van daar af spring hy vorentoe en gryp 'n tak van die naaste boom met albei hande vas. Hy swaai vir 'n oomblik wild rond, maar kry dan vastrapplek. Van daar af gaan dit makliker.

Veilig op die grond blaas hy soos 'n resiesperd. Dis nie heeltemal deel van sy daaglikse roetine om soos Tarzan tussen takke rond te swaai nie. Toe hy sy asem terugkry, hardloop hy gebukkend na die sementdam.

Hy loop versigtig om die dam om 'n uitsig op die huis te kry. Sy oog vang 'n beweging en hy duik agter 'n bos in. Met 'n hart wat wild klop stoot hy die takkies weg om te sien wat aangaan.

Sy mond val oop. Rooi, poedelkaal behalwe vir sy onderbroek, sy mond toegeplak en met sy hande agter sy rug vas, kom in die rigting van die dam aangestap. Skuins agter hom is Breede, sy pistool op Rooi gerig. Hulle is sowat dertig meter weg van die dam.

Kassie kyk om hom rond. Die trappe wat na die damwal oploop, is sowat tien meter weg van waar hy lê. 'n Entjie duskant die trappe lê 'n geroeste oliedrom. Hy luiperdkruip vinnig daarheen.

Agter die drom kom hy op sy hurke orent en trek sy Beretta uit die holster. Dis duidelik Breede se plan om Rooi in die dam te gooi. Hy sal hom sekerlik nie skiet voor hulle op die wal is nie, maar Kassie kan nie nou opspring en 'n skoot na Breede waag nie, die man stap veels te naby aan Rooi. En om hom te halt gaan nie werk nie, hy sal Rooi as 'n skild gebruik en op Kassie skiet. Hy sal moet wag tot hulle teen die trappies uitstap en Breede se rug na hom gekeer is. En dan gaan hy fyn moet korrel, wat 'n probleem kan wees. Met hul jaarlikse skietoefening 'n paar maande terug het hy die swakste van almal by die stasie gevaar. Selfs Magrieta, wat net vir die fun saamgekom het, het beter geskiet – 'n feit waaraan Da Silva hom gereeld herinner.

Hy spits sy ore. Die geluid van krakende takkies onder Rooi en Breede se voete word harder.

"Klim op," beveel Breede bars.

Kassie kom stadig orent. Fok, hy sal nie 'n skoot kan waag nie! Rooi is nog veels te naby aan Breede.

Toe Rooi op die damwal staan, stamp Breede hom onmiddellik in die water.

Dit vang Kassie heeltemal onkant. Breede se rug is na hom gekeer, maar hy sien nie kans om die man sonder waarskuwing te skiet nie. Dis in elk geval ook teen SAPD-prosedure.

"Polisie! Steek jou hande in die lug!" skree hy, sy vinger om die Beretta se sneller gekrul.

Breede swaai blitsvinnig om, val plat op sy maag en vuur terselfdertyd op Kassie.

Die koeël tref die oliedrom skrams en fluit by Kassie se regteroor verby. Hy trek die sneller, maar sy koeël ruk net 'n stuk sement uit die damwal. Hy duik agter die drom in, rol drie keer in die lang gras om weg te kom en is vinnig op sy hurke.

Breede hardloop teen die trappe af, sy pistool op die drom gerig. Kassie het net 'n sekonde of twee. Hy korrel nie, rig net die Beretta in Breede se algemene rigting en trek die sneller.

Breede laat val die pistool, gryp sy maag vas en tuimel ondertoe. Hy tref die grond met 'n dowwe slag.

Kassie staan verstar. Dan hoor hy hoe Rooi in die water spartel.

Hy storm dam toe, tel Breede se pistool op en druk dit in sy windjekker se sak. Hardloop die trappe twee-twee uit. Gelukkig is Rooi taamlik naby aan die kant. Sy kop is nog bo water, sy oë wyd gesper.

Kassie val op sy knieë neer en gryp Rooi aan die hare. Hy trek hom tot teen die wal, kry hom onder die oksels beet en moet al sy krag inspan om hom tot op die wal te kry. Hy gebruik sy knipmes om die tou om Rooi se gewrigte los te sny en pluk die maskeer-band van sy mond af.

Dan eers sien hy die wond aan Rooi se kuit. "Het die bliksem op jou geskiet?"

Rooi skud sy kop, maar tussen sy geproes deur kan hy nie 'n woord uitkry nie.

"Iets het my gebyt," sê hy uiteindelik hygend. "Hier in die dam."

"Fok, hou hulle haaie hier aan?"

"Nee, hier's mos nie varswaterhaaie nie." Rooi vee die bloed af en beskou sy kuit. "Darem nie só erg nie, maar die ding het beslis tanne gehad. Bliksis, Kassie, jy's net betyds! Hoe de moer het jy hier gekom? Waar's Breede en die ander?"

Kassie besef met 'n skok hulle is sitting ducks so op die damwal. Hy trek Rooi aan die arm orent. "Laat ons vinnig hier afkom."

Hulle skarrel teen die trappe af.

Breede lê op sy maag in 'n plas bloed. 'n Bloedstreep kronkel uit die hoek van sy mond en verdwyn in sy swart baard. Kassie hurk langs hom.

"Het jy hom gepot?" vra Rooi verbaas. "Ek dog die donner het weggekom toe ek die skote hoor."

Kassie tel Breede se arm op en voel. "Shit, geen polsslag nie."

Hy haal Breede se pistool uit en gee dit vir Rooi. "Ons moet die ander twee opspoor."

"Kan ek net eers my klere gaan aantrek? Dis in die stoortjie langs die huis."

Kassie skud sy kop. "Nie nou tyd daarvoor nie."

Hy loer agter die damwal uit. Daar's geen roering op die werf nie. Die vragmotor se deure staan wyd oop.

"Ek gaan tot daar hardloop," sê hy. "Cover my."

Hy beweeg sigsag tussen die lang gras deur, verwag enige oom-blik die knal van 'n vuurwapen, maar bereik die vragmotor onge-deerd. Hy beduie vir Rooi om te kom.

Dié is 'n potsierlike prentjie met sy ronde lyfie op volle vaart en die nat onderbroek aan die afsak. By die vragmotor trek hy die onderbroek vies op. "Ek voel soos 'n fokken stripper," fluister hy.

Hulle stap om die vragmotor. Die huis se voordeur staan oop. Met die pistole voor hulle gerig sluip hulle gebukkend daarheen.

Geen geluid uit die huis nie.

"Dalk het hulle gevlug toe hulle die skote hoor," fluister Kassie.

Hulle stap voetjie vir voetjie die huis binne. Die eerste vertrek lyk na 'n sitkamer, hoewel daar net een stoel staan. Kassie loer by die deur links in die gang in. Daar is 'n deurmekaar bed, 'n TV-stel en 'n hangkas. Twee vuil borde, 'n glas en 'n bottel Coke staan op 'n tafeltjie langs die bed.

Rooi tik Kassie op die skouer en beduie na 'n toe deur verder af in die gang. Hulle beweeg soontoe en gaan staan weerskante van die deur.

"Polisie!" skree Kassie. "Kom uit met julle hande in die lug!"

'n Doodse stilte begroet hulle.

Rooi draai die handvatsel versigtig en skop die deur oop. Met hul rûe styf vasgedruk teen die oorkantste muur staan die Oosterling en 'n ouerige man. Dié steek sy hande dadelik in die lug. Die Oosterling bewe soos 'n riet. Hy staan vooroor gebuk, sy hande vasgeknyp tusen sy bene. Trane rol oor sy wange.

In die een hoek staan kratte opgestapel, en langsaan 'n hele hoop renosterhorings.

"Bliksis!" sê Rooi.

57

By die klerewinkel in die naaste winkelsentrum koop Mont-
gomery 'n donkerblou parka met 'n hoodie, 'n ligblou T-hemp
en swart jeans sonder om dit aan te pas. By die apteek langsaan
kry hy 'n donkerbril. Hy gryp 'n mandjie by Checkers en draf
haastig deur die gange, gooi twee blikkies sardiens, 'n pakkie be-
skuit, 'n tros piesangs, 'n rol toiletpapier en 'n ekstragroot bottel
water daarin.

Met sy inkopies in die BMW se kattebak kyk hy op sy horlosie.
Dis nog 'n uur voor sluitingstyd, hy behoort dit te maak.

Hy ry deur die woonbuurte om die spitsverkeer te vermy totdat
hy naby die stad kom. Hier moet hy noodgedwonge stadiger ry,
maar die inkomende verkeer beweeg genadiglik vinniger as die
uitgaande.

By die Waterfront parkeer hy en drafstap na African Curio. Tal-
lie is verbaas om hom te sien.

"Jinne, meneer Smith, dis nou 'n aangename verrassing! Waar-
aan het ons jou besoek te danke?"

Montgomery kyk vinnig rond. Daar is sy, besig om twee toeris-
te te help.

"Tallie, ek kom jou assistent gou leen," sê hy. "Ons het 'n krisis
by hoofkantoor. Ek's manalleen daar en ek moet 'n klomp drin-
gende besendings vanaand nog wegkry. Ek het 'n ekstra paar han-
de nodig."

"Ek sal kom help," sê Tallie dadelik.

"Nie nodig nie. Ek wil die nuwe meisie sommer ons hoofkan-
toor ook wys. Haar van is mos Els, nè?"

"Ja, Monica Els." Tallie wink haar nader.

Sy is effe mollig, met groot onskuldige oë en 'n mond wat 'n rapsie te klein is vir haar ronde gesig. Sy glimlag vriendelik toe Montgomery haar groet.

"Monica, ek wil jou vinnig vir 'n uur of twee leen," sê hy. "Ek sal jou natuurlik dubbel en dwars vergoed vir die langer ure. Maar ek is nou desperaat. My ander personeel het my lelik in die steek gelaat."

"Dit sal net 'n plesier wees." Sy vat haar handsak agter die toonbank. "Sal ek agter meneer aanry?"

Hy skud sy kop. "Nee wat, jy kan sommer saam met my gaan. Ek moet net vinnig 'n ander draai ry voor ons hoofkantoor toe gaan." Hy glimlag. "Maar moenie bekommer nie, ek sal jou weer by jou kar aflaai. Ek het later vanaand 'n afspraak hier in die Waterfront, so dis nie moeite nie."

* * *

Toe Kassie Daniels bel, is dié uit sy nate van vreugde oor die deurbraak.

"Ek stuur onmiddellik 'n span soontoe," sê hy. "Die gyseldrama by Absa is buitendien nou uit ons hande. 'n Taakspan van georganiseerde misdaad het oorgeneem."

Die ondersteuningspan kom 'n uur later in drie voertuie op die hoewe aan.

"Hel, maar julle's gou hier," sê Rooi. "Was die verkeer nie kwaai nie?"

Da Silva lag. "Blou ligte en sirenes maak die pad vinnig skoon."

Kassie roep die span bymekaar.

"Raait, kêrels, ek wil eerstens foto's vanuit alle hoeke hê van die vertrek waar die horings is. Dan moet julle elke horing afsonderlik met 'n nommer merk en dit in die kratte pak. Ek en Rooi het dit getel, daar's ses-en-tagtig. Dit moet een van die grootste vondste in die geskiedenis wees. Gebruik die vragmotor hier buite om dit na ons stoor toe te vat. Dan moet julle die hele plek, binne en buite, met 'n vergrootglas fynkam. Vat enigiets wat verdag voorkom en label dit in forensiese sakkies. Ek het gereël dat die lyk langs die dam later opgetel word, maar wag eers vir die dokter voordat julle deur die man se sakke gaan."

Hy kyk na Da Silva. "Ek soek elke beskikbare vingerafdruk. Ons glo Montgomery Smith s'n moet ook hier wees – dit gaan vir ons bleddie belangrik wees om te bewys dat hy op die toneel was."

"En die ander twee?" vra Pollie.

"Ons het hulle in die stoortjie toegesluit. Ons gaan nou gou met hulle gesels, maar reël dat 'n vangwa hulle later kom oppik en by die stasie in die selle bêre."

"Gaan jy en Rooi heeltyd hier wees?" vra Da Silva.

Kassie skud sy kop. "Ek twyfel. My vermoede is daai twee gaan hulle grootbaas drop en sommer nou al sing. In daardie geval sal ek en Rooi hom moet gaan arresteer."

Hy glimlag. "En daarna sien ek nogal donners baie uit."

* * *

Theodore val op die hotelbed neer. Hy's doodmoeg.

Hy voel ook geestelik gedreineer. Natasha is nooit uit sy gedagtes nie. Hy kan hom net voorstel watter yslike skok die afgelope tyd se gebeure vir haar was. Sy hart pyn as hy daaraan dink.

Hy sug. Als het op een slag lelik geboemerang.

Tog het hy vandag sy stukkie geluk gehad omdat hy vooruit gedink het. Toe hy oor die grens is, het hy Kevin Tzabiri gebel. Dié was alte ingenome met sy plan en het hom in 'n gehuggie kort anderkant die grens ontmoet. Vals nommerplate is blitsvinnig aan sy viertrek gesit en Tzabiri is dadelik vort, duidelik bang Theodore verander van plan.

Hy het verder gery met Tzabiri se afgeleefde Toyota-bakkie.

Kort duskant Harare was 'n padblokkade. Twee polisiemanne het hom afgetrek omdat hulle op soek is na 'n "white South African". Maar met sy Ugandese paspoort en die naam David Jones is hy vinnig deur.

Dis iets waarvoor sy pa punte verdien. Dié het destyds 'n klomp omkoopgeld aan sy politieke kontakte in Uganda betaal om vir hulle geldige paspoorte onder vals identiteite te bekom.

Theodore tuur na die plafon. Hy wil nie nou verder dink as môre nie. Al wat nou belangrik is, is dat hy môreaand by die SAL-vlug van Kaapstad na Entebbe aansluit.

Net jammer sy pa gaan ook op daardie vlug wees.

* * *

Hul onderhoud met Phan Can Dung lewer niks op nie. Die Viëtnamees huil meestal en mompel net nou en dan tussen die snikke deur dat dit "a velly, velly unfortunate incident" was. Op Kassie se vraag of Montgomery Smith daarby betrokke is, skud hy net sy kop. "I no talk now. I want lawyer."

"Mors van ons fokken tyd," sê Kassie vir Rooi. "Buitendien moet ons hom seker maar met handskoene hanteer. Ons wil nie 'n internasionale insident veroorsaak nie. Die bliksem is immers 'n diplomaat."

Rooi snork. "'n Bleddie skelm een ook."

Hulle lei hom terug na die stoortjie en neem Graeme West na die klein kombuis in die huis. Hy's 'n skraal man van in die sestig, sy hare yl en grys. Hy't 'n gemanikuurde snorretjie op sy bolip en 'n groot moesie op sy voorkop wat prominent uitstaan teen sy bleek gesig. Sy hande vroetel onophoudelik.

"Wel, jou diplomaatvriend het klaar erken dat Montgomery Smith die baasbrein agter julle smokkelsindikaat is," lieg Kassie.

West se adamsappel wip soos hy sluk. "Dit is so . . . ons moes bloot sy opdragte uitvoer."

"Waar kry julle die horings vandaan?" vra Rooi.

"Musina, deur Montgomery se seun. Dit word in die noorde van die land en in die buurlande gestroop en hy stuur dit op 'n gereelde basis Kaap toe. Phan Can Dung sou sy diplomatieke immuniteit gebruik het om hierdie besending in Hanoi te kry . . . Ekself sou geen finansiële voordeel daaruit kry nie."

Kassie onderdruk 'n glimlag. Hier het hulle goud gestrike. 'n Canary wat die hele deuntjie gaan sing om homself te verontskuldig. Beslis 'n potensiële staatsgetuie in 'n hofsaak.

"Het jy Barnie Wolhuter ooit geken?" vra hy.

"Ek het. Hy was verantwoordelik vir African Curio se uitvoerbesigheid."

"En weet jy wat van hom geword het? Ons inligting is dat hy Smith wou afpers."

West se oë verklap dat hy onkant gevang is. Maar hy herstel gou.

"Montgomery en Wolf het van hom ontslae geraak."

"Ontslae geraak?" vra Kassie.

West knik. "Sy beendere lê in die dam."

"Het hulle hom geskiet en toe in die dam gegooi?" vra Rooi.

"Nee, hy't verdrink of . . . of van bloedverlies omgekom. Die piranas in die dam het hom uitmekaar geskeur."

"Jissis, piranas!" sê Rooi. "Wat julle waar kry?"

"Montgomery het hulle ingesmokkel van Argentinië af."

Kassie is verslae. "Goeie wetter!"

"Dink jy Smith weet al dat julle operasie vandag skeefgeloop het?" vra Rooi.

"Ek's nie seker nie. Ek weet nie of Wolf hom laat weet het dat hy vermoed iemand agtervolg ons nie."

Kassie staan haastig op. "Rooi, gaan sluit hom weer toe. Nou moet ons vinnig maak!"

Intussen bel hy vir Natasha van der Merwe. Sy antwoord dadelik.

"Kaptein, ek soek al heeldag na jou!" Sy vertel hom wat gebeur het. "Ek's verskriklik jammer, maar dis grootliks my skuld dat Theodore weggekom het. Die polisie dink darem hy kan nog in Zimbabwe vasgetrap word . . ."

"Fokkit," sê Kassie toe hy aflui. Dan weet Montgomery beslis die polisie is agter hulle gatte aan.

Hy lig Da Silva in oor die nuutste verwikkelinge en reël dat hulle een van die ondersteuningspan se motors gebruik. Op pad vertel hy Rooi van sy gesprek met Natasha van der Merwe.

Rooi fluit deur sy tande. "Dis 'n gatslag! Ek hoop nie Smith het ook al spore gemaak nie."

"Dis wat my worry. Kom ons begin deur by sy huis te gaan kyk."

"Bliksis, Kassie, piranas!" Rooi skud sy kop. "In 'n dam op Wellington! Die goed sou my opgevreet het as jy nie daar aangekom het nie."

Kassie knik. "Smith moet 'n bleddie siek donner wees."

"'n Scary bliksem," beaam Rooi.

Hulle ry in stilte voort. Rooi is heeltyd bedrywig op sy selfoon. Met Torretjie, vermoed Kassie. "Jy sal jou vrou seker nou moet laat weet van die drama rondom African Curio?"

"Ek probeer," sê Rooi, "maar sy antwoord nie haar foon nie. Dis snaaks, want dis die werkweek waarin sy vroeër huis toe kom. Sy moet lankal daar wees, en dan is sy nooit sonder haar foon nie. Bang sy mis 'n oproep van haar skinderbek-vriendinne."

58

Kassie kan sien Petronella Smith probeer hard om rustig voor te kom. Sy't hulle ingenooi in die sitkamer, maar nie aangebied dat hulle sit nie.

"Ek weet nie presies waar Montgomery is nie, kaptein. Hy't gesê ek moet hom nie vroeg by die huis verwag nie. Hy't 'n klomp goed om af te handel."

Haar fasade van kalmte oortuig hom nie. Haar hele houding vertel sy lieg: haar ontwykende oë, die geringe beweging van die onderkant van die wenkbroue, die lippe wat saamtrek, haar wisselende stemtoon.

"Sal hy nog by African Curio se hoofkantoor wees?" vra Rooi.

Sy haal haar skouers op. "Ek . . . ek weet regtig nie. En . . . gewoonlik sit hy sy foon af as hy so besig is . . ."

Kassie besluit om reguit te praat.

"Mevrou, jou man het ernstige probleme. Ons het sy kollegas van African Curio vanmiddag op 'n hoewe naby Wellington betrap met 'n hoop renosterhorings. En hulle sê jou man is die baas van dié smokkelsindikaat. As jy nou vir ons jok, is jy medepligtig aan misdaad."

Dít ruk haar. Sy word wasbleek.

"Ek . . . ek weet niks . . . daarvan af nie. Ek sweer." Sy skud haar kop wild. "Montgomery sal nooit by so iets betrokke raak nie!"

"Ek kan jou verseker hy ís betrokke," sê Kassie. "Ons het meer as genoeg bewyse. Wanneer laas was hy met jou in verbinding en wat het hy gesê?"

Sy sak op die groot leerbank neer, nou merkbaar senuweeagtig. "Vanmiddag iewers. Ek . . . onthou nie presies hoe laat nie. Hy't net gesê hy kan moontlik vir 'n rukkie . . . weggaan."

"Vir hoe lank en waarheen?" vra Rooi.

"Ek weet nie." Trane blink in haar oë. "Dit moet alles 'n groot misverstand wees."

"Daar's geen misverstand nie, mevrou," sê Kassie. "Het hy 'n rede verskaf waarom hy weggaan?"

"Nee, hy't net gesê ek moet hom vertrou. Hy's onskuldig . . ." Sy laat sak haar kop in haar hande en begin onbedaarlik huil.

Hierdie keer glo Kassie haar. Sy't duidelik nie geweet waarmee haar man hom besig hou nie. Of sy's 'n uitsonderlik goeie aktrise.

"Ons sal later weer met jou kom praat," sê hy. "En as jou man intussen met jou kontak maak, raai hom aan om hom aan die polisie oor te gee. As hy dan so onskuldig is, kan hy die misverstand met ons opklaar."

Op pad na African Curio sê Rooi wat Kassie ook dink.

"Die donner gaan beslis nie daar wees nie. Teen dié tyd is hy lankal vort. Vir al wat ons weet, sit hy al in 'n vliegtuig."

Die kantoorgebou is donker en verlate, maar die veiligheidshek na die terrein staan oop. Hulle stap om die gebou om seker te maak daar brand nie iewers lig nie en voel aan die buitedeure. Almal gesluit. Op die parkeerterrein staan net 'n vragmotor van African Curio, die maatskappy se embleem groot teen die kant.

"Hulle wou duidelik nie die horings in hulle eie lorrie vervoer nie," sê Rooi. "Maar dis nogal snaaks dat die hek oopstaan."

Kassie knik. "Hy moes seker vinnig gat skoongemaak het."

Hulle klim terug in die kar, maar hy sluit dit nie dadelik aan nie. Hy het tyd nodig om te dink oor hulle volgende stap. Rooi praat op sy foon, maar hy luister nie regtig nie. Klink of dit oor Torretjie gaan.

Dalk moet hy Magrieta stasie toe laat kom sodat sy al die lugrederye kan bel. Dan kan hy en Rooi teruggaan hoewe toe en kyk of hulle daar iets kry wat na Smith sal lei. Hy't opgeslip om nie

Breede se selfoon te vat nie, maar hy kan Da Silva bel om te kyk of Smith vir Breede gekontak het, dalk per SMS.

Rooi kyk op, die selfoon steeds teen sy oor. "Ek's bekommerd oor Torretjie, sy antwoord nie haar foon nie. My skoonpa-hulle en haar beste vriendin het ook niks van haar gehoor nie. Ek het nou die winkel in die Waterfront gebel . . . wag, die antwoordmasjien gee 'n noodnommer."

Hy skryf dit neer en skakel terwyl Kassie die motor aansluit.

"Meneer Taljaard, dis Els wat praat, Monica se man. Jammer ek pla, maar ek wil net hoor of jy nie dalk weet waar sy is nie. Sy antwoord nie haar foon nie en ek . . ."

Rooi luister met 'n frons wat al dieper word. Sy stem bewe toe hy groet.

"Jissis, Kassie, Taljaard sê Smith het laatmiddag vir Torretjie by die winkel kom oplaai!"

*　*　*

Montgomery kan nie help om haar effens jammer te kry nie, sy's omtrent dieselfde ouderdom as Annie. Sy sit in 'n patetiese bondeltjie op die sementvloer, haar regterbeen waaraan die enkelboei vas is, ongemaklik voor haar uitgestrek. Haar liggaam ruk soos sy bewe, maar sy maak nie 'n geluid nie. Toe sy op pad daarheen agterkom iets is fout en hy nie haar vrae beantwoord het nie, het sy half histeries geraak. Hy moes haar 'n taai klap gee om haar tot bedaring te bring.

Hy kyk om hom rond. Als is gereed. Hy het die bottel water, kos en toiletpapier langs haar neergesit. 'n Groot, leë verfblik sal as toilet moet dien. Sy sal niks oorkom nie, sus hy sy gewete, haar kos en water sal hou. En sy besef sekerlik dit gaan nie help om vir hulp te roep nie, hier kom nooit 'n siel in dié omgewing nie.

Hy trek die deur agter hom toe, sluit dit en stap na sy kar. Hy ry stadig deur die donker, verlate strate en stop kilometers verder in 'n systraatjie in 'n woonbuurt. Haal haar selfoon uit sy baadjiesak, tik 'n SMS en stuur dit aan die nommer waarvan al die missed calls en bekommerde boodskappe kom. Duidelik soek manlief haar al ernstig.

Dan klim hy uit die motor en slinger haar selfoon saam met sy eie op 'n oop erf tussen die bosse in. Hy steek 'n sigaar aan, klim terug in die motor en sit sy GPS aan om hom te lei na die gastehuis waar hy gaan oornag.

★ ★ ★

Hulle sit om die tafel in die onderhoudkamer van die stasie. Kassie het vir Rooi 'n sterk koppie koffie gemaak en vir homself 'n Creme Soda by die kafee oorkant die straat gekry.

Magrieta het pas gearriveer.

"Ek weet dit gaan 'n lang nag wees, Magriets," sê Kassie nadat hy die situasie verduidelik het.

Sy knik en staan op. "Ek sal dadelik begin." Sy kyk besorg na Rooi. "Ons sal haar kry," bemoedig sy hom voor sy uitstap.

Kassie het Rooi nog nooit in só 'n toestand gesien nie. Hy sit kop onderstebo voor hom en uitstaar, neem net nou en dan 'n slukkie koffie, maar sê nie 'n woord nie. Dis asof hy van die skok met stomheid geslaan is.

Wat die meeste aan Kassie vreet, is dat hy aandadig voel aan die hele fokkop. Hý was die een wat daarop aangedring het dat hulle Torretjie nie moet inlig van hulle vermoedens oor Smith en Breede nie. En nou is Rooi se vrou in die hande van 'n mal krimineel wat mense vir piranas voer! As Torretjie geweet het van die ondersoek, sou sy beslis nie saam met Smith gegaan het nie.

Sy selfoon lui. Da Silva.

"Geen boodskappe op Breede se selfoon nie, Kassie. Ek kan ook nie agterkom of hy Smith gebel het nie. Daar is geen rekord van inkomende of uitgaande oproepe op sy foon nie. Hy moes die gewoonte gehad het om alles uit te wis."

"Niks anders van belang gekry nie?"

"Jy vra nog! Daai dam wemel van die donnerse piranas. Daar's 'n ondergrondse kontrolekamertjie wat lyk soos 'n vliegtuig se cockpit, net knoppies en meters waar jy kyk. En 'n groot venster waar jy alles kan sien wat in die dam aangaan. Jou Barnie-pel se geraamte lê op die bodem."

"Thanks, ons praat later weer. Laat weet maar as julle op iets afkom wat ons kan help."

Kassie beëindig die oproep. Hy wil liewer nie voor Rooi oor die dam se inhoud praat nie, sy partner is klaar so ontsteld.

Hy sug. Hy moet nog vir Maria ook kontak. Dalk moet hy net wag totdat hulle heeltemal seker is dis Barnie se beendere.

Hy hoor die biep van 'n SMS wat op Rooi se foon deurkom. Rooi gryp gretig na die foon, maar dan verstar hy.

"Kassie," sê hy met 'n skor stem, "kyk hier. Dis 'n SMS van Smith af. Hy't dit van Torretjie se foon gestuur."

Kassie vat die foon en lees.

Monica Els is in 'n verlate plek opgesluit met kos en water vir 2 dae. Op dag 3 sal ek laat weet waar sy is. Op EEN voorwaarde: geen polisie-soektog na my nie. Indien ek gevang word, sal sy 'n stadige en wrede dood sterf. Dis 'n belofte. MS.

59

Kassie en Rooi stap na Daniels se kantoor. Hulle het 'n helse nag agter die blad. Kassie het darem nou en dan met sy kop op sy arms by die tafel ingesluimer, maar hy twyfel of Rooi 'n oog toegemaak het.

Deur die loop van die nag het hulle verskillende teorieë bespreek, maar niks om oor opgewonde te raak nie. Dis 'n getas in die donker, gegrond op wilde en desperate raaiskote. 'n Afgeremde Magrieta het hulle vroegoggend ingelig Montgomery Smith het beslis nie in die afgelope vier-en-twintig uur enige binnelandse of buitelandse vlugte bespreek nie.

"Hy kon met sy kar deur die nag gery het om soos sy seun oor die Zimbabwe-grens te verdwyn," het Rooi gesê.

Kassie het Magrieta gevra om dadelik al die grensposte te laat weet om op die uitkyk te wees vir Smith. Maar hulle moet hom onder geen omstandighede in hegtenis neem of konfronteer nie.

"Hy't ons behoorlik aan die knaters beet," het Rooi geprewel. "En dit terwyl Torretjie iewers opgesluit is en seker al van haar kop af is . . ."

Toe Kassie klop, wys Daniels hulle moet inkom en sit. Daar hang 'n ongemaklike stilte in die kantoor. Selfs die kolonel weet nie mooi hoe om die saak te hanteer nie, besef Kassie.

Daniels sit met 'n sug agteroor. "Rooi, moet jy nie eerder slaap inkry nie? Ek sal vir Cliffie aan Kassie afstaan om met die ondersoek voort te gaan."

Rooi skud sy kop beslis. "Nee, kolonel, dis my vrou se lewe wat op die spel is. Al moet ek vir drie dae wakker bly, doen ek dit."

Daniels knik. "As jy kans sien daarvoor, is dit reg met my."

Hy tik met sy vingers op die lessenaar. "Ek dink Smith bullshit ons. As ons hom nou kan vang, sal hy ons inlig waar Monica is. Hy's klaar diep genoeg in die kak, hy sal nie nog van moord ook aangekla wil word nie. Oorweeg dit net: Ons begin 'n landwye polisiesoektog na hom en splash sy foto op die TV en sy besonderhede oor die radio en in die koerante. Ek verseker julle, binne vier-en-twintig uur het ons hom."

"Nee, kolonel," sê Rooi driftig, "hy's 'n gewetenlose bliksem. Hy't klaar Barnie Wolhuter se moord op sy kerfstok. Nog 'n moordklag gaan geen verskil aan hom maak nie."

Kassie weet hulle sou Daniels se voorstel onder ander omstandighede heel moontlik aanvaar het. Maar hy moet Rooi nou ondersteun. Dis after all deur sý toedoen dat Torretjie aangehou word.

"Ek stem saam met Rooi, kolonel. Ons het hier te doen met 'n mal donner – niemand by sy volle verstand voer tog 'n ander mens vir piranas nie. En daar's 'n te groot risiko met 'n landwye soektog. As Smith gewapen is en daar ontstaan 'n skietery, kan hy noodlottig getref word en dan weet ons nie waar Tor- . . . Monica haar bevind nie."

Daniels knik stadig. "Raait, ons doen dit op julle manier. Maar van wat ek tot dusver kon aflei, het julle nog niks om op te gaan nie. Het julle al die ligging van Smith en Monica se selfone probeer kry?"

Kassie knik. "Magrieta het klaar die tegniese mense in Pretoria gebel. As die selfone aan is, sal hulle die koördinate vir ons kan gee. As die fone af is, gaan dit baie langer vat. Ons sal hof toe moet gaan om toestemming te kry."

"Fokken red tape," brom Daniels.

Toe hulle by die kantoor uitstap, sê Rooi: "Thanks vir jou support."

Dit laat Kassie nog slegter voel. "Hierdie hele gemors is my skuld. Ek's jammer daaroor, ek . . ."

Rooi skud sy kop. "Nee, ek het net soveel skuld daaraan. Op die hoewe wou ek nie hê jy moet saam ingaan nie, want ek wou alleen die fokken hero wees. As jy toe gekom het, het ons dalk betyds by Smith uitgekom. Dan sou Torretjie nou veilig gewees het."

★ ★ ★

Montgomery trek die parka, T-hemp en jeans aan en beskou homself vlugtig in die spieël met sy donkerbril op en die hoodie oor sy kop. Hy bondel sy pak klere in die aktetas en trek die kamerdeur agter hom toe. Hy glip saggies by die voordeur uit; sy rekening het hy gisteraand al vereffen.

Op pad lughawe toe koop hy 'n koerant en gaan parkeer op die heel boonste vlak in die onderdakparkade. Hy draai die ruit af, steek 'n sigaar aan en slaan die koerant oop.

Hy sal hier moet sit totdat hy oor ses uur by die internasionale vertreksaal moet aanmeld. Dis nie die moeite werd om nou al sy teenwoordigheid in die lughawegebou te verklap nie. Nie dat hy enigsins bekommerd is die polisie sal hom daar vastrek nie. Sy instink sê vir hom wanneer hulle eie mense betrokke is, speel hulle dit baie veiliger as gewoonlik.

Dis wat sy plan so briljant maak.

★ ★ ★

Magrieta storm om vyf minute oor vier by die speurders se kantoor in.

"Die tegniese ouens in Pretoria het alle stops uitgetrek. Die koördinate wys Smith en Torretjie se selfone is op presies dieselfde plek in Wynberg," sê sy uitasem. "Hulle kon die straatadres en als voorsien."

Kassie vat die vel papier by haar en gryp sy windjekker van die stoelleuning af. Hy en Rooi hardloop na Pollie se kantoor. "Julle kan agter ons aanry. Kry soveel uniforms as wat jy kan afstaan."

"Ek bid net Torretjie is daar," sug Rooi toe hulle wegtrek.

Kassie wil hom nie slegte moed gee nie, maar hy twyfel sterk daaroor. Die adres is in 'n woonbuurt, nie 'n afgesonderde plek soos Smith se SMS sê nie. Torretjie se mond is nie toegebind nie, want hy't gesê sy het kos en water, maar dit beteken sy sal nie in 'n woonbuurt wees waar sy om hulp kan roep nie.

Sê nou Smith wag hulle in, wat doen hulle dan? wonder hy. Smith moet tog weet hulle kan die selfone trace. Hulle sal die bliksem nie in boeie kan slaan nie, maar stert tussen die bene moet luister na watter eise hy ook al stel. Dit sal 'n moerse frustrerende ervaring wees, veral vir Rooi.

Kassie hou by 'n oop erf stil. "Dit moet hier wees. Dis nommer 24, die huise aan weerskante is 22 en 26."

"Fok," sê Rooi teleurgesteld. "Hy moes die fone hier weggegooi het."

Dis duidelik 'n erf waarop die huis 'n hele tyd terug al gesloop is. Daar lê ou bourommel en hope vuilgoed tussen die onkruid.

Kassie wink vir die vyf uniforms. "Raait, kêrels, laat ons soek."

Dit neem hulle nie lank nie. Konstabel Jafta kry albei selfone tussen die lang gras teenaan 'n laning vyebome.

Ontnugtering staan oor Rooi se gesig geskryf.

'n Magteloosheid pak Kassie beet. Hulle gaan dié storie nie wen nie.

Sy tam brein werk oortyd. Hy haat dit om tou op te gooi. Daar móét iets wees wat hulle oorgesien het.

Hy steek in sy spore vas. Hoekom het hy nie vroeër daaraan gedink nie!

"Rooi, ek en jy moet nóú terug stasie toe." Hy draai na Pollie. "Doen julle navraag by die bure of hulle Smith se BMW gisteraand of vandag hier gesien het. Laat weet my as julle iets uitvind."

"Wat nou?" vra Rooi toe hulle in die kar klim.

"Ons het nooit daaraan gedink om weer met West te praat nie."

"Wat gaan dít ons help? Hy't klaar die beans gespill."

"Dalk weet hy van 'n verlate plek waar Smith iemand sou op-sluit."

Rooi se gesig verhelder. "Bliksis, jy's dalk net reg!"

* * *

Natasha lees die SMS. Sy kan die trane nie keer nie.

Ek weet dis nou te laat om jammer te sê, maar weet net dit: ek wou jou nooit mislei nie. Ek was al jare lank in die ding toe ek jou ontmoet het. Jy het juis gemaak dat ek daaruit wou kom. Ongelukkig het dit nie so uitgewerk nie. Ons sal mekaar seker nooit weer sien nie, maar ek wil hê jy moet weet ek sal altyd oor jou voel soos toe ons saam was. T.

Sy vee haar gesig met haar arm droog, wis die SMS uit, raap haar Land Rover se sleutels van die lessenaar op en stap uit die kantoor.

Daar is werk om te doen. Gert het vroeër laat weet hy gaan vandag uit met die helikopter.

* * *

Hulle lei West uit die polisiesel na die onderhoudkamer. Hy is bleek, met blou kringe onder sy oë, en hy hou sy blik op die tafel voor hom.

"Ek kan jou nie nou vrywaring van vervolging verseker nie," begin Kassie. "Maar as jy bereid is om vir die staat te getuig in 'n hofsaak teen Montgomery Smith, sal ek alles in my vermoë doen om dit reg te kry."

"Ek was van plan om te getuig," sê West sonder huiwering.

Dit verras Kassie nie. Hy kon van die begin af sien West sal saamspeel om sy eie bas te red.

"Dis goeie nuus," sê hy. "Maar jy gaan my taak soveel makliker maak as jy ons nou met 'n ander saak kan help. Dan kan ons kyk na algehele vrywaring."

West knik. "As ek kan, sal ek."

Kassie verduidelik Torretjie se situasie. "Kan jy aan 'n plek dink waar Smith haar sou opsluit?"

"Beslis nie by African Curio se hoofkantoor nie," sê West.

"Hoe seker is jy daarvan?" vra Rooi.

Want Smith sou nie so onnosel wees nie, wil Kassie sê, maar hy bly stil.

"Die ontvangsdame kom elke oggend in, en ons het ook 'n skoonmaker wat smiddae daar werk. Hulle sal haar tog hoor. Buitendien is daar nie regtig 'n plek waar hy haar kon opsluit nie." West tuur na die plafon. "Ek . . . ek weet regtig nie. Ek kan nie nou helder dink nie."

"Jy't tyd. Ontspan en probeer. Kan ek vir jou koffie bring?" vra Kassie.

"Nie vir my nie, dankie. Ek drink nie meer . . ." Meteens is daar 'n flikkering in West se oë. "Montgomery het jare gelede 'n stoorkamer in Observatory gehuur voordat ons ons eie pakstoor gehad het. Maar ek weet nie of hy die plek nog steeds huur nie."

"Weet jy waar dit is?" vra Rooi hoopvol.

West skud sy kop. "Ek is jare gelede eenkeer saam met hom soontoe, maar ek moes in die kar wag. Hy't tussen 'n klomp geboue in verdwyn."

"Maar weet jy naastenby in watter omgewing dit is?" vra Kassie.

"Iewers in die nywerheidsgebied daar, maar ek kan nie regtig onthou waar nie. Dit was sewe, agt jaar gelede. Dalk as ek weer in daardie omgewing kom, sal iets bekend lyk, maar ek kan niks waarborg nie."

Kassie kyk na Rooi. "Ek dink dis die moeite werd om hom saam te vat en daar te gaan kyk. 'n Mens weet nooit."

Rooi lyk skepties. "Dis 'n groot area. En as hy nie kan onthou nie . . ."

"Weet julle waar Montgomery nou is?" vra West.

Kassie skud sy kop. "Nie 'n idee nie."

"Weet julle dat hy moontlik 'n Ugandese paspoort besit?"

"'n Ugandese paspoort?" vra Kassie verbaas.

West knik. "Hy's daar gebore . . . en ek vermoed hy't 'n Ugandese paspoort."

"Vermoed jy of weet jy?" vra Rooi.

"Wel, ek het op 'n keer gehoor hoe hy sy seun oor die foon herinner aan sy Ugandese paspoort, vir as hy vinnig moet padgee. Ek het maar aangeneem Montgomery het ook een."

60

Kassie se brein werk in hoogste versnelling.

Hy bel eerste die lughawe. Oor anderhalfuur vertrek daar 'n SAA-vlug na Entebbe, word hy ingelig.

Hy vra om deurgesit te word na die SAA-toonbank. 'n Behulpsame vrou verskaf dadelik die name van die passasiers wat moontlik wit kan wees en in Kaapstad opklim: Brown, Steward en Gainsford.

"Maar Smith is dan nie onder hulle nie," sê Rooi.

"Dalk vlieg hy onder 'n vals identiteit. Enigiets is moontlik met daai donner."

Rooi frons bekommerd. "En as hy jou sien?"

"Ek sal my skaars hou," sê Kassie en verduidelik wat sy plan is.

"Maar jy belowe jy gaan hom nie konfronteer voordat . . ."

"Dis 'n belofte, Rooi."

Kassie bel vir Magrieta en vra haar om die lughawe-owerhede te kontak. "Ek wil toegang hê tot die internasionale vertreksaal. En reël dat Da Silva in die beheertoring toegelaat word. As hulle jou probleme gee, sit vir Daniels of Filander op hulle."

Hy sit die gehoorbuis neer en draai na Rooi. "Bel vir Pollie en spreek af om hom en sy span iewers langs pad te kry. En julle sal julle gatte moet roer. Dis 'n sirene-en-bloulig-operasie, julle kan nie bekostig dat die verkeer julle ophou nie. Kom, Da Silva!"

Hulle hardloop na die patrollievoertuig.

"Jaag soos jy nog nooit gejaag het nie," sê Kassie toe hulle inklim.

Hy steek met bewende vingers 'n Lucky Strike aan. Da Silva staan by die stasie bekend as Schumi oor sy roekelose karmaniere.

"Jy mag nie meer in die voertuie rook nie," berispe Da Silva toe hy met skreeuende bande wegtrek.

Kassie snork net en neem 'n lang trek.

⋆ ⋆ ⋆

"Dit moet meer suid wees . . ." West klink onseker. "As ek reg onthou, is daar 'n taamlike groot nywerheidsgebied."

Dit voel vir Rooi of hulle na 'n naald in 'n hooimied soek. Wat is die kans dat hulle Torretjie gaan kry? Persoonlik dink hy Kassie se plan is hopeloos oorhaastig, maar hy wou nie sy geesdrif demp nie. Kassie se skuldgevoel oor Torretjie veroorsaak dat hy nou benoude sprunge in die donker maak.

Hy druk op die poelmotor se toeter om 'n halsstarrige taxibestuurder uit die pad te kry en draai in die rigting wat West aandui. Kassie moet hom nie daarvan kan beskuldig dat hy nie sy kant bring nie.

⋆ ⋆ ⋆

By die ingang na die internasionale vertreksaal wag 'n swetende kêrel in 'n pak klere en 'n mollige vrou in 'n noupassende uniform op Kassie en Da Silva. Die man stel hom voor as Nel en sê hy is deur die lughawebestuur afgevaardig om die polisie behulpsaam te wees.

"Eerstens moet luitenant Da Silva na die beheertoring geneem word," sê Kassie. "Ek moet hom daar op sy selfoon kan kontak."

Nel knik en beduie vir die vrou om Da Silva soontoe te begelei.

Kassie verduidelik aan Nel wat hy benodig.

Nel skud sy kop stadig. "Dit gaan moeilik wees. Hek 19 is nie sigbaar van die naaste winkeltjie nie."

"Verander dan die hek."

"Ek twyfel of dit moontlik is, maar ek sal bel en vra," sê Nel terwyl hy sweet van sy voorkop afvee.

"Dis nie 'n versoek nie, meneer Nel, dis 'n opdrag," sê Kassie. "Die kommissaris van polisie én die minister is ernstig oor hierdie saak. Dit gaan groot reperkussies hê as julle nie saamwerk nie," lieg hy.

Die noem van die hoogste gesag beïndruk Nel. Hy haal sy selfoon uit en bel.

Ná wat soos 'n ewigheid voel, sê hy: "Dit gaan vir die passasiers bietjie van 'n beslommernis afgee. Van daar af sal hulle 'n hele ent na die vliegtuig toe moet loop. Ons kan ongelukkig nie die vliegtuig se staanplek verander nie, maar . . ."

"Reël dit net," sê Kassie ongeduldig.

Nel knik stuurs. "Dis klaar gereël."

Hy lei Kassie na 'n kantoor en maak 'n sydeur oop. Hulle stap in 'n lang gang af. Nel sluit 'n staaldeur oop waarop *No Exit* in rooi geskryf staan.

Hulle stap 'n stil deel van die vertreksaal binne. Buiten twee skoonmakers wat in 'n luidrugtige argument betrokke is, is daar nie 'n siel in sig nie.

Oor die luidspreker dreun die aankondiger se stem: "Passengers on SAA Flight 4227 to Entebbe now have to board at gate 14 and not gate 19 . . ."

Kassie loop vinnig agter Nel aan tot in 'n bedrywige area vol passasiers. Hy hoop en bid net Smith sien hom nie. By 'n klein geskenkwinkel stop hulle.

"Van hier af sal jy 'n goeie uitsig op hek 14 hê," sê Nel. "Ek sal vir die eienaar van die winkel die situasie verduidelik."

* * *

West skud sy kop. "Hierdie omgewing lyk nie bekend nie. Dalk moet jy terugdraai en die ander roete by die sirkel vat."

Rooi keer amper die kar om soos hy 'n U-draai maak. Die twee patrollievoertuie agter hom doen dieselfde met skreeuende bande.

Ons jaag soos besetenes agter niks aan nie, dink Rooi toe hy die petrolpedaal dieper intrap.

* * *

Kassie beskou die lang ry passasiers aandagtig.

Sy blik talm op 'n lang man wie se bou aan Smith s'n herinner. Maar hy staan met sy rug na Kassie en het 'n hoodie oor sy kop, sodat Kassie nie met sekerheid weet of dit Smith is nie. Die tou mense beweeg tree vir tree nader aan die kontrolepunt voor hulle in die uitgang na die vliegtuig verdwyn.

Kassie draai na die jong winkeleienaar wat hom nuuskierig dophou. Dis duidelik die opwindendste ding wat nog in sy winkel gebeur het.

"Doen my 'n guns," sê Kassie en verduidelik aan die outjie wat hy van hom verwag.

Dié reageer onmiddellik. Hy gryp 'n teddiebeer met 'n Springbok-trui van die rak af en hardloop uit. Met die speelding omhoog bulder hy: "Does this belong to anyone of you? Someone bought it at my shop, but left it there!"

Al die passasiers in die ry kyk om.

Die man met die hoodie ook.

"Fok!" prewel Kassie. Hy moet hom inhou om nie uit sy skuilplek te storm nie.

Die lenige figuur verdwyn in die uitgang na die vliegtuig.

Kassie vee oor sy gesig. Hy het die bliksem onmiddellik herken, al het hy hom met die hoodie en 'n donkerbril probeer vermom.

Sonder twyfel Montgomery Smith.

* * *

"Dit kan dalk hier wees . . . maar ek's nie honderd persent seker nie," sê West. "Iets aan die omgewing wil tog bekend lyk."

Rooi se oë flits oor die verlate terrein. Daar is nie 'n kar of 'n mens in sig nie. Net rye en rye grys baksteengeboue met sinkdakke.

Sy hartklop versnel toe hy die uithangbord langs een van die geboue gewaar: *Stoorplek te huur.*

Hy roep die span bymekaar en verduidelik wat hulle moet doen.

"Om seker te maak sy hoor ons, sal ons by elke deur moet staan en roep. Jafta, vat julle die verste kant, Pollie, julle die middelste lot, ek en West sal hierdie klomp aan die straat se kant cover."

Hy kyk op sy horlosie. "Maak bleddie gou, manne. Maar maak doodseker daar's niemand in nie voordat julle na die volgende plek beweeg."

* * *

Kassie bedank die winkeloutjie en hardloop na die groot venster waar hy 'n uitsig op die aanloopbaan het. Daar staan vier Boeings langs mekaar geparkeer, maar net een is van SAA.

Danksy die helder buiteligte kan hy duidelik sien hoe die passasiers een vir een in die vliegtuig verdwyn. Smith moet buk om by die deur in te kom.

Kassie is so gefrustreerd dat hy kan skree. Die donner het weggekom!

En Suid-Afrika het nie 'n uitleweringsooreenkoms met Uganda nie. Dit sal 'n saak vir Interpol moet wees, en dié se samewerking en suksessyfer is up to shit.

Rooi se bors brand van die hardloop. West klem sy sy met 'n ge-pynigde uitdrukking vas, maar hy hou verbasend goed by vir sy ouderdom.

By elke deur waar Rooi haar naam roep en niks hoor nie, sak sy moed verder in sy skoene. Daar moet baie sulke stoorplekke in Observatory wees. Hulle is besig met 'n sinlose operasie wat fokkol gaan oplewer.

Hy steek viervoet vas toe Jafta se skril stem oor die terrein weer-galm.

"Ons het haar, sarge! Ons het haar!"

* * *

Die Boeing beweeg stadig na die aanloopbaan. Dis soos 'n nag-merrie wat voor Kassie afspeel.

Hy draai om en loop na die uitgang. Nou het hy dringend 'n Lucky nodig. En as hy 'n drinker was, het hy by die naaste kroeg 'n trippelbrandewyn bestel. Skoon en sonder ys.

Die foon in sy sak lui.

* * *

"We have a small technical problem . . ." kom die loods se stem oor die luidspreker.

Montgomery swets onderlangs. Gelukkig is dit nie 'n groot probleem nie; die vlug sal oor 'n halfuur vertrek. Hy strek sy een been langs die paadjie uit. Niks wat hy nou daaraan kan doen nie.

Die vliegtuig draai stadig om en ry wiegend terug na die staan-plek. Toe dit tot stilstand kom, gaan die voorste luikdeur oop.

Montgomery staar na sy voet in die paadjie, die hoodie steeds oor sy kop. Hy sal eers kan ontspan wanneer hulle in die lug is.

Stemme kom in die gangetjie aan. Seker 'n veiligheidsinspeksie, stel hy homself gerus. Maar hy waag dit nie om sy kop te lig nie.

Sy spiere span toe die prosessie langs sy sitplek stop. Hy onderdruk die drang om op te kyk.

Dan merk hy die nerfaf skoene en wit sokkies wat onder die hoogwater-broek uitsteek. Hy kyk versigtig op. Die rooi windjekker vang eerste sy oog.

En hy besef met afgryse waar hy dit al vantevore gesien het.

Epiloog

11 Augustus 2015

Die chick wat by die caravan inkom, laat Jackal se oë amper uit hulle kaste pop. Gebou soos 'n pou, met 'n healthy stel prammetjies wat uit haar pienk haltertoppie peul. Dis candy vir sy oë. Vandat Vytjie pregnant is, sleep sy lus oppie grond rond. Maar soos dit Doctor Know 2 betaam, rits hy sy services in 'n professional manner af.

"I can read your palm, my dear. En ek is ook highly trained om jou advice te gee oor byna enigiets onner Kimberley se son: bad luck, evil spirits, court cases, financial difficulties and quick sales of property, to mention a few. No credit facilities, cash payment before you leave the caravan," voeg hy vinnig by.

Sy glimlag sad en skud haar kop. "Ek het so 'n troubled marriage. My man issie meer lief vir my nie." Sy sit haar warm hand op syne en leun vooroor sodat die toppie nog 'n entjie sak. "En hy's omtrent nooit by die huis nie."

Jackal sluk. Die temptations in life is evil, evil verby.

Toe die woorde uitkom, klink sy stem soos 'n budgie wat gestrangle word.

"Laat ons . . . laat ons hoor wat's jou problem."

"Jy sien, my darling . . ." Sy sug lat die prammetjies wip. "My man is 'n cop en . . ."

Jackal pluk sy hand weg en staan op. "To be honest with you," sê hy friendly but firm, "ek issie getrain om troubled marriages te solve nie."

⋆ ⋆ ⋆

Op die rekenaarskerm sien Natasha die geld is nou amptelik in IESA se rekening. Hierdie skenking van twintig miljoen rand gaan hulle ver bring.

Die weldoener het 'n paar voorwaardes gestel: hy skenk die geld aan IESA mits Natasha die pos van uitvoerende hoof in Suid-Afrika beklee. Verder moet die geld slegs vir die bewaring van diere in Suider-Afrika aangewend word, en Natasha moet die alleenreg oor finansiële besluite hê.

Sy moet erken Werner het dit in 'n goeie gees aanvaar, amper asof hy verlig was om verlos te wees van IESA.

"Dis duidelik die persoon is deeglik bewus van jou bekwaamhede," het hy gesê. "En ek stem saam met die donateur: jy is die regte mens om die nuwe IESA vorentoe te vat."

Selfs Tim, wat tot onlangs vas gestaan het dat IESA se deure in Suid-Afrika gaan sluit, het van deuntjie verander.

"In die lig van die nuwe omstandighede sal ons ook nog 'n geringe geldelike bydrae wil maak, Natasha. Om te wys ons Amerikaners vereenselwig ons met julle stryd."

Sy aanbod dat hulle steeds die helikopter se brandstof sal borg, was 'n bonus.

Dit gaan beslis help, want volgens die jongste statistieke is daar sowat negehonderd verskillende stropergroepe in Suider-Afrika – waarvan net vier persent vasgetrek word. En ondanks die regering se groot beloftes om stropery hok te slaan, is daar in die eerste kwartaal van 2015 amper vierhonderd renosters gestroop. Die feit dat hulle nou 'n vliegtuigloods en 'n tweede helikopter in die noorde van die Kruger het, is darem al 'n stap in die regte rigting. Maar uit ondervinding weet sy die stryd is nog lank nie gewen nie.

"Het jy enige idee wie die weldoener is?" het sy gevra toe Werner vier dae gelede opdaag met die verrassende nuus.

"Geen idee nie, die skenker het seker gemaak hy bly anoniem. Die oorbetaling kom van 'n Switserse bankrekening genaamd 'Ronnie', maar dis al wat ons weet."

Natasha glimlag wrang toe sy haar rekenaar afskakel. Sy kan aan net een mens uit die onlangse verlede dink wat die storie van hul gesin se hansrenoster ken. Dis seker net gepas dat renosterbloedgeld gebruik word vir die bewaring van Ronnie se spesie.

* * *

Kassie en Rooi skud blad toe hulle uit die hofgebou stap.

Dis die ultimate joy van polisiewerk, dink Kassie. Om 'n misdadiger vas te trek en hom dan vir die res van sy lewe agter tralies te kry.

En die kans is uitstekend dat Montgomery Smith nooit weer daar gaan uitkom nie. Die regter het beslis hy kom eers oor vyfen-twintig jaar in aanmerking vir parool. Dan is hy al diep in die tagtig. Die kombinasie van 'n skuldigbevinding op die moordklagte van Barnie en Bell, die ontvoering van Torretjie en die besit van en onwettige handel in renosterhorings het gesorg vir 'n bitter lang straf.

Daarby was Graeme West 'n uitstekende en geloofwaardige staatsgetuie wat sy algehele vrywaring van tronkstraf deur en deur verdien het. Hoewel Smith se regspan dit reggekry het om die saak verskeie kere op tegniese punte te laat uitstel, het Kassie geweet hul kliënt se doppie is geklink. En dit was vanselfsprekend dat Smith borgtog geweier sou word, wat beteken dat hy al goed weet hoe smaak die tronk se katkoppe, soos die tronkvoëls die halwe brode noem. Hy én Phan Can Dung, wat self 'n leeftyd agter tralies gaan deurbring.

Toe hulle in die poelmotor klim, bel Rooi eers vir Torretjie om haar die goeie nuus te vertel. Kassie glimlag. Rooi het Torretjie na verskeie werksonderhoude vergesel voor hulle albei tevrede was met haar nuwe pos. "Om seker te maak sy raak nie weer met kroeks deurmekaar nie," het hy verleë verduidelik.

"Bliksis, ou Kassie, en nou's daar nog 'n skelm fokker toegesluit," sê Rooi ingenome toe hy die kar aansluit. "Die saak het soos 'n droom geloop, nè? En Gerrie Nel was weer op sy allerbeste as staatsadvokaat."

Kassie knik. "Smith se advokaat het nie 'n kans gehad nie."

Daar's net twee dinge wat hom nog hinder oor die Smith-saak. Hulle kon geen spoor van Theodore Smith kry nie; Interpol het laat weet hy's nie in Uganda nie. Soos sy pa moes hy ook 'n vals identiteit geskep het, maar nie onder die van Steward soos Montgomery nie.

Die ander ding is dat hulle niks kon kry wat daarop dui dat Norman Bell verantwoordelik was vir die ontvoering van Annie Smith of die Deep Throat-oproepe nie, en Bell se telefoonrekords het dit bevestig.

Kassie sug. Soms gebeur dit dat nie alle aspekte van 'n saak na behore afgesluit word nie. Dit was seker 'n ander vyand van Smith, want volgens West se getuienis het dié vyande gemaak asof dit 'n stokperdjie was.

Sy gedagtes dwaal na sy Kaapse driehoeke, wat in hierdie stadium sy grootste bekommernis is. Die verdomde grand prix-toekenning was eerder 'n las as 'n seën. Op Trevor Hansen se aandrang word sy driehoeke nou by die jaarlikse SA seëlfees in Benoni uitgestal. Op die skouterrein, langs 'n fokken biertent! Hy wil nie eers dink aan die spul beskonke biersuipers wat met hulle sweterige pote . . .

"Het jy geweet Graeme West is ook in Uganda gebore?" onderbreek Rooi sy gedagtes.

"Nee, dís nuus vir my."

"Ja, hy't my vandag in die ete-breek vertel. Hy en Smith het saam daar grootgeword en toe saam Suid-Afrika toe gekom om by Maties te swot."

Kassie frons. "Ek het nie besef hulle ken mekaar al van kindsbeen af nie. Dis seker waarom Smith met soveel weersin na West gestaar het toe dié teen hom getuig. Toe hy selle toe gelei is, het hy glad op West gespoeg!"

"Ek het gesien, ja. Smith se bek was skoon skeef getrek van woede. Hulle twee het glo op universiteit kontak verloor, maar toe hulle paaie ná baie jare weer kruis, het Smith hom die aanbod gemaak om vir hom te werk." Rooi lag. "West het my tot vertel hy't in hul studentedae Smith se vrou uit die kloue van 'n reeksmoordenaar gered. Die man glo oorrompel en met 'n leë Coke-bottel oor die kop gebliksem."

Kassie skud sy kop. "West het nooit vir my na die hero-tipe gelyk nie. Wys jou net, 'n mens kan niemand op sy looks takseer nie."

"Ek het dieselfde ding gedink, en dit het seker op my gesig gewys. Weet jy wat sê hy toe vir my?"

"Wat?"

"'n Pirana is 'n relatief klein vissoort wat nie juis gevaarlik in die water lyk nie. Dis eers wanneer hy aan jou hap dat jy besef jy't hom gruwelik onderskat."

Erkennings

Geen boek is ooit 'n solo-poging deur 'n skrywer nie en *Pirana* was geen uitsondering nie. Dit is 'n produk van 'n hele klomp mense en bronne wat erkenning én my waardering verdien.

In my navorsing oor renosterstroping het ek afgekom op die uitstaande boek van Julian Rademeyer *Killing for Profit – Exposing the Illegal Rhino Horn Trade* (Zebra Press, 2012). Dié niefiksie-boek oor die renosterkrisis in Suider-Afrika lees soos 'n spanningsverhaal. Nie net wil ek Julian bedank vir sy toestemming om sekere van die feite in sy boek te gebruik nie, maar ook vir sy bereidwilligheid om sy kundigheid oor dié onderwerp telefonies met my te deel.

Terselfdertyd wil ek oor dieselfde onderwerp erkenning gee aan die dokumentêre programme *My Wild Affair: The Rhino Who Joined the Family* en *Hunter Hunted: Rhino Rampage*; verskeie YouTube-insetsels en die beriggewing van Media24-koerante. Laasgenoemde se deeglike dekking van renosterstroping het my deurlopend op hoogte gehou van die nuutste gebeure.

Die ervarings van Richard Dowden as onderwyser in Uganda in sy boek, *Africa: Altered States, Ordinary Miracles* (Portobello, 2009), het bygedra om my Uganda-verhaallyn getrou aan daardie tyd te maak.

Die dokumentêre program *River Monsters: Face Rippers* en verskeie internet-artikels wat ek oor piranas geraadpleeg het. Spesiale vermelding aan die Amerikaanse Pirana-klublede, wat my oortuig het dié spesie kan ook onder sekere omstandighede in 'n Suid-Afrikaanse plaasdam aangehou word.

Ek is ook dank verskuldig aan die koerant *Son* wat soms as my "stylgids" gedien het om Jackal en sy trawante geloofwaardig te laat klink.

My vriend Francois du Toit van EyeQ, en majoor Fienie Nimb van die Bellville-polisie, wil ek opreg bedank vir hul belangrike bydraes.

Sonder die wonderlike ondersteuning van 'n uitgewerspan is geen boek moontlik nie. Groot dank gaan aan my uitgewer by Queillerie, Hester Carstens, vir haar geesdrif, terugvoer en aanmoediging (sy is sedert my eerste boek my alomteenwoordige reddingsgordel in 'n onstuimige skrywersee); Kerneels Breytenbach vir sy altyd kundige en wyse raad; Suzette Kotzé-Myburgh vir haar advies en vlymskerp redigeerpen; die proeflesers Gerhard Mulder en Liesl Roodt vir hul deeglikheid en Michiel Botha vir sy treffende omslagontwerpe.

Laastens wil ek my gesin – my vrou, Líze, en kinders, MC, Neil en Amieke – en my ma, Christa, en broer, Carl, bedank vir hul volgehoue ondersteuning, meelewing en aanmoediging. Dit geld ook vir al my goeie vriende, oudkollegas en die belangrikste, die lesers van my boeke.

Rudie van Rensburg
Februarie 2016